Termitenkönigin

Philipp Brotz, geboren 1982 in Calw/Schwarzwald. Nach dem Abitur Wehrersatzdienst in New York, USA, dann Studium der Germanistik und Romanistik an der Humboldt-Universität zu Berlin. Studium der Politik- und Wirtschaftswissenschaft in Freiburg im Breisgau. Seit 2011 Gymnasiallehrer am Hochrhein. Moderator beim Werkstattgespräch des Literaturhauses Freiburg. Für seine Prosa mehrfach ausgezeichnet, darunter 2016 mit dem Schwäbischen Literaturpreis und 2017 mit dem Jurypreis beim Wiener Book-Slam für das Romanmanuskript „Unter Maulwürfen". 2018 erhielt er für den Roman „Termitenkönigin" ein Stipendium des Förderkreises deutscher Schriftsteller in Baden-Württemberg.

Philipp Brotz

Termitenkönigin

k, n

Inhalt

I. Eine Venus ohne Haare

Lena lag im Bett.

„Ist dir eigentlich klar, dass alle großen Liebesgeschichten tragisch enden?", fragte sie.

„Wieso?", fragte Paul zurück.

„Denk mal an Romeo und Julia, Tristan und Isolde, Faust und Gretchen."

„Faust und Gretchen haben doch keine große Liebesgeschichte", sagte er. „Ein Alchimist mit Midlife Crisis schwängert eine Unschuld vom Lande und zieht weiter. Wo ist das groß?"

Lena lenkte ein. „Okay, okay", sagte sie. „Dann eben Anton Bohnsack und Anna von Schlotterstein."

„Wer soll das denn sein?"

„Anna ist die Schwester von Rüdiger von Schlotterstein, dem kleinen Vampir. Sie ist als Kind Vampir geworden und hat Anton kennengelernt, einen Schüler, der natürlich jeden Tag älter wird, während sie für immer ein Kind bleiben muss. Die beiden haben also die Wahl, Anton zu einem Vampir zu machen oder zuzusehen, wie das Leben sie trennt, indem Anton langsam erwachsen wird."

„Süß", sagte er. „Aber wie kommst du darauf?"

Lena schlug die Augen nieder. „Weil unsere Geschichte auch tragisch enden wird", sagte sie.

Auf diesen Satz hatte Paul zwei Antworten. Die eine, die Lena hören wollte. Und die andere, die für ihn erträglich war.

„Wie äußerst bescheiden von dir", sagte er, „uns in die Ahnengalerie der Shakespeare- und Goethe-Figuren zu rücken."

Das hatte Lena nicht hören wollen. Sie drehte ihm den Rücken zu.

Seit Lena den Krebs hatte, versuchte sie ihm ständig Sätze zu entlocken, die sie beruhigen sollten. „Erzähl doch keinen Unsinn", wäre in dieser Situation so ein Satz gewesen. „Unsere Geschichte wird nicht tragisch enden". Aber solche Sätze brachte er seit längerem nicht mehr über die Lippen. Lena wollte sie ihm abnötigen, und dem widersetzte er sich. Es war, als pole sie sich selbst so negativ wie möglich, um seine ganze positive Energie abzuziehen.

Er wusste nicht, ob sie manchmal absichtlich so flach atmete, dass keine Bewegung ihres Körpers auszumachen war. Dann ertappte er sich dabei, wie er für einen Augenblick annahm, Lena sei tot.

Dabei war das abwegig. Sie hatte Krebs, ja. Aber sie war jung, erst achtundzwanzig. Und sie hatte Lymphdrüsenkrebs, Heilungsrate über neunzig Prozent, in Lenas Alter bestimmt noch höher. Ihren Tod zu erwarten hieß die Wahrscheinlichkeit auf den Kopf stellen. Die Bestrahlung hatte angeschlagen, dann hatte sie eine Chemotherapie begonnen. Acht Sitzungen, immer freitags. Danach lag Lena den ganzen Freitagabend und den ganzen Samstag bei geschlossenen Vorhängen im Bett und zeigte ihr Herbstgesicht.

Heute war Sonntag.

Lenas Rücken hob und senkte sich nicht. Vielleicht war das als Strafe gedacht. Sie wollte ihm Angst machen.

Und er sie versöhnen. „Das muss ja auch so sein", sagte er darum. „Das muss ja so sein, dass die großen Liebesgeschichten tragisch enden. Man stelle sich vor, Tristan hätte die Wahrheit gesagt und er wüsste, dass Isolde so nah ist, um ihn zu heilen. Sie käme an, trägt die Salbe auf, er wird gesund und sie leben glücklich bis ans Ende ihrer Tage. Das geht nicht. Das Schöne ist das Banale."

Lena blieb abgewandt liegen. „Manchmal würde dir ein bisschen mehr Banalität gut tun", sagte sie. Das klang versöhnlich. Aber sie rührte sich nicht.

Also musste er sich rühren.

Sich einem Pferd von hinten zu nähern, war nicht gefährlicher als einer Frau. Lena und er waren seit einem halben Jahr ein Paar, aber nach jedem Streit musste er sie neu erobern. Mitunter packte ihn die Wut. Warum nicht einfach hingehen und ihr die Hand auf die Brust legen und sie zu sich heranziehen und ruhigstellen? War das nicht sein Recht, nachdem er seit einem halben Jahr ihr gehörte? Gehörte sie ihm da nicht auch ein bisschen?

Nein, nichts von alledem war zulässig. Diese Regeln wurden von ihr bestimmt.

Also setzte er sich auf den Bettrand, vorsichtig, ganz vorsichtig, und streifte die Schuhe ab. Dann schwang er die Beine ins Bett mit einer Zurückhaltung, die Lena die Möglichkeit ließ, so zu tun, als bemerke sie überhaupt nicht, dass er sich annäherte. Wenn er nun aber die Decke anhob, nahm er ihr die Möglichkeit, diese Fiktion aufrechtzuerhalten. Ein Deckeanheben konnte nicht unbemerkt bleiben, sie wusste, dass er das wusste. Allerdings kam ebenso wenig infrage, auf der Decke zu bleiben und sich ihr zu nähern, die unter der Decke lag. Das hätte eine Mauer gezogen durch seinen Annäherungsversuch.

Also eben die Decke anheben mit einer Kombination aus Vorsicht und Geschwindigkeit, die ihr nicht viel Raum zum Reagieren ließ.

Lena war nackt. Dass sie nichts am Oberkörper trug, hatte er schon geahnt, als er beim Betreten des Zimmers ihre bloßen Schultern gesehen hatte. Dass sie aber ganz nackt war, löste in ihm mehr Wut aus als Erregung. Auch wenn keiner der beiden behandelnden Ärzte je gesagt hatte, dass Wärme entscheidend sei, um den Krebs zu heilen, erschien es ihm doch als grobe Fahrlässigkeit, sich zwei Tage nach einer Chemotherapiesitzung nackt ins Bett zu legen. Wenn er ihr das nun aber sagte, war sein Versöhnungsversuch von Beginn an zum Scheitern verurteilt. Er musste es verschweigen.

Nichts lag ihm weniger als das Verschweigen.

Lenas Wärme schlug ihm entgegen, als er an sie heranrückte, so dicht, dass er glaubte, die Luft zu spüren, die sie noch trennte.

Er legte ihr die Hand auf den nackten Rücken und sah sie zucken unter seiner Berührung. Er grub seine Lippen in ihren Hals, als könnte das die Wucht seiner Worte verringern.

„Du kannst doch nicht einfach nackt hier liegen",

sagte er dann. „Du brauchst doch jedes Grad zur Genesung."

Zu seiner Überraschung rückte Lena nicht von ihm ab, sondern drehte sich langsam um. Sie lächelte. Die Krankheit hatte sie verändert.

„Ach, Anton", sagte sie. „Noch nie hat sich jemand Sorgen um mich gemacht."

Paul wollte ihr nicht zeigen, dass er sie nicht verstand. Aber sie sah es ihm an. „Anna von Schlotterstein zu Anton Bohnsack", sagte sie dann. „Band vier: *Der kleine Vampir auf dem Bauernhof.*"

Paul nahm Lenas Kopf in seine Hände, wie man ein Neugeborenes aus der Wiege hebt. „Ach, Anna", sagte er und freute sich zu sehen, wie gut ihr das tat. „Ich könnte dich so lange ansehen, als hätte ich dich selbst gemalt."

„Wie bescheiden von dir", sagte sie und lachte.

„Wärst du ein Kunstwerk, du wärst die Venus von Milo."

„Eine Venus ohne Haare", sagte Lena und hob ihre Perücke an. „Das geht doch nicht."

Paul zwang sich, nicht wegzusehen. Den Blick zu halten, war jetzt seine einzige Aufgabe. Lena ahnte sicher, dass er sie ohne Haare kaum ertrug. Aber solange sie das nicht zugab, war es seine Pflicht, es sie so wenig wie möglich spüren zu lassen. Als Lena ihm von dem Krebs erzählt hatte, war ihr Haar sein erster Gedanke gewesen. Das durfte sie nicht erfahren. Unter keinen Umständen.

„Wäre ich ein Auto, ich wäre ein Cabrio", sagte sie jetzt.

Wollte sie ihn mit diesem Satz auf die Probe stellen? Sehen, ob er zuckte?

„Quatsch", sagte er und vergrub sein Gesicht bei ihr zwischen Hals und Schulter, um sie nicht länger ansehen zu müssen.

„Wärst du ein Affe, du wärst ein Pavian", rief er dann, drehte sie blitzschnell auf den Bauch und knetete ihr Gesäß und kniff sie in die Lenden, um ihr zu zeigen, dass er eine Stimmung erzeugen wollte, von der beide profitierten. Er hatte Glück: Sie spielte mit und wand sich unter seinen Berührungen wie ein Kind, dem man die Fußsohlen kitzelt. Dann zog er sein Hemd aus, legte sich auf ihren Rücken und drehte sie beide auf die Seite, so dass er mit der linken Hand ihren Oberkörper streicheln konnte, der noch immer so viel Wärme abgab, als hätte sie Fieber.

Lena war außer Atem. Seit er von ihrer Erkrankung wusste, konnte er sie nicht atmen hören, ohne an den Tod zu denken. Je deutlicher er Lena atmen hörte, desto mehr glaubte er sie mit jedem Ausatmen ein bisschen mehr vergehen zu sehen.

Paul hielt es für seine Pflicht, ihr das Überleben vorzumachen. Also blieb er so ruhig liegen wie möglich und rhythmisierte sein Ein- und Ausatmen in der äußersten Gleichförmigkeit.

So lagen sie einige Minuten.

„Versprich mir, dass du unsere Geschichte aufschreibst", sagte Lena zum Fenster hin. Ihre Stimme klang wie aus dem Off.

Er ahnte, worauf sie hinauswollte. „Wieso, die kannst du doch aufschreiben", sagte er darum.

Lena schwieg.

„Versprich mir, dass du unsere Geschichte aufschreibst, wenn ich nicht mehr da bin", sagte sie dann.

Paul spürte einen Kloß in seinem Hals. Diese Traurigkeit ließ er zu. Sie vereinte ihn mit Lena.

Wieder drehte er sie zu sich. „Das kann ich nicht", sagte er. „Und das muss ich auch nicht. Unsere Geschichte ist noch lange nicht zu Ende."

Lena weinte.

Paul legte seine flache Hand auf ihr Gesicht.

Die Rollen waren klar verteilt. Er hatte stark zu sein.

„Unsere Geschichte ist noch lange nicht zu Ende", wiederholte er. Und die Überzeugung, die in diesem Satz mitschwang, musste er nicht spielen.

II. Hemiparese

Dass er sich einmal in Lena verlieben würde, hätte Paul bei ihrer ersten Begegnung nicht geglaubt. Er stand mit Sebastian im Innenhof des Seminargebäudes in der Dorotheenstraße, als Lena auf sie beide zukam.

„Hinkt die immer so?", fragte Paul.

Sebastian sah ihn an, als fühle er sich angegriffen.

„Vielleicht ist sie ja verletzt, meine ich", schob Paul hinterher.

Sebastian rümpfte geräuschlos die Nase.

„Eine tolle Frau", sagte er dann. „Richtig heiß."

Paul runzelte die Stirn.

Das Mädchen, das jetzt vor ihnen stand und den linken Fuß nach innen knickte, war schweißüberströmt.

„So eine Scheiße", keuchte sie, „die haben mir das Rad geklaut und ich kann doch nicht so weit laufen mit dem Fuß."

Haarsträhnen klebten an ihrer Stirn. Das gestreifte Männerhemd, das sie offen trug, hatte sich in den Achselhöhlen dunkel verfärbt.

„Wie weit musstest du denn laufen?", erkundigte sich Sebastian. Paul wunderte sich, wie hoch dessen Stimme plötzlich klang.

„Den ganzen Weg vom Hackeschen bis hierher", fluchte sie.

Paul unterdrückte ein Glucksen. Vom Hackeschen bis zur Humboldt-Universität waren es vielleicht achthundert Meter und die kam hier an, als hätte sie barfuß die Alpen überquert. Wobei, kein Wunder mit diesen Beinen. Oder besser gesagt mit diesem rechten Bein, das höchstens halb so dick war wie das linke. Darum musste sie wohl den linken Fuß nach innen verkanten. Wahrscheinlich würde sie sonst umfallen.

„Noch nie ’ne Behinderte gesehen?", herrschte sie Paul jetzt an und zwang ihn dadurch, seinen Blick von ihren Beinen in ihr schweißglänzendes Gesicht zu lenken.

Paul spürte seinen Kiefer nach unten klappen.

„Doch", stotterte er, „ich meine, nein, also, du bist doch nicht …".

„Doch", sagte sie, „bin ich. Hemiparese. Angeborene halbseitige Muskellähmung in Ober- und Unterschenkel. Nervt beim Laufen. Beim Seiltanzen geht's eigentlich."

Paul zögerte. „Wow, du kannst seiltanzen", sagte er dann.

Die Studentin und Sebastian lachten. Paul spürte, dass sein Gesicht warm wurde.

„Mensch, Lena", sagte Sebastian, „der arme Junge." Gönnerhaft klopfte er Paul auf die Schulter.

Lena hieß die also. Vielleicht war ihr Name die Chance, dieser Situation zu entkommen.

„Du bist Lena", sagte er, „und ich bin Paul." Er streckte ihr die Hand hin wie einen unterschriftsreifen Vertrag nach zähen Verhandlungen.

„Ich Tarzan, du Jane", antwortete sie und ließ seine

Hand einfach in der Luft hängen. Die Wärme kehrte in Pauls Gesicht zurück.

Sebastian grinste: „Es kann der Frömmste nicht in Frieden leben, wenn es dem bösen Nachbarn nicht gefällt."

Offensichtlich hielt er Klassikerzitate für sein Alleinstellungsmerkmal. Schon bei ihrer ersten Begegnung im letzten Semester hatte er Paul Zitate erraten lassen, als sei das ein gängiges Ritual zwischen Fremden.

„Schiller", fügte Sebastian hinzu.

„Ach was?", sagten Lena und Paul im selben Moment. Er fing einen Blick von ihr auf und zum ersten Mal kam sie ihm nicht wie eine Natter vor, die jeden biss, der ihren Körper zu betrachten wagte.

„Machst du auch das Seminar bei Ehrsteiner?", fragte Sebastian. Lena nickte. Sie brauche noch zwei Hauptseminare in Neuerer deutscher Literatur, dann sei sie da scheinfrei.

„In welchem Semester bist du denn?", fragte Paul.

„Im zwölften."

Paul hatte dafür gesorgt, dass er während des Seminars nicht neben Lena sitzen musste, sondern nur neben Sebastian. Nach Seminarende stand Lena mühsam auf und umrundete Sebastians Stuhl mit ihren asymmetrischen Tippelschritten. Sie beugte sich zu Paul herab, der noch saß, und legte ihm die Hand auf die Schulter. Er beherrschte sich, um nicht unter ihrer Hand zusammenzuzucken.

„Heute Abend, zwanzig Uhr, Lesebühne in der Pappelallee. Ich trete da auf. Willst du kommen?", fragte sie.

Paul nickte zögerlich. Zusagen galten wenig in Berlin. Er ließ sich den Namen der Kneipe nennen, dann ging er zur U-Bahn. Sebastian blieb mit Lena im Seminargebäude zurück.

Das sah Sebastian ähnlich, dass ihm diese Lena gefiel.

War es denkbar, dass auch sie an ihm Gefallen fand? An Sebastian, der sich den verbliebenen Haarkranz jeden Morgen nass rasierte, um zu verbergen, dass in der Mitte nichts mehr wuchs. An Sebastian, der, immer wenn Paul ihn sah, eine Art Wams trug. Eigentlich wusste Paul gar nicht so recht, was das war, ein Wams. Aber als er Sebastian das erste Mal gesehen hatte, war dieses Wort in seinem Bewusstsein erschienen und begleitete seither Sebastian in Pauls Gedanken wie ein Hund sein Herrchen. ‚Wams' war eines der Wörter, die man aus Romanen kannte und die in der Wirklichkeit ausgestorben waren und da Romane keine Abbildungen enthielten, entwickelte man nur eine vage Vorstellung, was damit gemeint sein könnte. ‚Herrenröcke' war ein ebensolches Wort oder ‚Gamaschen' oder ‚Lodenmantel'. Aber es passte zu Sebastian, dass man untergegangene Begriffe aus dem vorletzten Jahrhundert auf ihn anwenden konnte. Irgendwie war Sebastian selbst ein Untergegangener.

Paul kannte Sebastian nur flüchtig.

Im letzten Semester hatten beide ein Tutorium besucht.

An einem Dienstag- oder Mittwochmorgen war das gewesen und Sebastian war jedes Mal zu spät erschienen, mit eingefallenen Wangen, die Wasseraugen noch wässriger als sonst.

„Wieso kommst du eigentlich jede Woche zu spät?", fragte ihn Paul und ärgerte sich gleich über diese Frage, die Sebastian für einen Vorwurf halten konnte.

„Weil ich in einem Betreuten Wohnen arbeite. Da leben Senioren mit psychischer Erkrankung. Gibt sechs Euro die Stunde."

Pauls Frage, wieso Sebastian für so wenig Geld eine so unangenehme Tätigkeit ausführe, empörte den sichtlich.

„Weil eben nicht jeder so ein verwöhnter Westarsch ist wie du", antwortete Sebastian. Allerdings in einem Ton, der Entrüstung nachahmte. Dieser Ton zwang Paul, sich jede Beleidigung gefallen zu lassen.

Sebastian kam aus Brandenburg.

Und Paul bildete sich ein, ihm das anzusehen.

„Außerdem", sagte Sebastian dann, „brauche ich die Kohle für meine Projekte. Da kann ich nicht zimperlich sein. Hungerlohn hin, Hungerlohn her."

Projekte. Dieses Wort warf er Paul hin wie einen Köder. Auffordernd sah er ihn an.

Also erkundigte sich Paul seufzend, welche Projekte er meine.

Plötzlich saß Sebastian kerzengerade. Hätte eine Krawatte zwischen seinen Wamshälften gebaumelt, er hätte sie jetzt zurechtgerückt.

„Verschiedene", sagte er gedehnt und so, als müsse er zunächst sich selbst einen Überblick verschaffen.

„Im Moment steht ein Projekt an drei Neuköllner Hauptschulen an erster Stelle."

Sebastian zog eine Tüte mit Sonnenblumenkernen aus der Wamstasche. Die Neonröhren an der Decke des Seminarraums spiegelten sich auf seiner Glatze. Erwartungsfroh hielt er Paul die Tüte hin. Zögernd bediente der sich. Sebastian hingegen türmte einen kleinen Berg auf seine Handfläche und beförderte diesen ruckartig in seinen Mund, indem er den Kopf in den Nacken legte. Er begann zu malmen. Dann beugte er den Kopf nach vorn und spuckte Kernfetzen durch die Zähne, dass die Luft sirrte. Auf dem Linoleum sammelten sich kleine Brocken, von denen die Spucke Schlieren bis zu den Bodennoppen zog. Angewidert bemühte sich Paul weiterzukauen. Sebastian schluckte jetzt klar vernehmlich.

„Also, wie gesagt, drei Neuköllner Hauptschulen", wiederholte er dann. „Mit einem Freund aus dem KKK feile ich an einer Modernisierung von Händels Messiah mit Beat Box und Bassdrums."

Was das KKK sei, erkundigte sich Paul.

Sebastian sah ihn an, als hätte er nach dem Namen der deutschen Hauptstadt gefragt.

„Das KKK ist natürlich das Künstlerkombinat Kaulsdorf."

„Natürlich", wiederholte Paul und verzog das Gesicht, weil ihm ein Sonnenblumenkern zwischen die Schneidezähne geraten war. Wieder beugte Sebastian sich vor und spuckte Reste auf den Boden.

„Leider ist das Neuköllner Projekt seit einer Weile ins Stocken geraten", fuhr er dann fort. „Ich habe einfach zu wenig Zeit. Und mein Genosse steckt im Prüfungs-stress."

Paul nickte verständnisvoll. Er bemühte sich, nicht auf den Boden zu blicken.

„Und dann gibt's natürlich jede Menge Probleme an den drei Schulen", sagte Sebastian. „Zwei davon haben immer noch keinen Geldgeber gefunden, um endlich die Außenlautsprecher auf dem Schulhof anzubringen."

„Wozu braucht ihr denn Außenlautsprecher?", fragte Paul.

„Na, wie will man denn sonst den modernen Messiah abspielen?", fragte Sebastian zurück.

Paul tat, als halte er seine Frage nachträglich für dumm. „Klar", sagte er, runzelte dann jedoch die Stirn: „Aber warum wollt ihr den modernen Messiah über-haupt abspielen?"

„Na, um die Gewaltbereitschaft der Schüler zu ver-ringern", sagte Sebastian. „An der dritten Schule waren die Lautsprecher übrigens schon angebracht, aber ir-gendwelche Schüler haben sie heruntergeschlagen. Die waren unbeaufsichtigt. Und dann haben sie die Laut-sprecher zerstört und mit den Bruchstücken die Toilet-ten im Erdgeschoss verstopft."

„Oh je", sagte Paul und unterdrückte ein Grinsen.

Während Sebastian sich jetzt erneut nach vorn beugte, um auf den Boden zu spucken, bemerkte Paul den Blick einer Kommilitonin. Sie beobachtete Sebas-tian und verzog angewidert das Gesicht. Dann zupfte sie ihre Freundin am Ärmel und erklärte ihr, was sie gesehen hatte. Beide sahen herüber, als hätte Sebastian sein Erbrochenes gegessen. Der aber bemerkte von alledem nichts.

Stattdessen fuhr er fort: „Der Schaden ist so hoch, dass die Schulleitung sich jetzt weigert, weiter an dem Projekt teilzunehmen. Aber das können wir natürlich nicht so stehen lassen. Da muss ich echt mal hinfahren und Überzeugungsarbeit leisten. Die können doch nicht auf eine sinnvolle Maßnahme verzichten, nur weil ein paar Unbelehrbare Scheiße bauen."

Paul hatte nur mit einem Ohr hingehört und lieber die beiden Kommilitoninnen betrachtet. Jetzt schüttelte er den Kopf: „Nee, echt nicht."

„Weißt du was?", sagte Sebastian plötzlich und packte ihn am Kragen. Pauls Nacken schmerzte. „Du machst einfach mit. Wir können dich gut gebrauchen." Und er schüttelte Paul vor Begeisterung.

Er mache sich insbesondere Sorgen, dass die Sponsorensuche im Sande verlaufe, wenn sich nicht bald einer dahinterklemme, sagte Sebastian. Irgendwie sei der Elan an den Hauptschulen verschwunden. Und er, Sebastian, könne die Kosten beim besten Willen nicht selbst tragen. Schließlich habe er schon genug Geld in die Ausstattung des Tonstudios im KKK investiert, wo der Freund und er die ersten Aufnahmeversuche unternommen hätten. Ob er mit Paul rechnen könne?

Paul zögerte.

„Komm schon", sagte Sebastian. „Du machst doch sogar auf Lehramt, oder?"

„Schon", sagte Paul zögerlich. „Aber gymnasial."

„Ach, jetzt wird der Herr auch noch snobistisch. Erst die Schulform nach den Verdienstmöglichkeiten auswählen und dann noch nicht mal einen Beitrag leisten bei denen, die es wirklich nötig haben."

Warum Sebastian nicht auf Hauptschullehramt studiere, fragte Paul, wo ihm die Schüler dort doch so am Herzen lägen.

„Das könnte ich nicht", sagte Sebastian. „Mich ein Leben lang an einen Beruf binden. Und dann noch so ein Beruf, in dem man jeden Tag im gleichen Raum stehen muss, bis die Bimmel bimmelt. Null Kreativität. Null Freiraum. Immer so ein Beamtenwürstchen, das von den Behörden gegrillt wird. Nein, danke."

Paul schluckte.

Sebastian fuhr fort: „Ich muss mich austoben. Heute hier, morgen dort, weißt du? Zu dir passt das besser. Brav dasselbe machen jeden Tag. Das kann ich mir gut vorstellen. Du wirst sicher ein guter Lehrer. Schön pünktlich und immer einen sauberen Arsch. Mir fehlt da einfach die Bürgerlichkeit für so was."

Wieder spuckte er aus. Paul sah zu Boden. Unter Sebastians Platz war ein Sonnenblumenkernkompost entstanden. Und der schwamm in einer Pfütze aus Spucke, die sich in Fäden ausgebreitet hatte.

„Die Freiheit des Menschen liegt nicht darin, dass er tun kann, was er will, sondern, dass er nicht tun muss, was er nicht will. Na?" Sebastian sah Paul an.

Paul zuckte mit den Schultern. „Goethe?", sagte er zögerlich.

„Nein." Sebastian feixte. „Na?"

„Dann Schiller", sagte Paul.

„Wieder falsch." Sebastians Stimme war keinerlei Bemühung anzumerken, die Triumphlaute zu unterdrücken. „Rousseau," sagte er dann und sah Paul direkt in die Augen.

Paul gab sich alle Mühe, Gleichmut zur Schau zu stellen.

Ob er nun mit Paul rechnen könne in seinem Projekt, herrschte Sebastian ihn an.

„Weißt du ...", sagte Paul gedehnt, „schwer zu sagen, ob ich da der Richtige bin. Ich habe keine Ahnung, wo man Sponsoren auftreiben kann für so ein Projekt. Ich kenne überhaupt keine Firmen in der Gegend."

Sebastian knirschte mit den Zähnen.

Paul unterdrückte ein Grinsen. „Ich als Westarsch bin ja zugezogen. Deswegen habe ich einfach keine Verbindung zu den Schulen hier und irgendwelchen Sponsoren."

Sebastian ließ nicht locker. Das sei doch kein Problem. Allein schon deswegen, weil sie in diesem Punkt ohnehin bei null beginnen müssten. Den Sponsor der Schule, an der die Schüler die Lautsprecher zerstört hatten, habe die Schule selbst besorgt. Für die anderen beiden Schulen gebe es noch keinen Masterplan. Aber er könne Paul bei der Suche unterstützen.

„Das hört sich nach einer Menge Arbeit an", sagte Paul, „und ich bin derzeit leider ziemlich ausgelastet." Das ‚leider' musste so ironisch geklungen haben, dass Sebastian nun offenkundig gar nicht mehr nachzugeben bereit war.

„Super", sagte er. „Dann zähle ich auf dich."

Und zwang Paul zum Tausch der Handynummern.

In den Semesterferien hatte Paul an einem Tag drei

Anrufe von Sebastian auf dem Display entdeckt, ihn allerdings nicht zurückgerufen.

III. Zonenallee

Lenas Lesebühne hieß *Zonenallee*. Sie fand jeden Freitag in der *Letzten Bastion* in der Pappelallee am Prenzlauer Berg statt. Kurz vor Veranstaltungsbeginn lehnten Lena und die drei Männer um die dreißig, die mit ihr die *Zonenallee* bildeten, an der Theke. Lena hob sich ab von ihnen. Nicht nur durch ihr Geschlecht, sondern auch, wenn man die Bewegungen der vier Gestalten verglich. Die drei Männer existierten, Lena lebte.

Dass auf der Bühne der Kleinste der drei die Veranstaltung eröffnete, schien zufällig. Ebenso wenig wie er hätten die anderen beiden wie der natürliche Kopf des Quartetts gewirkt. Die Bühne wurde nur von einem einzigen Scheinwerfer angestrahlt und der kleine Mann musste den Mikrofonständer auf seine Mundhöhe herabziehen.

Er stellte zunächst sich als Gurke, dann Lena als Lena und zuletzt die beiden Männer auf ihren Hockern im Halbdunkel der Bühne als Lutz Feigenbaum und Distel vor.

Dann wollte er offensichtlich über das Fußballspiel kalauern, zu dem diese Veranstaltung in Konkurrenz stehe und dessen Betrachter ihm allesamt als ästhetisch Verirrte erschienen, wurde aber von Lena unterbrochen, die sich von ihrem Hocker erhob und zum Mikrofon hinkte. Ob sie das konnte, ohne an ihr Hinken zu denken? Lena kannte ihr Bein seit achtundzwanzig Jahren. Sie sah es jeden Tag. Sie kannte es im Spiegel, in der Dusche, im Schuh. Sollte er das bewundern? Diesen Mut zum Auftritt trotz dieses Beins. Oder war das Bein der heimliche Grund ihres Auftritts? Wollte Lena wegen etwas anderem im Mittelpunkt stehen als wegen ihrer Behinderung? Er hätte niemals gewagt, auf einer solchen Veranstaltung aufzutreten. Noch dazu mit einem selbst verfassten Text. Wer sein Manuskript an einen Verlag schickte, konnte die Ablehnung vor sich selbst tausendfach rechtfertigen. Wer aber auf dieser Bühne keinen Applaus erhielt, oder, schlimmer: Schmähungen erntete, dem blieb keine Ausrede. Der war durchgefallen.

Lena bat darum, heute ausnahmsweise nicht zu rauchen. Sie sei etwas angeschlagen und ihre Stimme daher nicht sehr belastbar.

Paul sah um sich herum Zigaretten aufglimmen. Niemand machte Anstalten, die eigene Zigarette zu löschen. Lena hinkte zurück.

Ein Husten. Das Klicken eines Feuerzeugs. Dann begann Gurke einen Text vorzutragen über sein Verhältnis zur Lohnarbeit. Gurke nahm den ersten Mai als Aufhänger, um in die Runde zu fragen, weshalb der Arbeit ein Dreihundertfünfundsechzigstel unseres Lebens gewidmet sei, während der Müßiggang leer ausgehe. Er erntete Lacher immer dann, wenn Paul sie am wenigsten erwartete. Gegen Ende von Gurkes Auftritt sah Paul fast nur noch Rauchende im Publikum. Jetzt entdeckte er Sebastian in einem blauen Wams und mit spiegelnder

Glatze. Er lehnte an der Wand, eine Zigarette im Mund und applaudierte Gurke mit inszenierter Lässigkeit.

Dann trat Lena auf.

Ihr dunkles Haar fiel ihr in die Stirn, als sie zu Boden sah, um ihr Hinkebein zwischen den Füßen des Mikrofonständers zu drapieren. Mittlerweile trug sie einen Schal, als wolle sie dem Hinweis auf ihre Erkältung Nachdruck verleihen. Am Nachmittag in der HU hatte Paul nichts von dieser Erkältung bemerkt.

Sebastian stand nun vorgebeugt, so gespannt schien er auf ihren Auftritt.

Lena räusperte sich mehrmals, ehe sie begann.

„Den Text, der jetzt kommt, muss ich euch schon mal vorab erklären. Denn als ich ihn das erste und bisher einzige Mal vorgelesen habe, haben mich einzelne hinterher verwundert angesprochen, ob der Text ernst gemeint sei. ‚Natürlich‘, habe ich geantwortet. ‚Alle meine Texte sind ernst gemeint. Sonst brauchte ich sie nicht zu schreiben.‘ Deswegen sei euch schon vorher gesagt: Jetzt kommt ernsthafte Satire.

Vom Guten und dem Bösen

Als ich ein Kind war, gab es Berlin zweimal. Bei den Jungpionieren wurde uns erklärt, warum. Es gab Berlin zweimal, weil es auch zwei Sorten Berliner gab: die Guten und die Bösen.

Wir waren selbstverständlich die Guten. Unsere Werte waren Gleichheit und Freundschaft. (Lena machte die Freundschaftsgeste der DDR-Jugendverbände)

Die anderen waren die Bösen. Deren Werte waren Konsum und Urlaub und Konsum im Urlaub.

Irgendwann haben die Bösen damit aber offensichtlich aufgehört, so dass wir Gute uns mit ihnen zu einer Stadt zusammenschließen konnten. Da war ich zehn.

Das ist jetzt achtzehn Jahre her.

Und ich habe das Gefühl: Es wird Zeit, dass es wieder zwei Berlins gibt. Schließlich gibt es ja auch wieder Gute und Böse. Ihr sagt, das klingt spalterisch. Na klar: Ich will ja auch spalten.

Das Tolle ist: Ich gehöre wieder zu den Guten. Die Guten sind nämlich die echten Berliner. Und die Bösen sind die Zugereisten. All die Spanier und Schwaben und Amerikaner und Allgäuer, die die Veggieburger-Bratereien in der Kastanienallee betreiben für all die anderen Spanier und Schwaben und Amerikaner und Allgäuer, die die Veggieburger-Bratereien in der Kastanienallee aufsuchen. Leider sind das dieselben, die in den Andenkenläden am Hackeschen Markt die letzten Mauerreste aufkaufen. Diese Mauerreste könnten wir jetzt nämlich wieder gut gebrauchen.

Über die Demarkationslinie kann man verhandeln, da bin ich ganz offen. Mitte würde ich ganz gern für die Guten, die echten Berliner bewahren, sonst muss ich nämlich die Uni wechseln. Und die Pappelallee sollte auch in unserer Hand bleiben, sonst kann ich nämlich bald abends nicht mehr hier stehen und bin arbeitslos und dann muss ich nach drüben gehen zu den Zugereisten und sie anschnorren oder ihnen Mauerstücke verkaufen, die ich heimlich in unserem Waschkeller aus der Wand pickle. Obwohl, wahrscheinlich bin ich auch arbeitslos, wenn die

Pappelallee in unserer Hand bleibt. Denn wenn ich mir euch so angucke, habe ich den Eindruck, die meisten würden in der Hälfte der Zugereisten landen.

Selbstverständlich herrscht Niederlassungszwang, das heißt, keiner kann auswählen, ob er im guten oder im bösen Teil wohnen will. Stellt euch vor, welche Szenen sich während des Mauerbaus abspielen werden. Verzweifelte Schwaben und Spanier und Amerikaner und Allgäuer kaufen polnischen Fälschern Papiere ab, in denen Berlin als Geburtsort angegeben ist, weil sie nicht im bösen Teil mit all den Schwaben und Spaniern und Amerikanern und Allgäuern leben wollen. Dann der Tag, an dem die Mauer fertiggestellt wird. Ganze Familien Zugereister stürzen sich aus den Fenstern, um in den guten Teil zu gelangen. Unten stehen waschechte Ostberliner Polizisten mit Sprungtüchern und setzen die Aufgefangenen postwendend in die Daimler und BMW, die der böse Teil zum Abtransport der eigenen Bevölkerung bereitgestellt hat. Minütlich fahren Dutzende Daimler ab und setzen die schwäbischen, spanischen, amerikanischen und Allgäuer Passagiere im anderen Teil vor den Starbucks-Filialen aus, in denen verzweifelte Zurückgebliebene vor ihren Apple-Notebooks sitzen.

Wenn die Mauer eine Weile steht und sich ihre Unüberwindbarkeit herumgesprochen hat, beginnen die ersten Zugereisten mit dem Tunnelbau. Monatelang verschwinden sie in ihren Kellern und buddeln. Nur hin und wieder kehren sie ans Tageslicht zurück, um sich mit etwas Sushi oder einem Chai Latte mit Sojamilchschaum zu stärken.

Aber ich will nichts beschönigen. Selbstverständlich re-

gen sich auch in der Hälfte der echten Berliner kritische Stimmen. Der berühmte Ostberliner Barde Wolf Weinmann, der eigentlich Hamburger und darum nur geduldet ist, kritisiert die permanente Knappheit von Smoothies, Frozen Daiquiris und iPads. Als er von einem Konzert in Köln in die gute Hälfte Berlins zurückkehren will, wird ihm die Einreise verwehrt. Wolf Weinmann muss für immer drüben bleiben.

Zugleich entsteht am Grenzübergang Friedrichstraße ein Schmuggelwesen. Bewohner der guten Hälfte erstehen Trinkbecherladungen Chai Latte und Tortilla Wraps im Tausch gegen Super 8-Videoaufnahmen, die die gute Stimmung im Teil der echten Berliner zeigen.

Alles könnte so schön sein, doch dann begeht der Sekretär des ZK für Informationswesen in der Hälfte der Zugereisten, Günter Grabowski, einen folgenschweren Fehler. Auf einer live in Fernsehen und Radio übertragenen Pressekonferenz liest er einen Beschluss des bösen Bürgermeisters vor, der Tagesreisen in die Hälfte der echten Berliner gestatten soll. Allerdings verspricht sich Grabowski und sagt „endgültige Ausreise" statt Tagesreise. Dass er sich unverzüglich verbessert, geht im Jubel der Massen unter. Die Zugereisten drängen zur Mauer. Damit ist das Ende der zweiten Teilungsphase Berlins besiegelt.

Liebe echte Berliner hier im Saal: Glaubt mir, die Jahre bis zu diesem Ende der Teilung lohnen sich trotzdem. Wer mit mir dieser Meinung ist, kann später die Petition zur erneuten Teilung Berlins unterschreiben. Ich habe sie auf dem Tisch neben der Eingangstür ausgelegt. Danke."

Jetzt brandete Beifall auf. Paul sah sich im Publikum um. Die meisten hier waren sicher Spanier und Schwaben und Amerikaner und Allgäuer. Auch Gurke, Lutz Feigenbaum und Distel klatschten. Sebastian hatte sich die Zigarette in den Mundwinkel gesteckt, um applaudieren zu können. Lena lächelte ins Publikum, dann trat sie in den Halbschatten der hinteren Bühne zurück.

Gewiss hatte Lenas Vortragsweise die große Zustimmung begünstigt. Sie hatte ihren Text mit einem derartigen Ernst und einer solchen Emphase dargeboten, dass sich nicht wenige bei der entsprechenden Passage zur Tür umgedreht hatten, um zu sehen, ob dort tatsächlich Petitionsformulare auslagen. Auch Paul hatte sich umgedreht. Er fühlte sich merkwürdig angegriffen von diesem Text. Der war zwar eine literarische Fiktion gewesen, aber es blieb spürbar, dass der Text seine Kraft daraus schöpfte, dass Lena in ihm gegen etwas anschrieb, das sie in der Wirklichkeit als tatsächliches Problem zu empfinden schien. Wenn er das ernst nahm, dann musste er sich als Lenas natürlichen Feind betrachten.

Nachdem Lutz Feigenbaum und Distel gelesen hatten, kehrte Gurke ans Mikrofon zurück, um eine zehnminütige Pause anzukündigen.

Als Paul an der Theke stand, legte sich von hinten eine Hand auf seine Schulter. Er drehte sich um und sah auf Sebastians Glatze. „Bestellst du mir eins mit?", fragte er.

Paul beugte sich nach vorn und erhöhte die Bestellung.

Dann wollte er Sebastian mit einer eröffnenden Frage

zuvorkommen, um nicht in die Rolle des Antwortlieferanten gedrängt zu werden.

Aber Sebastian war schneller: „Wie haben dir die Auftritte gefallen?", wollte er wissen. Seine wässrigen Augen glänzten, als lägen sie hinter Wasser. Als hätte das Wasser ihnen die Farbe ausgewaschen. Nur etwas blaue Tünche war übrig geblieben.

„Na ja", sagte Paul. „Die drei Männer sind untereinander relativ austauschbar. Irgendwie profillos."

„Klar", sagte Sebastian. „Lena sticht schon heraus. Aber Humor haben sie alle vier, das musst du ihnen lassen."

In diesem Moment kam Lena vorbei, begleitet von einer etwa Gleichaltrigen mit breiter Nase und kräftigen Schultern. Sie sah aus wie jemand, der nur auf Schwarz-Weiß-Fotos vorkommt.

Paul beobachtete, wie Sebastians Blicke der Begleiterin folgten. Damit ließ er Paul den Raum für Gegenfragen: „Weißt du, wer Lenas Begleitung ist?"

Sebastian drehte sich ihm nur sehr langsam wieder zu.

„Nein", sagte er. „Ist aber 'ne echt heiße Frau. Die hat so eine männliche Komponente in ihrer Ausstrahlung. Frida Kahlo in Blond oder so."

„Puh", sagte Paul.

Sebastian lachte meckernd: „Das habe ich mir gedacht. Frida Kahlo ist nichts für unseren Lehramtsstudenten mit der Vorliebe für bürgerliche Handtaschenladys. Du gleichst dem Geist, den du begreifst. Wahrscheinlich stört dich auch an Lena, dass sie hinkt."

Paul zögerte. „Ja, das stört mich", sagte er dann und sah mit Genugtuung, wie überrascht Sebastian war.

„Und warum?", fragte er. Dieses Nachhaken war so überflüssig wie die Frage, weshalb man Beethoven lieber höre als Bach oder lieber in die Berge fahre als ans Meer.

Paul zog die Augenbrauen hoch: „Es liegt in meiner Natur, nur gesunde Frauen zu begehren", sagte er, „und eigentlich sollte es auch in deiner liegen. Man will gesunde Kinder, und die kriegt man eben von gesunden Frauen. Alles andere ist unlogisch."

Jetzt war es Sebastian, der die Augenbrauen emporzog: „Und was, wenn ich gar keine gesunden Kinder will?"

Paul sah in sein Bierglas. „Weißt du", sagte er dann, „ich glaube, dass das Leben keinen Sinn hat. Aber wenn es einen hat, dann die Fortpflanzung. Warum soll ich wollen, dass meine Fortpflanzung scheitert?"

Sebastian holte Luft, aber Paul ließ ihn nicht zu Wort kommen: „Und selbst wenn der Sinn des Lebens nicht die Fortpflanzung ist, sondern von mir aus die Ästhetik, dann ist eine gesunde Frau immer noch besser als deine Lena. Weil sie sozusagen näher an die vollendete Form heranreicht. Um es mit Platon zu sagen."

Sebastian sah ihm direkt in die Augen. „Du hast mit allem recht. Aber ich frage dich was: Wieso finde ich Lena dann trotzdem heiß?"

Wieder sah Paul in sein Bierglas. „Wahrscheinlich hast du dir lange genug eingeredet, dass die inneren Werte mehr zählen als die äußeren und dass Männer Frauen nicht auf ihren Körper reduzieren sollten."

Sebastian grinste.

Paul stieß an Sebastians Bierglas: „Stimmt's?"

Die Pause war gleich zu Ende, die Bedienung wollte abkassieren. Paul bezahlte die beiden Biere und reagierte auf Sebastians Versicherung, die nächste Runde würde von ihm übernommen, mit einem genervten Nicken, das Sebastian zu verstehen geben sollte, dass Beträge dieser Größenordnung für ihn keine Rolle spielten. Westarsch eben.

Jetzt kehrten die vier Mitglieder der *Zonenallee* auf die Bühne zurück. Paul sah, dass Lenas Begleiterin am Rand der ersten Reihe Platz genommen hatte und ein Bier trank. Im Raum war es so dunkel, dass sie tatsächlich wie das Motiv eines Schwarz-Weiß-Fotos erschien.

Gurke trat ans Mikrofon: „Nach der Pause lassen wir traditionellerweise einen Hut kreisen, dahinein man eine Künstlerspende nach eigenem Ermessen zu entrichten eingeladen ist."

Es hätte des ironischen Tonfalls nicht bedurft, um zu erraten, wie peinlich es Gurke war, dieses Anliegen vorzutragen. Auch seine Körperhaltung verriet ihn. Er stand so nah am Mikrofon, wie man bei jemandem steht, dem man etwas Peinliches ins Ohr flüstert.

Gurke senkte den Blick. Dann kündigte er Lutz Feigenbaum als eröffnenden Künstler an. Es folgten Distel und dann Gurke selbst. Paul vermied es, in Sebastians Richtung zu sehen. Der würde ihm bestimmt zu verstehen geben, wie ansprechend und humorvoll er die Texte finde. Dem zu widersprechen, wäre per Mimik noch unhöflicher als mit Worten.

Als Lena zum Mikrofon humpelte, erklang aus mehreren Ecken des völlig verrauchten Raumes Vorabapplaus. Jetzt sah Paul zu Sebastian hinüber. Um klatschen zu können, hatte er wieder die Zigarette im Mundwinkel stecken. Der Rauch kletterte sein Gesicht empor, weshalb er die Augen so angestrengt zusammenkneifen musste, als säße er auf der Toilette.

„Jetzt gibt's was passend zur Jahreszeit", sagte Lena.

Liebe in Zeiten der Globalisierung

Von allen Jahreszeiten ist der Frühling am vorhersehbarsten. Jedes Jahr dasselbe.

Blumen blühen, Kröten quaken, Bäume blättern, Insekten tummeln sich in Colagläsern und turnen die nackten Beine der jungen Damen empor.

Und die jungen Herren beneiden diese Insekten. Denn heutzutage darf man ja nicht mehr ungeniert jungen Damen die nackten Beine hochklettern. Darum entrichten die jungen Herren murrend die Eintrittsgelder an den Kassen der Diskotheken und Konzerthallen. Drin hoffen sie dann, möglichst vielen jungen Damen mit nackten Beinen zu begegnen.

Und weil das nur die halbe Wahrheit ist, gebe ich zu, dass ich vergangenen Samstag mit meiner Freundin Tiziana in einen Club gegangen bin. Wir hofften auf die Blicke einiger junger Herren und hatten daher einen nicht unbedeutenden Teil unserer Beine freigelegt.

Wer behauptet, eine hübsche Frau müsse an einem Clubabend gar nichts ausgeben, hat keine Ahnung. Die sechs Euro Eintritt zahlt mir keiner. Und die zwei Euro Garderobe genauso wenig. Als wir an der Theke standen, hofften wir, dass unsere nackten Beine im Licht des Stroboskops leuchten würden. Das wäre dann der Glühwürmcheneffekt. Oder der Wasserinsekteneffekt. Man sagt ja, dass neu angelegte Teiche von Wasserinsekten entdeckt und besiedelt werden, weil sich der Mond auf ihrer Oberfläche spiegelt.

Vielleicht hatte sich eine Wolke vor das Stroboskop geschoben. Jedenfalls schienen unsere Beine nicht ausreichend zu leuchten und so mussten wir nochmals sieben Euro in einen Gin Tonic investieren.

Dann endlich kam einer. Wahrscheinlich hatte er uns schon die ganze Zeit beobachtet und extra abgewartet, bis die Getränke bezahlt waren.

Er hieß Jan und war groß und dunkelhaarig. Genau wie wir und die Blumen und Kröten und Bäume und Insekten war Jan offensichtlich ein Opfer des Frühlings. Nach zwei Minuten stand er so auf die Theke aufgestützt, dass wir uns berühren mussten, sobald einer von uns beiden sich nur einen Millimeter bewegte. Tiziana wurde von Jan nicht beachtet. Ich erzählte Jan eine meiner Lesebühnengeschichten, um ihn zu unterhalten. Plötzlich unterbrach er mich: „Du bist doch nicht aus dem Osten, oder?" „Scheißglobalisierung", sagte ich. Das verstand er nicht. „Natürlich bin ich aus dem Osten", sagte ich. „Wieso soll ich auch nicht aus dem Osten sein? Wir sind hier im Friedrichshain. Das ist doch der Osten. Aber die Globalisierung spült hier Leute wie dich an aus Hamburg ..." „Bremen", sagte er. „Bremen", wiederholte ich. „Jedenfalls werden hier Leute aus Hamburg oder Bremen angespült, die sich drüber wundern, dass im Osten Leute aus dem Osten sind." Er nickte verständnisvoll und ergänzte, da hätte ich sicher recht, aber er stehe einfach nicht so auf ostdeutsche Frauen.

Scheißglobalisierung.

Früher war alles viel einfacher. Und mit früher meine ich jetzt nicht 1993 oder die Renaissance. Mit früher meine ich die präzivilisatorischen Vergesellschaftungsformen etwa des Holozän oder der Jungsteinzeit.

Die Neandertaler hatten es leicht, wenn Frühling war. Weder mussten sie Eintritt für ihre Höhle zahlen noch ihr Mammutfell an der Garderobe abgeben. Und es gehörte auch sicher nicht zum guten Ton, der Dame der Höhle ein Trinkhorn Säbelzahntigerblut für sieben oder acht Muscheln auszugeben.

Wenn es Frühling wurde im Neandertal, dann richteten sich die Männer in der Höhle auf und sahen nach links. Regten sich dort keine ausreichend anmutigen Weibchen, drehten sie sich um und sahen nach rechts. Hatten sie ein hübsches Fräulein entdeckt – in der Regel handelte es sich übrigens um eine ihrer zahlreichen Cousinen –, wurden sie vorstellig und präsentierten ihre Keule. Um kommunikativ zu erscheinen, nickten sie dazu vielleicht auch noch mit dem Kopf. Nickte die junge Neanderdame dann zurück, war die Sache besiegelt.

Ich lege meine Hand dafür ins Feuer, dass nie ein Eroberer zurückschreckte und dann in zögernden Grunzlauten die Frage an sie richtete: „Sag mal, du bist doch nicht aus Ostneandertal, oder?"

Die Globalisierung hat alles verkompliziert. In Tschechien bauen sie koreanische Autos, die dann über Ungarn weitervertrieben werden, damit in Deutschland lebende Türken sie kaufen können. Und in Ostberliner Clubs drän-

gen sich westdeutsche und spanische Männer dicht an dicht, um sich dann zu wundern, wenn sie auf Ostberliner Frauen treffen.

Ich bin für eine Resimplifizierung der Partnerwahl. Jeder orientiert sich an seiner Höhle. Wenn ihm eine gefällt, zeigt er seine Keule. Es folgt ein Kopfnicken von zwei Seiten und die Sache ist besiegelt.

Ich habe Jan übrigens doch noch mitgenommen. Nachdem er festgestellt hatte, dass auch meine Freundin Tiziana aus dem Osten ist, hat er sich wieder mir zugewandt.

Ich habe kurz überlegt, ob ich beleidigt sein sollte.

Aber dann habe ich mir gedacht, dass die ganze Angelegenheit schon an sich kompliziert genug ist. Und ich wollte auch nicht umsonst fünfzehn Euro für Eintritt, Garderobe und Getränk ausgegeben haben.

Der Frühling ist tatsächlich die vorhersehbarste unter den Jahreszeiten.

Ihrem letzten Satz schickte Lena ein Lächeln hinterher. Im selben Augenblick war der Hut bei Paul angekommen.

Er ließ es so aussehen, als gäbe er ihn weiter, um applaudieren zu können. Schließlich hatte er schon Eintritt gezahlt. Er schmunzelte – das Verhältnis zum Geld verband ihn offenbar mit Lena.

Sebastian war sofort bei Paul.

„Na, zu geizig?", sagte er.

„Warum, wie viel hast du denn in den Hut?"

„Nichts", antwortete Sebastian. Aber er werde Lena jetzt ein Bier zahlen. So könne er sicher sein, dass hundert Prozent der aufgewandten Summe tatsächlich beim Künstler ankämen.

Er winkte Lena, die mit Gurke und ihrer breitschultrigen Freundin an der Bühne stand. Dieses Winken schien Lena ein willkommener Anlass, Gurke stehen zu lassen und mit der Breitschultrigen an der Hand zu ihnen zu kommen.

Lena fasste Sebastian am Wams und zog ihn zu sich herunter, um sich mit ihrem Gewicht an ihn zu hängen. Paul beachtete sie nicht.

Zum Glück hatte er nichts in den Hut geworfen!

Als Lena losließ, spannte Sebastian ihr Gesicht an den Schläfen zwischen seine Hände wie in einen Schraubstock und gab ihr einen Nasenstüber.

Auch die Breitschultrige beachtete Paul nicht, sondern hängte sich jetzt an Sebastians Hals wie an einen Turnring. Selbst aus der Nähe schien sie einem Schwarz-Weiß-Foto entstiegen. Wie Marlene Dietrich, nur in die Breite gestreckt. Ihre Handgelenke waren sicher breiter als Pauls. Vielleicht eine Schwimmerin. In Ostberlin gab es doch weiterhin diese Kaderschmieden. An der Landsberger Allee hatte er aus dem Straßenbahnfenster einen Olympiastützpunkt entdeckt. Waren nicht sowieso alle deutschen Schwimmer aus dem Osten? Ihm fiel kein Gegenbeispiel ein. Dass die Breitschultrige aus dem Osten war, stand für ihn fest. Alles an ihr war burschikos.

Sebastian schlug Paul auf die Schulter und nannte der Breitschultrigen seinen Namen.

Zu Paul sagte er dann: „Das ist Tiziana."

Anders als Lena am Nachmittag gab Tiziana ihm die Hand.

„Freut mich", sagte Paul und zuckte unter den eigenen Worten zusammen. Schrecklich altmodisch klang das, wie aus einem Peter-Alexander-Film. Andererseits: Alles Altmodische musste doch zu dieser in die Breite gestreckten Marlene Dietrich passen.

„Habe die Ehre", sagte Sebastian in einem Tonfall, der zweifellos wienerisch klingen sollte.

Lena und Tiziana lachten.

„Küss die Hand", sagte Paul, um sich zu retten und beugte sich Sebastian entgegen, der ihm aber die Hand vor der Nase wegzog.

Paul spürte Wärme in sein Gesicht einströmen.

Er drehte sich halb ab.

„Vier Bier und dann raus", sagte glücklicherweise Sebastian.

Die beiden Frauen stimmten zu.

Sie wolle nur nach dem Hut sehen und sich ihren Anteil sichern, sagte Lena, dann komme sie nach.

Ob die das Geld brauchte, um überhaupt ein Bier bezahlen zu können? Wahrscheinlich vertraute sie weder Gurke noch Distel oder Lutz Feigenbaum.

Vor der Tür standen vier kurze Bierbänke und zwei Tische. Wie selbstverständlich setzte sich Sebastian neben Tiziana.

Sie stießen an, Flaschenhals an Flaschenhals.

Was denn aus seinem coolen Projekt mit der Wagner-Modernisierung für die Pausenhöfe geworden sei, fragte Tiziana.

Sebastian klappte sein Wams mit der linken Hand auf und zu.

„Händel", sagte er dann. „Der Messiah von Händel."
Er seufzte.

„Ja, das ist so eine Sache mit dem Projekt." Er holte tief Luft. „Man kennt das ja. Viel zu tun. Das KKK ist eben ein Kreativpool. Da sprudeln die Ideen schneller als die Ölquellen in Saudi-Arabien. Ich hätte das mit dem Projekt in Neukölln sofort durchgezogen. Aber mein Genosse hat mich im Stich gelassen. Zu viele andere Projekte. Und dann eben kein Sponsor in Neukölln."

Er grinste und schlug Paul auf die Schulter: „Und der da hat sich ja auch nicht überwinden können, bei der Suche zu helfen."

Tiziana sah Paul an, als habe sie längst vergessen, wer er überhaupt war.

Er hatte das Gefühl, etwas sagen zu müssen.

Zum Glück fuhr Sebastian fort: „Aber momentan steht für mich sowieso ein ganz anderes, ein ganz neues Projekt im Vordergrund."

Die Pause, die er einlegte, hätte Paul am liebsten mit einem Trommelwirbel auf der Tischkante gefüllt.

„Ich will eine Lesebühne in Cottbus etablieren, in meiner Heimatstadt. Vielleicht kann Lena mir ja dabei helfen."

In diesem Augenblick kam Lena dazu, setzte sich neben Paul, stieß mit ihm und Tiziana an, Flaschenhals an Flaschenhals. Dann bedachte sie Sebastian mit einem Stirnrunzeln.

„Wobei kann ich helfen?", fragte sie.

Er wolle eine Lesebühne in Cottbus aufziehen, wiederholte Sebastian.

Lena schien sich zu wundern. Ob er denn Texte schreibe.

Eigentlich nicht. Er sei mehr der Performance-Artist, sagte Sebastian. „Aber eine solche Bühne würde Cottbus einfach gut tun. Leute, dort herrscht so ein Kulturvakuum, das könnt ihr euch gar nicht vorstellen. Und dabei sind dort so viele coole Leute. Die haben einfach mal Input von außen nötig, das spürt man."

Jetzt sprach er nur noch zu Lena: „Vielleicht kannst du mich und das KKK unterstützen."

Lena setzte ihre Bierflasche ab. Dann unterdrückte sie ein Aufstoßen.

„Wie denn?", fragte sie.

„Ganz einfach. Indem du den einen oder anderen Gastauftritt in Cottbus einplanst. Und hey, am besten direkt mit deiner Zonenallee zusammen."

„Klar, cool", sagte Lena. „Bin dabei."

Die Zuschauer hier waren fast nur Studenten oder junge Akademiker, überlegte Paul. Gab es in Cottbus überhaupt eine Uni? Aber diese Gedanken behielt er besser für sich. Er hatte keine Lust, schon wieder der Westarsch zu sein.

Wenn er eine Schauspielerin brauche, helfe sie ihm gern, sagte Tiziana und Paul hatte das Gefühl, als sei dieser Satz vor allem für ihn bestimmt.

Und tatsächlich wandte sie sich jetzt zum ersten Mal an Paul: „Ich bin nämlich Schauspielerin", sagte sie und schämte sich kein bisschen für diesen Zusatz.

Genauso gut hätte sie sagen können, man habe sie in

der Abiturzeitung zum attraktivsten Mädchen der Stufe gewählt oder ihr Vater sei Bundesminister. Paul wusste nicht, wohin er schauen sollte.

Tiziana schien darauf zu warten, dass er etwas sagte.

Er räusperte sich. „Kann man denn davon leben?", fragte er dann.

Tiziana zuckte fröhlich mit den Schultern. „Noch nicht", sagte sie. „Und eigentlich sowieso nur die Allerbesten. So weit bin ich noch nicht."

Anders als Lena unterdrückte sie ihr Aufstoßen nicht. Dann wedelte sie mit ihrer Hand vor dem Mund herum, als gäbe es dort etwas zu verscheuchen.

„Die Situation für Schauspieler ist schrecklich in Berlin. Angeblich macht jeder was mit Medien. Und dann hast du die ganzen Leute, die herziehen wegen der billigen Miete und dann meinen, sie müssten hier den Kunstmarkt fluten mit ihrem Provinztalent. Die verstopfen die Castings in Babelsberg und sogar bei den richtig abgeranzten Theatern. Früher habe ich noch ab und zu kleinere Rollen gekriegt, aber es wird echt jedes Jahr schlimmer. Weißt du, ich sag immer: Lieber eine kleine Rolle an einem großen Theater als eine große Rolle an einem kleinen Theater. Und man darf auch nicht aus der Übung kommen. Aber ich bin jetzt echt total draußen. Immer am Kellnern, damit's für die Miete reicht. Ach, und eigentlich wäre ich sowieso lieber beim Fernsehen oder beim Film."

Paul kniff ein Auge zusammen und blickte mit dem anderen in seine Flasche wie in ein Kaleidoskop.

Ob sie, was Fernsehen und Filme anbelange, nicht in Köln besser aufgehoben sei, wandte er dann ein. Das

Gespräch fing an, ihm Spaß zu machen. Tat man so, als nähme man Tiziana ernst, konnte man es sicher abendfüllend am Laufen halten.

Tiziana tippte sich an die Stirn.

„Was soll ich denn in Köln?", rief sie. „Nee, nee, 'ne echte Berliner Pflanze wird nicht umgetopft." Sicher werde in Köln viel gedreht. Aber das meiste sei doch anspruchsloses Zeug. Berlin habe da eine ganz andere Tradition. UFA und so.

Marlene Dietrich, dachte Paul und stellte sich Tiziana in einem Schwarz-Weiß-Film vor. Er unterdrückte ein Grinsen.

Lena war die ganze Zeit unruhig auf ihrer Bierbank umhergerutscht. Jetzt wandte sie sich an Paul.

Wie ihm denn der Lesebühnenabend gefallen habe.

„Gut", sagte er ohne zu zögern. „Am interessantesten finde ich den Unterschied zwischen den Texten hier und richtiger Literatur", schob er nach. Dann biss er sich auf die Zunge.

Lena beugte sich auf ihrer Bierbank vor wie eine Eule, die mit ihrem Schnabel nach einer Maus hacken will: „Ach ja, und das hier ist wohl keine richtige Literatur?"

Paul hätte am liebsten alles zurückgenommen.

„Für mich ist das hier halt eher Kabarett", sagte er gedehnt. „Ein bisschen Humor, ein bisschen Soziologie. Kabarett eben."

„Dann ist Tucholsky wohl auch nur Kabarett?", fragte Lena. „Denn bei Tucholsky hast du auch deine Soziologie und ein gerüttelt Maß an Komik."

Ein gerüttelt Maß, wiederholte Paul in seinem Kopf. Dieser Tonfall verhieß nichts Gutes.

Jetzt mischte sich Sebastian ein. „Dann sind die Theobald-Tiger-Gedichte gegen das NS-Regime wohl auch keine Literatur?", herrschte er Paul an. „Und das, obwohl sie so wach und aufgeklärt sind?"

Paul schüttelte den Kopf.

„Wenn alles als Literatur gilt, was wach ist, dann ist mein Opa ab sieben Uhr morgens auch Literatur", sagte er. Sebastian schnaubte. „Dann wären doch alle Philosophen Literaten gewesen", ergänzte Paul.

Jetzt beugte sich Tiziana vor: „Das mit dem Kabarett ist doch Quatsch", sagte sie. „Kabarett ist für mich ein auswendig gelernter Bühnentext über die Politik."

Paul lachte: „Ach so, und weil Lena ihre Texte nicht mal auswendig kann, sondern ablesen muss, macht sie kein Kabarett?"

Lena grinste.

„Okay, Leute, ganz langsam", schob Paul nach. „Warum gehen die Leute ins Kabarett? Weil sie lachen wollen. Warum gehen die Leute zu einer Lesebühne? Weil sie lachen wollen. Ich kann mir gut vorstellen, dass jemand von einer Lesebühne kommt und sagt: ‚Also heute war's wirklich gar nicht witzig.' Das würde man über eine Dichterlesung nie sagen. Also echt, Freunde, dieser Rilke. Reimen kann er ja, aber witzig ist er nicht."

Sebastian sagte: „Die deutsche Literatur ist einäugig. Das lachende Auge fehlt."

Er sah in die Runde: „Na?"

Niemand reagierte.

„Kästner", schob er nach und lehnte sich zufrieden zurück.

„Paul hat schon recht", sagte Lena. „Die Erwartungshaltung der Leute bei uns ist schon anders als bei einer klassischen Lesung. Deswegen lese ich als zweiten Text immer irgendwas übers Bumsen. Das wollen die Leute hören. Das kommt immer an. Bei anderen Texten musst du abwägen, ob sie zum Publikum passen. Aber Bumsen geht immer."

„Das ist doch ein Schlusswort", sagte Sebastian. „Bumsen geht immer."

Er prostete in die Runde: „Darf ich dich damit zitieren, Lena?"

Stille trat ein.

Tiziana setzte ihr Bier ab. Der Flaschenhals löste sich mit einem Quietschen von ihrem Mund. Sie kicherte.

Wenn Stille herrschte, glaubte Paul immer, er sei gefordert.

„Vielleicht einigen wir uns darauf: Lesebühnentexte sind Literatur, die komisch sein muss", sagte er.

Lena sah ihn nachdenklich an: „Ich glaube, dich stört was ganz anderes an unseren Texten." Sie machte eine Pause. Paul spürte sein Herz schlagen.

„Dich stört, dass man sich unsere Texte nicht ins Regal stellen kann", fuhr sie fort. „Du glaubst, Literatur gehört auf Papier. Du glaubst, Literatur ist das, was ein alter Mann am Schreibtisch erzeugt."

Paul zögerte. „Stimmt", sagte er dann.

Sebastian spielte den Begeisterten: „Wow, der alte Mann am Kamin."

Tiziana lachte.

„Das Buch ist die Axt für das gefrorene Meer in uns", fügte Sebastian hinzu.

Diesmal verkniff er sich sein „Na?" und schob umgehend „Kafka" hinterher.

Lena wirkte jetzt fast trotzig. „Der Witz ist doch, dass Literatur eigentlich nie der alte Mann am Schreibtisch war. Literatur, das waren immer Abenteuergeschichten auf Festen, Gedichte zur Hochzeit, Märchen am Lagerfeuer. Der alte Mann am Schreibtisch ist ja eine Erfindung der letzten zweihundert Jahre."

Paul unterdrückte ein Grinsen. Da stellte die sich doch tatsächlich in eine Traditionslinie mit Homer und Walter von der Vogelweide! Nur, weil sie in einer verrauchten Spelunke in Ostberlin Anekdötchen über einen Clubbesuch vortrug.

„Wenn du Literatur betreibst, wie sie immer war, warum soll dann ich der Traditionalist sein und nicht du?", fragte er dann und freute sich über die erstaunten Gesichter.

Dann begann Lena zu lachen. Paul sah ihr in die Augen und Wärme stieg in ihm auf.

Wieder mischte sich Sebastian ein: „Wahrscheinlich stimmt das Klischee vom alten Mann am Schreibtisch ja nicht mal für die letzten zweihundert Jahre." Kleist zum Beispiel, das sei doch gar kein Schreibtischautor gewesen. Vielleicht habe er am Schreibtisch geschrieben, aber das habe er doch letztlich gar nicht ausgehalten und deshalb sein Leben inszeniert. Mit dem Selbstmord als krönendem Abschluss. Ein Suizid als Performance-Art.

„Und wisst ihr, was das heißt, Leute?", fragte Sebastian in die Runde und nahm sich die Zeit, jedem einzeln in die Augen zu sehen. „Das heißt, dass ich in einer Traditionslinie mit Kleist stehe."

Lena und Tiziana lachten.

Sebastian legte seinen Arm um Tiziana und zog sie an sich, so dass ihr Kopf an seiner Schulter ruhte. Dann breitete er die Arme aus: „Was ist wünschenswerter, auf eine kurze Zeit oder nie glücklich gewesen zu sein?"

Wieder sah er in die Runde. „Na?", fragte er.

„Kleist", sagten Lena und Paul gleichzeitig.

Dann sahen sie einander in die Augen. Sebastian versuchte in diesen Blick einzudringen, aber es gelang ihm nicht.

„Kein Bier mehr", sagte er dann. Er wolle noch vier holen.

„Lass mal", sagte Lena und gähnte.

In diesem Augenblick erkannte Paul, dass ihre Viererrunde mit Lena stand und fiel. Ging sie, würden alle gehen. Ja, es gab diese Runde überhaupt nur ihretwegen.

Er streckte alle Gliedmaßen von sich, dann stand er auf.

Diesmal umarmte ihn Lena. Tiziana tat es ihr nach.

Dann ging er zur U-Bahn.

IV. Grabsteine

Dass er jetzt schon wieder in der S-Bahn saß, machte unglaubwürdig, dass er neun Stunden geschlafen haben sollte. Lena hatte ihn geweckt mit ihrem Anruf. Sicher hatte sie sich gestern Abend noch seine Handynummer geben lassen von Sebastian.

„Ich will mit dir Kleist besuchen", hatte sie am Telefon gesagt. „Punkt elf."

„Und wo?", hatte er gefragt.

„Na, am Kleist-Ort." Da gebe es doch nur einen, der infrage komme.

Kein Ort, nirgends, hatte er gedacht, es aber nicht ausgesprochen. Zitate waren Sebastians Markenzeichen.

Lena hatte seine Antwort nicht mehr abgewartet. Er hätte ohnehin keine gehabt. Höchstens eine Frage. Sie hatte aufgelegt und er sich unter die Dusche gestellt.

Jetzt saß er in der S7 Richtung Wannsee. Dass als Kleist-Ort nur Kleists Grab am Kleinen Wannsee infrage käme, hatte er sich noch mit dem Handy am Ohr überlegt. Nachdem sich ihm auch unter der Dusche kein anderer Kleist-Ort aufgedrängt hatte, war er zur Warschauer Straße getrottet und in die S-Bahn gestiegen.

Zum Glück war Lena nicht durch Zufall in derselben Bahn wie er.

Kurz überlegte er, ob all das vielleicht nur ein Trick sei. Vielleicht spielten Lena und Sebastian ihm einen Streich. Und nächste Woche im Seminar würden sie ihn verhöhnen, dass er zum Wannsee gefahren war für nichts und wieder nichts.

Andererseits – wenn er den Kleist-Ort richtig erraten hatte, war er gerade auf dem Weg zu seinem ersten Rendezvous an einem Grab.

Nikolassee. Noch eine Station.

Paul rieb die Handinnenflächen an seiner Jeans. Das half nichts. Sie feuchteten sofort nach. Trotzdem rieb er weiter.

Am Bahnhof Wannsee die Hinweisschilder, wie mit Runen beschriftet. Als könnte jeden Moment ein SA-Bataillon die Treppen heraufstapfen. Jedes Mal gruselte er sich hier.

Überhaupt war dieser äußerste Südwesten Berlins ein Gegenentwurf zu allen Stadtteilen im S-Bahn-Ring. Vielleicht war er darum der einzige, der perfekte Kleist-Ort.

Lena stand am Bahnsteig mit der Selbstverständlichkeit einer Mutter, die ihren Sohn vom Kindergarten abholt.

Dass sie ihn umarmte, hatte er erwartet. Nicht aber, dass ihm dabei so warm werden würde. Er hätte, an sie gelehnt, einfach stehen bleiben können.

Bei Lenas erstem Schritt fiel ihm ein, dass der Weg zum Grab sehr lange dauern würde. Hinkte sie sogar mehr als gestern?

Lena schien seine Gedanken erraten zu haben. „Unten steht mein Rad", sagte sie.

Paul stutzte: „Das haben sie dir doch geklaut?"

Verlegen schüttelte sie den Kopf. „Ich habe mich nur in der Straße vertan."

Paul schmunzelte erleichtert. Solange sie fuhr, war sie ein Schmetterling. Nur im Gehen war sie eine Raupe. Niemand würde ihm ansehen, dass er den Samstag mit einer Gehbehinderten verbrachte.

Als ein junges Paar würden sie den Passanten erscheinen. Sie mit ihrem langen braunen Haar und er an ihrer Seite. Nur worüber sollten sie reden, bis sie am Grab ankamen? Am besten fuhren sie beide mit Lenas Rad, er auf dem Sattel, sie auf dem Gepäckträger.

Lena ließ sich leicht überzeugen. Vielleicht fiel ihr mit dem Bein sogar das Radfahren schwer.

Auf dem Gepäckträger streckte sie beide Beine zur Seite, die Arme verschränkte sie vor seinem Bauch. Unwillkürlich zog er ihn ein und grinste über sich selbst.

Mit dem Fahrrad waren es nur wenige Minuten bis zu Kleists Grab. Paul versuchte so schnell zu fahren, dass man ihm nicht anmerkte, wie unsicher er mit ihr auf dem Gepäckträger war. Zu schnell werden durfte er aber ebenso wenig, um nicht ins Schlingern zu geraten. Wenn sie ernsthaft schwankten, würde er sie nicht auffangen können.

Die letzten Meter zum See verliefen über einen Fußweg, der so sandig war, dass ihm ganz flau im Magen wurde. Am Wegrand ragten Baumwurzeln aus der Erde, die das Fahrrad ins Federn versetzten. Er spürte, wie seine Zähne aufeinander rieben. Aber Lena jauchzte auf dem Gepäckträger. Na also.

Beim Absteigen streifte sein Blick ihre rechte Schläfe.

„Hast du dich gestoßen?", fragte er. Sie sah ihn verwundert an. „Deine Schläfe ist so dunkel und fast wie geschwollen. Und dann zieht sich eine violette Ader durch", sagte er und deutete darauf. Lena rieb nachdenklich mit Daumen und Zeigefinger darüber.

„Vielleicht von Sebastian", sagte sie dann. „Der hat mich doch gestern gepackt nach meinem Auftritt."

Paul staunte. Er glaube, er habe noch nie bei jemandem einen blauen Fleck an der Schläfe gesehen. Am Arm, ja, auch am Bein, an der Schulter. Aber doch nicht an der Schläfe!

Lena zuckte mit den Achseln.

„Liegt bei uns in der Familie", sagte sie. „Wir haben alle so eine Papierhaut. Wo alle Adern durchschimmern. Und meine Mutter verträgt keine Sonne. Bei mir wird es auch immer schlimmer. Letzten Sommer habe ich die Fenster mit Decken zugehängt, weil die Rollos nichts taugen. Und dann habe ich mich ins Bett zurückgezogen wie in einen Bau und gewartet, bis die Sonne untergeht."

Paul nickte verständnisvoll. „Dann pass mal gut auf deine Papierhaut auf", sagte er und schob das Rad die Wiese entlang.

Dass am Grab eine andere Stimmung herrschte, spürte er, noch bevor er das Fahrrad an einen Baum gelehnt hatte.

Das milchige Licht des Nordens fiel so schwach aus den Nadelbäumen, dass es wie Flüstern auf den Gräsern lag.

Im November hatten Kleist und Henriette Vogel sich

hier erschossen. Paul war, als ob das Grab auch jetzt, im April, November verströme.

Lena stand auf der Wiese wie ein Pilz.

„Den Grabstein hat wohl Sebastian gestaltet", sagte Paul. Das war ein Satz gegen allen November.

Lena las vor, was unter Kleists Lebensdaten eingraviert war:

„Nun, o Unsterblichkeit, bist du ganz mein."

„Na?", machte Paul.

Lena lachte.

Es war ein Lachen aus Gefälligkeit.

„Der Prinz von Homburg", sagte sie dann.

Und er: „Hast du Kleist gelesen?"

Und sie: „Nur die Stücke. Und die *Marquise*. Und den *Kohlhaas*."

„Also alles", sagte er.

Lena überlegte. „Ja. Fast. Und weißt du was? Bei Kleist wird ja beinahe überall gestorben. Penthesilea erdolcht sich mit Worten. Kohlhaas verliert den Kopf für zwei Ackergäule. Und dann das Käthchen von Heilbronn, wie es diesem Grafen folgt in einer ständigen Todesbereitschaft."

Sie hielt inne.

„Und hier hat er seinen eigenen Tod inszeniert. Mit einer jungen Frau. Einunddreißig. Wenn sie nicht mit ihm gestorben wäre, hätte die Geschichte sie vergessen. Sie lebt nur weiter, weil sie mit Kleist gestorben ist."

Paul setzte sich ins Gras. Er hoffte, Lena würde sich auch setzen. Stehend ertrug er sie nicht. Stehend, mit diesem eingeknickten Bein. Aber ihre Worte an diesem

Grab. Die gefielen ihm besser als jeder Satz aus den beiden Geschichten gestern Abend.

„Erst hat er ihr in die Brust geschossen. Und dann sich selbst in den Mund", sagte Lena.

Woher wusste sie das so genau?

„Was glaubst du, wie lange die beiden danach noch gelebt haben?", fragte Lena. „Oder waren sie sofort tot? Stell dir vor, er hätte sie erschossen und dann nicht den Mut gehabt, sich selbst zu erschießen. Sie hätte vor ihm im Gras gelegen und gesehen, wie er es nicht über sich bringt. Sie hätte gewusst, sie muss sterben und er lebt weiter. Vielleicht noch Jahrzehnte. Was hätte sie von ihm gedacht? Aus dem Selbstmörder Kleist wäre ein Mörder geworden. Dass er sie erschießt, akzeptieren wir nur, weil er sich selbst erschossen hat."

Ob Paul meine, Henriette habe Kleist so sehr vertraut? Oder war einfach ihre Todessehnsucht so groß, dass sie ihn auch als Mörder ertragen hätte, nur um nicht mehr leben zu müssen?

Paul spürte, dass Lena eigentlich keine Antwort von ihm erwartete. Aber er wollte etwas sagen, um ihr zu zeigen, dass ihn bewegte, was sie dachte.

„Warum war Henriette überhaupt bereit, mit Kleist zu sterben?", fragte er darum.

„Krebs", sagte Lena.

Dann schwiegen sie.

Wind knickte die Halme zwischen ihnen, als ob dieser Kleist-Ort niemals stillstehen dürfte. Vögel fiepten aus dem Geäst.

„Von allen Jahreszeiten ist der Frühling die vorhersehbarste", sagte Paul.

Lena lächelte, ohne ihm ihr Gesicht zuzuwenden. So, wie sie saß, hätte er sie gern geküsst. Die Füße im Gras, den Blick auf das Nirgendwo zwischen Grab und Innerem gerichtet.

Wie bescheiden sie hinnahm, dass sie von ihm zitiert wurde. Die Kleist-Stimmung war ihr wichtiger. Eigentlich hätte sie sich zu ihm drehen und „Na?" sagen können und von ihm einfordern, dass er ihren Namen nannte. Den Nachnamen kannte er nicht einmal, fiel ihm auf. Aber fragen wollte er jetzt nicht.

Er könne sich nicht vorstellen, dass eine Waffe 1811 in der Lage gewesen sei, umgehend zu töten, sagte er stattdessen. Werther habe ja auch noch zwölf Stunden blutend in seinem Zimmer gelegen, ehe er an den Folgen seines Kopfschusses gestorben sei.

„Fragt sich nur, wie viel Ahnung Goethe mit fünfundzwanzig von den zeitgenössischen Schusswaffen hatte", entgegnete sie.

„Sicher mehr als wir."

„Meinst du, Kleist liegt wirklich da unten?"

„Warum nicht?", entgegnete Paul.

Und sie: Eigentlich sei doch völlig belanglos, wo er liege. Jedes Grab sei doch nicht mehr als ein symbolischer Ort. Der Mensch könne sich den Menschen eben nur als Materie vorstellen. Darum brauche auch Kleist diesen Ort. Oder besser gesagt: Sie brauche diesen Ort, um sich Kleist vorzustellen.

„Das ist doch auch das Schöne, dass wir einen Kleist-Ort haben. Hier sind wir ihm näher als anderswo", sagte er.

Dann schwiegen sie.

„Wenn man es so betrachtet, ist das Grab eine der ältesten und genialsten Erfindungen der Menschheit", schob er nach.

Lena sah vor sich hin.

Wie wenig einen Menschen doch vom Nichts unterscheide, sagte sie dann. Die wenigen Jahre, die das Nichts ihn unbehelligt lasse. Wäre Kleist bei der Geburt gestorben, niemand wüsste mehr, dass er jemals gelebt hat. Wäre Goethe bei der Geburt gestorben, würden wir Kleist heute womöglich als größten deutschen Dichter verehren. Solch kleine Zufälle seien entscheidend.

„Und wer weiß in ein paar Jahren noch, dass wir hier gesessen haben?", fügte sie hinzu.

Lena sagte all das ohne jede Verzweiflung. Sie entwickelte ihre Gedanken wie eine mathematische Gleichung. Hätte Paul sie jetzt in den Arm genommen, sie hätte den Grund nicht verstanden.

Paul stand auf. Er hatte Lust, die Arme auszuschwingen. Das ging natürlich nicht.

Aber er musste sich bewegen.

Ob Lena wisse, wie der Kleine Wannsee geheißen habe am Tag, als Kleist sich an seinem Ufer erschoss, fragte er und stupste ihr dabei beidseitig in die Lenden. Lena zuckte zusammen.

Ihr beim Aufstehen zuzusehen, nahm ihm jegliche Lust, sich mit ihr zusammen zu bewegen. Es sah aus, als habe sie Schmerzen, als sie sich aufrichtete, ohne ihr rechtes Bein zu belasten. Die Hand reichte er ihr lieber nicht.

Seine Frage schien sie für einen Scherz zu halten.

Sie zuckte die Schultern und sah ihn an wie jemand, der die Pointe eines Witzes nicht erraten kann.

„Stolper Loch", sagte er.

Lena imitierte ein Lachen.

Wie gern hätte Paul sie jetzt an der Hand genommen und wäre mit ihr zum Ufer gelaufen und zurück. Allein nur, um ihre Hand halten zu können. Aber das war mit dieser Frau nicht möglich. Er musste froh sein, dass sie unfallfrei stand.

Er nahm ihre Hände und hob sie hoch, um sie gleich wieder fallen zu lassen.

„Das ist kein Scherz. Das hieß hier Stolper Loch, weil einige Kilometer von hier Stolpe liegt. Danach haben die den See benannt. Kleist hat sich also nicht am Kleinen Wannsee, sondern am Stolper Loch erschossen." Er grinste. „Das klingt doch wie ein schlechtes Wortspiel, oder?"

Lena sah aus, als zögere sie, ob sie ihm glauben sollte.

Paul hatte mittlerweile begonnen, im Kreis um sie herumzulaufen. Die Sonne schien nun kräftiger durch das Nadelgehölz. Ihm war danach, auf Kleists Grab zu tanzen. Auf Gräbern tanzen – mit Lena unmöglich.

„Was würdest du Kleist fragen, wenn er jetzt zwischen den Bäumen hervorkäme?", sagte er zu ihrem Gesicht hin, das sich nur langsam mit ihm mitdrehte.

„Wieso Kleist und nicht Henriette?", fragte Lena.

Und er: „Wieso sie und nicht ihn?"

„Ich würde ihn fragen, ob er mit mir schläft."

Paul blieb stehen. Selbst Lena schien von ihrer Antwort überrascht. Aber sie wirkte zufrieden, dass sie Paul zum Stillstand gebracht hatte.

„Ich wäre die einzige lebende Frau, die mit Heinrich von Kleist geschlafen hat. Womöglich sogar die einzige Frau in der Geschichte, die mit Heinrich von Kleist geschlafen hat. Ich würde Kleist entjungfern."

„Meinst du, er war attraktiv?", fragte Paul.

„Egal", sagte sie. „Er war genial. Das zählt."

Was Paul Kleist fragen würde, schien sie nicht zu interessieren. Das war ihm recht so. Er hätte ohnehin keine Frage gehabt.

Jetzt kam Lena auf ihn zu. Sie ging so langsam, dass ihr Hinken kaum wahrnehmbar war.

Mit äußerster Theatralik griff sie einzeln seine Hände und drückte sie vor ihre Brust wie ein Kissen.

Dann schlug sie die Augen zu ihm auf.

„Würdest du mit mir sterben?", hauchte sie.

Sie spielte mit einer solchen Ernsthaftigkeit, dass Paul nicht gewagt hätte, ihr diesen Wunsch abzuschlagen.

„Henriette", sagte er und hörte das Blut in seinen Ohren rauschen, als stünde er tatsächlich auf einer Bühne. Er zog ihre linke Hand an seinen Mund, küsste sie in hektischer Innigkeit und sank dann in einem Ausfallschritt auf das linke Knie zurück. Auf das rechte gestützt, griff er sich an die Brust und hielt ihr dann die leere Hand entgegen: „Nimm dieses Herz als Faustpfand unseres Glücks. Lebst du, so will ich mit dir leben. Gehst du, so will ich mit dir untergehen."

Lena-Henriette schien ergriffen: „Heinrich", wisperte sie. „Heinrich, oh Heinrich, mir graut vor dir."

Dann zog sie Paul an der ihr dargebotenen Hand empor.

Unsicher standen sie einander gegenüber, Lena klopfte ihre Hände an der Hose ab.

„Goethe", sagte Paul.

Lena stutzte.

Dann lächelte sie. „Richtig." Und formte ihre Hände zu einem Trichter und raunte dunkel von oben nach unten: „Ist gerettet."

„Du spielst ja besser als Tiziana", sagte er.

Und sie: „Kunststück. Selbst das Styropor von der Requisite spielt besser als Tiziana."

Und er: „Starker Tobak. Seit wann lästern Frauen so ungeniert über ihre Freundinnen? Normalerweise erklärt ihr doch noch die letzte Brillenschlange zur Sexbombe, einfach nur weil sie eure Freundin ist."

Den Quatsch ertrage sie nicht, sagte Lena. Diese Zweiteilung der Menschheit in Freunde und Fremde. Über Fremde zerreiße man sich das Maul und Freunde dürfe man nicht tadeln. Als ob alle Freunde nur Qualitäten hätten und alle Fremden nur Makel. Tiziana sei nun einmal eine schlechte Schauspielerin. Und sie, Lena, sei nicht dafür gemacht, Dinge zu verschweigen.

Paul war von Zustimmung durchströmt.

Ob sie ihr das auch schon so gesagt habe, fragte er dann.

Lena zögerte: „Ganz so natürlich noch nicht. Ich will sie schließlich nicht verletzen. Aber sie weiß schon, dass ich mir nicht sicher bin, ob das mit der Schauspielerei was werden kann."

Paul nickte.

„Tiziana ist schon achtundzwanzig", fuhr Lena fort. „Und sie hat noch nie eine Rolle bekommen, die wirklich wichtig wäre für ein Stück. Und jetzt kellnert sie sich die Miete zusammen und wird jeden Tag älter. Und grade für Frauen gibt es doch fast nur junge Rollen."

„Oh je", sagte Paul. „Vielleicht gibt es das ja, dass jemand ein Leben lang kellnert. Dass jemand ein Leben lang in der Hoffnung lebt, als Künstler entdeckt zu werden, obwohl er vielleicht gar keiner ist?"

Lena zuckte die Achseln.

„Oder meinst du, Tiziana ahnt vielleicht, dass sie nicht zur Schauspielerin taugt?"

„Nein", sagte Lena. „Das ahnt sie bestimmt nicht. Ich kenne niemanden, der mit achtundzwanzig so unerschütterlich an sich selbst glaubt wie Tiziana. Das hat fast schon etwas Religiöses, wie sie an sich festhält."

Lena sah Paul an. „Glaubst du an Gott?", fragte sie.

Paul lachte.

„Da glaube ich noch eher an Tiziana", sagte er dann. „Oder an die heilige Bratwurst", fügte er hinzu. Ob Lena Hunger habe.

Er sah sie zögern. „Hast du denn Hunger?", fragte sie dann.

„Ausgewachsene Männer haben immer Hunger", sagte er und blähte seinen Brustkorb auf.

Lena musterte ihn von oben bis unten mit einem Blick, der von ihren Augenbrauen lebte: „Und wie ist das bei ausgewachsenen Hühnchen?"

Paul musste lachen, obwohl er verletzt war.

Er ging zum Fahrrad: „Spring auf. Ich führe dich groß aus. Zur Bratwurstbraterei."

Die Lena, die er jetzt zurückfuhr, war eine Summe von Eigenschaften, die ihm gefielen.

Durfte man eine solche Frau überhaupt mit einer simplen Bratwurst abspeisen?

Als sie am S-Bahnhof ankamen, lud er sie zu sich ein. Lena schien erleichtert.

„Wer andern eine Bratwurst brät, braucht ein Bratwurstbratgerät", sagte sie dann. Ob er denn eins habe.

Nein, sagte er. Aber etwas viel Besseres: die ihm als Schwaben angeborene Fähigkeit, Maultaschen zu überbacken.

Ihr Gesicht zuckte, aber sie schwieg.

Sie sei gespannt, sagte sie dann lediglich und hakte sich bei ihm unter. Das zwang ihn, ihr Rad mit der linken Hand zu schieben. Er wollte nicht, dass es sein Hosenbein streifte und musste es darum so weit von sich weghalten, dass er sicher fürchterlich unbeholfen aussah. An seinem rechten Arm hinkte Lena vor sich hin.

In der S-Bahn saßen sie einander gegenüber. Das schmeichelte Paul. Indem sie ihm gegenübersaß, war er alles, was sie wahrnahm.

Lenas Lippen waren umwoben von einem Lächeln, dessen milden Spott er gerne ertrug.

„Ist dir an den beiden Grabsteinen etwas aufgefallen?", fragte sie dann. Es war eine der Fragen, wie man sie aus der Schule kannte und bei denen man wusste, dass der Lehrer die Antwort schon parat hatte und keine andere als seine eigene gelten lassen würde.

Paul mochte diese Art von Fragen. Also suchte er nicht nach einer Antwort, die ihn befriedigte, sondern die Lenas Antwort möglichst nahezukommen versprach.

„Kleists Grabstein war viel größer als der von Henriette Vogel", sagte er.

Und sie: „Richtig." Und sah zufrieden aus.

„Kann man sagen, Kleist war ein größerer Mensch als Henriette Vogel und hat darum einen größeren Grabstein verdient?", fragte sie.

Paul wollte „Ja" sagen, aber das kam ihm zu simpel vor.

Also verpackte er sein „Ja" in Rhetorik: „Das kommt darauf an, wie man über Menschen denkt. Man muss Menschen ja als Individuen wahrnehmen, damit sie unterschiedlich groß sein können. Das christliche Weltbild scheidet also aus." Er grinste. „Aber das hätte von uns beiden wohl sowieso keiner bemüht."

„Nee", sagte Lena und verzog das Gesicht.

Ob sie Peter Singer kenne, fragte Paul.

Lena schüttelte den Kopf.

Peter Singer sei Utilitarist, erklärte er. Im Kern laute seine Annahme, dass jeder Mensch einen anderen Nützlichkeitsgrad für die Gemeinschaft erreiche. Vereinfacht gesagt: Nach Singer sei ein Nobelpreisträger nützlicher als ein Behinderter, weil er eben mehr leiste für die Gesellschaft.

Noch während Paul den letzten Satz aussprach, spürte er, wie sein Gesicht warm wurde.

Lena schien etwas hinunterschlucken zu wollen. Aber es ging nicht. Ihre Augen blieben starr auf ihn gerichtet. „Vielleicht bin ich behindert. So könnte man mich nennen, weil ich nicht richtig laufen kann. Aber ich kann mich selbst versorgen. Ich arbeite und studiere und lese. Behinderung ist ein Stempel wie Ossi oder

Wessi. Und den Stempel hat mir das Leben aufgedrückt, schon bei der Geburt, als der Sauerstoff lieber im Kreißsaal mit dem Stickstoff geflirtet hat als mit den Blutkörperchen in meinem Kopf. Ich glaube, man kann trotz Hemiparese nützlich sein. Und das ist sowieso eine krasse Theorie von deinem Singer da."

„Natürlich", beeilte sich Paul zu sagen. „Und das ist auch nicht mein Singer."

Irgendwie war er stolz, dass er Lena gefallen wollte, obwohl sie behindert war. Das erhob ihn über Peter Singer. Ja, das hob ihn fast auf eine Stufe mit Sebastian.

„Jedenfalls ist Kleists Grabstein zu Recht der höhere von beiden, wenn es nach deinem Singer geht", sagte Lena.

Ganz sicher sei das so, sagte er. Allein schon, weil Henriette Vogel längst aus den Geschichtsbüchern getilgt wäre, hätte Kleist ihren Namen nicht durch den Doppelselbstmord unsterblich gemacht. Auf städtischen Friedhöfen würden Gräber nach fünfundzwanzig Jahren eingeebnet, wenn man keine Verlängerung bezahle. Henriette Vogels Grab aber existiere nach fast zweihundert Jahren immer noch, weil sie ihr Leben in Kleists Hand gegeben habe.

Lena schwieg. Und sah dabei aus dem Fenster.

„Wenn wir beide jetzt sterben würden", sagte sie dann, „wer von uns hätte wohl den höheren Grabstein?"

„Wahrscheinlich du", sagte er, „meine Eltern sind nämlich Schwaben."

Lena blieb ernst.

„Du weißt genau, dass ich das symbolisch meine",

sagte sie. „Wer von uns beiden hätte in Peter Singers Augen das Anrecht auf den größeren Stein?"

Zögernd fragte er, warum Lena eine Theorie an ihr Leben anlegen wolle, die sie gerade als zu krass eingestuft habe.

Und sie: „Sind die krassen Theorien nicht immer die interessanteren?"

Und nach einer Pause: „Ich glaube, du hättest den größeren Stein."

„Wie kommst du denn darauf?"

„Keine Ahnung", sagte sie, „ich wollte dich nur aus der Reserve locken. Es hätte doch eine Menge über dich verraten, wenn du mir jetzt zugestimmt hättest."

Dann fragte sie, womit er unter Umständen sein Anrecht auf einen größeren Stein begründen könne.

„Gar nicht", sagte er. „Du bist die Dichterin von uns beiden."

Und sie: Da sei ihr aber ein kometenhafter Aufstieg gelungen. Gestern habe er ihre Texte noch Kabarett genannt und heute sei sie schon eine Dichterin.

Und er: Ob Kabarettistin oder Dichterin, er sei keines von beidem und darum gebühre ihr der höhere Grabstein.

Und sie: „Das gibt's doch nicht, wie viele Leute Germanistik studieren, obwohl sie kein Dichter sein wollen. Lesen und schreiben, das ist doch dasselbe. Wenn ich einen Text lese, dann schreibe ich ihn doch im Kopf weiter. Und trotzdem gibt es so viele, die einfach nur lesen, ohne schreiben zu wollen."

Paul spürte Erregung in sich aufsteigen. Am liebsten hätte er Lena gesagt, dass er fühlte wie sie. Dass er schrieb, heimlich, und dass er sie dafür bewunderte, dass sie sich mit ihren Texten auf eine Bühne begab. Aber das durfte er ihr nicht verraten. Ihr am wenigsten, die ihm am weitesten voraus war.

„Aber wenn Lesen und Schreiben sowieso dasselbe sind, dann genügt doch das Lesen", sagte er, um von sich abzulenken.

„Oh nein", rief Lena. „Das Lesen genügt so wenig, wie das Einatmen genügt. Wer nicht ausatmet, stirbt am Stickstoff in seiner Lunge. Und wer nur liest und nicht schreibt, erstickt an der Sprache in seinem Kopf. Ich habe so viele Wörter in meinem Kopf, dass ich die unmöglich alle mit mir herumtragen könnte. Meine Ideen kann ich erst ertragen, wenn sie auf Blättern stehen und mir nicht die Synapsen verkleben."

Jetzt kam ein Obdachloser an ihren Vierersitz. Noch eine Station bis zur Warschauer Straße.

„20 Cent vielleicht?", sagte er und klang so gelangweilt, als würde ihm ständig dieselbe Frage gestellt.

Lena tat, als suche sie nach ihrem Geldbeutel. „Kannst du vielleicht auf 100 Euro rausgeben?", fragte sie dann in das regungslose Gesicht des Obdachlosen.

Und als der einfach stehenblieb: „Ick hab doch selber keen Geld."

Woraufhin der Obdachlose sich teilnahmslos umdrehte, bevor Paul ihn am nächsten Vierersitz sagen hörte: „20 Cent vielleicht?"

Paul wusste nicht, ob er begeistert sein durfte.

„Was würde denn dein Singer zu so einem sagen?", fragte Lena.

Fast sah er sich genötigt, den Obdachlosen in Schutz

zu nehmen. „Man weiß ja nie, wie solche Leute in diese Lage geraten sind", sagte er.

„Natürlich nicht", sagte Lena. Deswegen sei ihr auch sein Singer nicht geheuer.

Dann stiegen sie aus.

V. Maultaschen

Auf dem Weg zu seiner Wohnung bat er Lena, vor einem Supermarkt zu warten. Er kam mit einer Packung Maultaschen, einer Packung Scheiblettenkäse, Knoblauch und Zwiebeln sowie einer Sonnenblume zurück.

Die Sonnenblume hielt er hinter seinem Rücken versteckt, den Rest trug er in einer Tüte. Sein Herz pochte bei dem Gedanken, Lena gleich die Blume überreichen zu müssen. Eigentlich gehörte sie nicht zu den Frauen, denen man Blumen schenkt.

Obwohl er nichts zu sagen vorhatte, musste er schlucken, als er die Blume hinter seinem Rücken hervorzog. Dann sah er kurz in ihr Gesicht, dann auf die Pflanze in seinen Händen, dann zu Boden.

Lena stieß einen tröstlichen Laut aus, wie man ihn gegenüber kleinen Kindern macht, denen etwas misslungen ist.

Dann umarmte sie ihn. Ihr langes Haar kitzelte sein linkes Handgelenk. Es roch nach den Birken, die an Kleists Grab gestanden hatten.

Dass er sie loslassen musste, um nicht aufdringlich zu wirken, erschien ihm wie eine Entbindung. Sie blieb stehen, als würde sie dafür bezahlt, sich von ihm betrachten zu lassen.

Dann klemmte sie die Sonnenblume unter ihren Gepäckträger, so dass die riesige Blüte wie ein übergroßes Rücklicht nach hinten wies.

„Jetzt überfährt mich niemand mehr im Dunkeln", sagte sie. „Denn was leuchtet heller als die Sonne?"

Im Treppenhaus fragte sich Paul, ob Anna, seine Mitbewohnerin, da sein würde. Gut möglich, dass sie in der Bibliothek war, um Sekundärliteratur für ein Referat oder einen wissenschaftlichen Essay zu organisieren. Oder sie war arbeiten. Eine Regelmäßigkeit darin zu suchen, wann Anna arbeiten musste und wann nicht, hatte er längst aufgegeben. Wahrscheinlich gab es ohnehin keine.

Sollte er Lena von Anna erzählen? Eigentlich gab es dafür keinen Grund. Warum hatte er dennoch das Gefühl, sich rechtfertigen zu müssen?

Er stellte die Tüte auf einen Küchenstuhl, räumte dann den Aschenbecher auf die Fensterbank und forderte Lena auf, sich zu setzen. Anna war nicht da. Aber Lena schien die Anwesenheit einer Frau zu spüren.

„Ist das etwa dein Kalender?", fragte sie und deutete auf einen Druck, der über dem Küchentisch hing.

Paul bemühte sich um Gleichgültigkeit in seiner Stimme, als er von Anna erzählte.

„Ist das ein russisches Motiv?", fragte Lena.

„Die Wolga", sagte er.

Und sie: „Warum die Wolga?"

Und er: „Warum nicht? Anna ist Russin."

Und sie: „Die Olga von der Wolga."

Er lachte. Er lachte, um ihr zu zeigen, dass Anna keine seiner Schwachstellen war.

„Mach mal Musik", sagte Lena.

Paul ärgerte sich, weil sie doch sah, dass er gerade damit begonnen hatte, die Zwiebeln zu schälen und sich jetzt die Hände waschen musste.

„Kannst du ruhig selber anmachen", sagte er darum und schickte Lena in sein Zimmer. Sie könne sich eine der CDs aussuchen und einlegen.

Er spürte sein Herz klopfen. Lena allein in seinem Zimmer. Das war, als ließe er sie seinen Kopf betreten. Ein Zimmer war die Reproduktion des eigenen Gehirns. Und Lena stand gerade mittendrin. Sie überhaupt in die Wohnung mitzunehmen, ohne diese vorher kontrollieren zu können, hatte ihn schon Überwindung gekostet.

Während er den Knoblauch zu schneiden begann, hörte er Lena mit seinen CDs klappern. Dann ertönte Musik. Paul erkannte sofort Rainald Grebe.

Lena kam zurück in die Küche. „Was ist das denn?", erkundigte sie sich.

„Kennst du den nicht?", fragte Paul zurück. „Der ist nun aber wirklich Kabarettist", lachte er, „nur halt ein singender. Soziologie und ein gerüttelt Maß Komik."

Lena knuffte ihn in die Seite.

Ihm fiel auf, dass er vergessen hatte, Salat zu besorgen. Auf Anna war in der Beziehung auch kein Verlass. Die hatte meistens nur ein paar Tomaten oder Auberginen da.

Wie wichtig Lena Salat sei, erkundigte er sich.

„Lass mal", sagte sie. „Es ist schon süß genug, dass du überhaupt kochst. Ich hätte auch einfach nur eine Bratwurst am S-Bahnhof Wannsee essen können." Sie grinste: „Und jetzt kriege ich sogar ein fremdländisches Gericht."

Dass Lena sein Verhalten süß nannte, passte überhaupt nicht zu ihr. Sie stand doch auf der Bühne wie eine hartgesottene Männerfresserin und las ihre Texte ohne jede Scheu. Einen Text vor Publikum zu lesen, war auch, als lasse man andere seinen Kopf betreten, dachte er.

Aus Pauls Zimmer drangen jetzt die Klänge von Rainald Grebes Lied *Dörte* herüber. Lena hielt inne und hinkte dann schnell nach drüben, um die Anlage lauter zu stellen.

So stark wie jetzt in der Küche hatte er ihr Hinken noch nie wahrgenommen. Vielleicht fiel in den schmalen Räumen stärker auf, wenn jemand nicht gerade gehen konnte, weil er immer eine Wand zu berühren drohte. Oder wollte er ihr Hinken jetzt sehen, um sich Lena kleinzureden?

Lena kam zurück. Sie hatte die Lautstärke mindestens verdoppelt und zudem das Lied neu beginnen lassen.

Rainald Grebe sang:

Sie hieß Dörte Becker
und so sah sie auch aus.
Sie war ein Bügelbrett,
eine graue Maus.
Sie studierte Germanistik
auf Lehramt in Berlin.
Hat die deutsche Sprache
so etwas verdient?

Paul war das Lied unangenehm. Am liebsten hätte er ein Gespräch angefangen, um davon abzulenken, aber dafür war die Musik einfach zu laut. Also tat er so, als verlange das Knoblauchschneiden seine ganze Konzentration. Gleichzeitig spürte er, dass Lenas Blick auf seinem Gesicht ruhte.

„Dörte Becker, das bist du", sagte Lena.

Paul tat amüsiert. „Ja klar", sagte er. „Madame Bovary, c'est moi."

„Na?", fügte er in Sebastians Tonfall hinzu, um den Anschein der Heiterkeit aufrechtzuerhalten, hatte aber nicht den Mut, abzuwarten, ob Lena darauf reagierte und ergänzte selbst: „Flaubert, wer sonst?"

„Du bist Dörte Becker", wiederholte Lena.

Jetzt konnte er nicht mehr ausweichen.

„Wieso?", musste er fragen.

„Hör doch hin", sagte sie.

Rainald Grebe sang:

Dörte hat jetzt zugegeben,
sie onaniert auf Andreas Baader.
Das ist der Rubbelmann
für das Mittelmaßgeschwader.
Oh Dörte, Dörte,
die Heinz Rudolf Kunze hörte
und mir erklärte:
Also, der Heinz Rudolf Kunze,
der hat im gesamten deutschsprachigen Raum
einen der schönsten und klügsten Oberlippenbärte.
Wie seh' ich aus, gefalle ich dir?
Bitte, bitte sage mir:
Liebst du mich?
Das war die Frage, die sie fragte

und ich sagte:
Du bist der Ausweg aus der Spaßgesellschaft,
du bist der Ausweg aus der Spaßgesellschaft.

„Dörte Becker ist ein Archetypus", sagte Lena. „Der Archetypus des Philisters. Du bist Dörte Becker."

„Also hör mal", sagte Paul. „Erstens ist das Quatsch. Mit Philistern habe ich nichts am Hut. Und zweitens: Selbst wenn es so wäre, warum wäre das so schlimm?"

„Dass das schlimm wäre, sagst du und nicht ich", entgegnete Lena lachend.

Und er: „Was ist dann für die Leute so lustig daran, wenn Rainald Grebe diese Studentin damit vorführt, dass sie Kunze und Andreas Baader als Revoluzzer verehrt?"

Lena sagte: „Siehst du, du hast Sympathien für Dörte. Und sicher studierst du doch auch auf Lehramt."

„Nein", sagte er und ärgerte sich im selben Moment über diese Lüge. Wie leicht konnte Lena von Sebastian die Wahrheit erfahren! Und überhaupt: Warum sollte er sich dafür rechtfertigen oder gar schämen, dass er mit dem Lehramtsstudium immer eine Berufsoption in der Hinterhand hatte?

Wer hatte die Rollen so verteilt, dass die Magister die Hutu waren und die Lehrämter die Tutsi? Wer schrieb vor, dass es uncool war, Heinz Rudolf Kunze zu hören und dass Auftritte auf Lesebühnen als verwegen zu gelten hatten?

Wie satt er die ewige Defensive hatte! Sollten sie ihn doch sein lassen, wie er war. Am liebsten hätte er Lena das gesagt.

„Darf ich dir etwas zu trinken anbieten?", fragte er stattdessen. Zu überbackenen Maultaschen trinke man üblicherweise Weißwein.

Lena war einverstanden. Zuerst schenkte er ihr, dann sich selbst ein Glas ein.

Sie stießen an, Lena sah ihm in die Augen.

„So, die Maultaschen", sagte er, stand auf, und goss Öl in die Pfanne, um die Maultaschen von beiden Seiten kurz anzubraten, bevor sie mit Zwiebeln und Knoblauch überdeckt und dann mit Käse überbacken werden würden.

„Warum gibst du nicht einfach zu, dass du auf Lehramt studierst?", fragte sie jetzt und ihre Stimme klang versöhnlich.

Diese Stimmlage hätte er ihr gestern Abend in der *Letzten Bastion* gar nicht zugetraut. Dort war sie ihm wie eine Rampensau erschienen.

Weshalb sie sich da so sicher sei, fragte er zurück.

„Du bist einfach ein solcher Lehrer", grinste sie. „Man sieht dich richtig vor sich, wie du dozierst im Klassenzimmer."

Wahrscheinlich habe er auch noch einen Bausparvertrag, ergänzte sie dann.

Dass er den tatsächlich hatte, würde er ihr niemals verraten, schwor er sich.

„Ich will aber gar kein Lehrer werden", sagte er stattdessen. „Das ist doch nur so eine Option in der Hinterhand. Ich kann mir nämlich ganz gut vorstellen, dass man als Germanist keine Stelle findet."

„Siehst du", sagte sie, „daran erkennt man euch: Sicherheitsdenken."

Paul wendete die Maultaschen und streute Zwiebeln und Knoblauch darüber.

Was er denn bislang so gearbeitet habe und ob da nichts dabei gewesen sei, wovon er sich vorstellen könnte, darin auch nach dem Studium weiterzuarbeiten.

„Bislang?" Paul versuchte ein Grinsen. „Gar nichts", räumte er ein und vermied es, sie anzusehen.

„Dann lebst du wohl von deinen Eltern", sagte sie im Tonfall einer strengen Kindergärtnerin. „Ich verdiene mir alles selbst mit meinen Auftritten."

„Davon kann man leben?", fragte er.

„Sicher", sagte sie. „Mehr schlecht als recht, aber es geht. Wir haben ja immer die Einnahmen aus der Abendkasse. Und dazu lassen wir den Hut kreisen. Außerdem bin ich Mitglied von zwei Lesebühnen."

Das hatte er nicht gewusst.

Nach dem Studium wolle sie damit einfach weitermachen, ergänzte sie. Berufsschriftstellerin.

„Hut ab", sagte er. „Das würde ich mich niemals trauen. So ein Risiko einzugehen."

„Das Leben selbst ist das Risiko", sagte sie.

Und er: Ob sie nicht wisse, dass in ganz Deutschland nur etwa einhundert Schriftsteller von ihrer Produktion leben könnten.

Und sie: „Gewusst nicht, geahnt schon. Aber wenn man eine Leidenschaft hat, muss man ihr nachgehen."

Er spürte, dass sie ernst meinte, was sie sagte. Am liebsten hätte er ihr jetzt erzählt, dass auch er heimlich schrieb. Und dass er sich ihren Löwenmut für sich selbst wünschte.

Die Maultaschen waren fertig.

Zuerst befüllte er ihren, dann seinen Teller.

„Ich schreibe auch", sagte er plötzlich und war im selben Moment bestürzt über die eigene Offenheit. Er kam sich vor wie ein Kind, das sich bei der Mutter verplappert hat.

„Habe ich mir schon fast gedacht", sagte Lena. Dann lachte sie. „Stille Wasser sind tief. Hier passt der Satz endlich mal." Sie biss in eine Maultasche.

Paul schenkte Wein nach. Er hatte Lust, sich zu betrinken mit dieser Frau. Wie sie mit seiner Offenheit umgegangen war, machte ihm gute Laune. Er trank einen kräftigen Schluck, dann widmete er sich der zweiten Maultasche.

Lena aß zögerlich.

„Was schreibst du denn?", fragte sie.

Noch nie hatte er mit einem Menschen über seine Texte gesprochen. Anna hatte ihn einmal an der alten Schreibmaschine ertappt, aber vor ihr hatte er alles kleingeredet und sie ihn anschließend nie wieder gefragt. Seither schrieb er immer am Computer, weil das nicht so verdächtig nach Schriftstellerei aussah.

Unmöglich konnte er jetzt irgendwelche Gattungen nennen, als wäre er Schiller oder Goethe. Wie aber sonst über seine Texte reden? Fachterminologie klänge anmaßend. Es blieb nur Umgangssprache.

Also sagte er: „Kleinere Sachen." Und schob nach: „Prosa."

Lena fragte nicht, ob sie einen der Texte lesen dürfe. Zum Glück. Oder hatte er genau das klammheimlich gehofft?

Wieder schenkte er nach.

Ihm fiel auf, dass er seit sicher einer halben Stunde nicht mehr an ihr Hinken gedacht hatte. Zum ersten Mal schien ihm vorstellbar, dass auch sie ihr Hinken von Zeit zu Zeit vergaß.

Eine Lesebühnenautorin, die manchmal hinkte, konnte er begehren. Und er begehrte sie.

War Lena für ihn jetzt das, was sie für Sebastian von Anfang an gewesen war? Keine Hinkende, sondern ein Mensch, der manchmal hinkte?

Er spürte ein Kribbeln in der Magengegend. Diese Stunden vor einem Kuss oder vor der Ablehnung eines Kusses!

Himmel, war er dieser Frau unterlegen! Eine Strategie war überflüssig. Die Marionette konnte das Verhalten des Puppenspielers ohnehin nicht bestimmen.

Ihre dritte Maultasche hatte Lena nicht geschafft. Auf ihre Bitte schob er sie auf seinen Teller, den er auf den Kühlschrank stellte.

Lena fragte nach der Toilette.

Paul begann die Pfanne auszuspülen, Zwiebelstücke blieben im Ausgusssieb hängen. Er hörte, wie Lena in seinem Zimmer eine neue CD eingelegt hatte: *Selig*. Dann schloss sich die Badezimmertür. Die Gläser musste Paul nicht spülen, die würden sie noch brauchen. Er musste sich Mut antrinken. Lena in seiner Wohnung machte ihn nervös. Auch dass sie allein in seinem Bad war, beschäftigte ihn. Frauen hatten diesen besonderen Blick auf Wohnungen. Zum Glück hatte er Anna, die an der Wohnungseinrichtung beteiligt gewesen war. Dennoch hatten alle Frauen, die jemals in dieser Wohnung gewesen waren, früher oder später deren Kargheit bemängelt.

Lena kam aus dem Bad zurück.

„Kann ich was helfen?", fragte sie. Dabei vermied sie, ihn anzusehen.

„Nein", sagte er und ließ das Besteck ins Spülbecken fallen. „Fertig."

Er wollte Lena nachschenken, aber sie legte ihm die Hand auf den Arm. Am liebsten hätte er sich so zu ihr hingedreht, dass sie einander gegenüberstünden wie zwei Eisläufer zu Beginn der Choreographie.

„Wein hat soviel Säure", sagte Lena. „Hast du denn nichts anderes?".

Paul lief zum Kühlschrank. Im Gemüsefach lagen zwei Flaschen Wodka. Bei Alkohol war auf Anna Verlass.

„Wodka", sagte er.

Und sie: „Sicher von der Olga von der Wolga. Dann lassen wir das."

Und er: „Wir sind nicht so eine WG, in der alles fein säuberlich getrennt wird." Dass sie genau so eine WG waren, verschwieg er lieber. Schließlich wollte er sich betrunken machen. Und Lena auch.

„Es gibt auch Maracujasaft", sagte er. „Wir machen Wodka-Maracuja."

Lena schien einverstanden.

Paul füllte zwei Gläser.

„Lass uns in dein Zimmer gehen", bat Lena.

Sie setzten sich aufs Bett. Am liebsten hätte er das Wodka-Maracuja-Glas in einem Zug leergetrunken, so sehr pochte jetzt sein Herz. Gestern Nachmittag hätte er nicht für möglich gehalten, die Hinkende, die von Sebastian so verheißungsvoll angekündigt worden war, überhaupt näher kennenlernen zu wollen. Und jetzt saß er neben ihr auf dem Bett und musste sein Glas im Schoß halten. Hätte er es höher gehalten, hätte die Hand gezittert. Er versuchte flach zu atmen, um sich zu beruhigen, aber sofort wurde ihm schwindelig. Vielleicht waren drei Gläser Wein und der Wodka-Maracuja in nur einer Stunde etwas viel gewesen. Jetzt stellte Lena auch noch ihr Glas zur Seite und stützte sich auf die Handinnenflächen, die sie hinter sich positionierte, so dass ihre Brust hervortrat. Das sah aus wie eine Aufforderung. Fast glaubte er sie „Na?" fragen zu hören, ganz so, als zitiere sie mit dieser Körperhaltung ein Foto von Marilyn Monroe oder Audrey Hepburn.

Paul stellte sein Glas auf den Boden. „Bin gleich wieder da", sagte er.

Bloß weg. Eine Verschnaufpause von der Anwesenheit dieser Frau in seiner Wohnung. Er schloss die Badezimmertür hinter sich. Dann ließ er sich auf den Kunststoffklodeckel fallen, der bedenklich unter ihm nachgab. Toiletten waren Rückzugsräume. Nirgendwo sonst in einem Haus stand die Zeit still. Nur hier. Selbst bei Tageslicht ließen die Fenster kein Draußen herein. Kein Tier fand den Weg hierher. Niemand suchte etwas. Keine Uhr tickte.

Die Toilette ließ den Besucher allein mit sich und der scheinbar nicht vergehen wollenden Zeit. Dass hinter der Rückwand dieses Raumes Lena auf ihn wartete, schien in dieser vollkommenen Stille nicht mehr vorstellbar. Wie nichts ihn dahin zurückdrängte. Seine

Aufgeregtheit war nur hier beherrschbar. Dafür drängten Wein und Wodka-Maracuja-Gemisch aus ihm hinaus. Er öffnete den Deckel und bemerkte einen gelben Tupfen auf der Brille, keine eingetrocknete Flüssigkeit, sondern etwas wie geronnenen Brei. Wie eingetrocknete Kürbissuppe. Mit etwas Toilettenpapier kam er dem Tupfen bei, dann gab er dem Wein-Wodka-Maracuja-Andrang nach.

Die Klospülung betätigen zu müssen, empfand er als Bloßstellung. Lena würde hören, dass er ein Mensch war, der am Naturkreislauf teilnahm. Hatte er etwa gehofft, mehr zu sein als ein Mensch in ihren Augen? Indem die Klospülung rauschte, konnte er nur noch Körper sein für sie. Er wollte Geist sein für Lena. Dass auch Lena von Zeit zu Zeit die Klospülung betätigen musste, war für ihn nicht vorstellbar – obwohl er es vorhin gehört hatte. So sehr er Lena durch ihr Hinken als Körperwesen wahrnahm, so wenig konnte er die Vorstellung zulassen, dass sie Dinge aus sich herausfließen ließ.

Lenas Glas war leer. Sie stand in der Tür und hielt es in der Hand, als er in sein Zimmer zurückkam.

„Ich schenke dir nach", sagte er und wollte nach ihrem Glas greifen. Sie aber stellte es zur Seite, fing seine ins Leere fassende Hand auf und führte sie an ihre Schulter, bevor sie losließ. Paul hatte Mühe, nicht der verlockenden Schwerkraft nachzugeben und seine Hand von der Schulter auf ihre Brust rutschen zu lassen, die sich ihm unter ihrem Oberteil entgegenwölbte.

Wieder roch er Lenas Haar und unwillkürlich kam er ihm mit seinem Gesicht entgegen, bis sie beide in der natürlichsten, informellsten Umarmung dastanden, die er jemals erlebt hatte. Jede ihrer Bewegungen hatte sich aus der vorangegangenen ergeben.

Er hatte es geschafft. Würde ihm Sebastians Meinung etwas bedeuten, dann wäre jetzt der Moment gekommen, sich auf sein Gesicht zu freuen. Denn Sebastian würde erfahren, dass er, Paul, Lena verführt hatte.

Paul bewegte seine Hand von Lenas Schulter, um ihr Haar hinter den Nacken zu streichen. Dann näherte er seine Lippen vorsichtig ihrem Hals und verharrte. Lena kam ihm entgegen wie einem Planeten.

Sie sanken aufs Bett, Lena obenauf.

Ihr Mund näherte sich. Er glaubte ihren Erwartungsatem zu spüren und schloss die Augen. Seine Lippen würden eintauchen in das Wodka-Maracuja-Gemisch, das beide Zungen umgab.

Lena küsste ihn. Kurz und innig.

Dann schwang sie sich zur Seite und setzte sich ans Fußende des Bettes.

Verdutzt blieb Paul auf dem Rücken liegen.

„Du hast jetzt zwei Minuten, um eine Geschichte von dir auszuwählen, die du mir zum Lesen mitgeben willst", sagte sie.

Paul stützte sich auf die Ellenbogen und sah sie an. Sie saß triumphierend auf der Kante des Bettes.

„Das geht nicht", sagte er.

Und sie: „Natürlich. Wo liegt das Problem?"

Und er: „Das sind alles keine Geschichten für die Öffentlichkeit. Die kann man niemandem zeigen. Niemandem zumuten. Schon gar nicht einer Expertin wie dir."

Den anderen loben, wenn man ihm etwas verweigerte. Das half immer.

„Ich will aber etwas von dir lesen", sagte sie. „Oder hast du etwa gar nichts geschrieben und wolltest nur angeben?"

Dass Lena zu so einem Kindertrick griff!

„Es geht wirklich nicht", sagte Paul. Er habe allerdings etwas viel Besseres. Und stand auf und ging zum Regal und nahm *Macht und Rebel* heraus, den Roman von Matias Faldbakken. Der würde ihr gefallen. Eine Prosa von geradezu berlinischer Derbheit, selbst in seinem Thema lesebühnentauglich. Und trotzdem auch für ihn, Paul, interessant.

Er hielt ihr das Buch hin.

„Kennst du das?"

Sie schüttelte den Kopf.

„Lies das mal, ich bin gespannt, was du dazu sagst. Wenn du schnell bist, können wir ja schon morgen drüber reden", sagte er.

Sie lachte und schlug mit dem Buch nach ihm.

„Das könnte dir so passen", sagte sie. Sie lese leider sehr, sehr langsam. Aber sie habe einen anderen Vorschlag, der dazu führen könnte, dass sie doch noch etwas von ihm zu lesen bekomme. Und zwar seien sie doch heute an Kleists Grab gewesen. Woraus sich schlechterdings die Aufgabe ableiten ließe, einen Text zu Kleist zu verfertigen. Nichts Ausschweifendes. Ein paar Seiten. Oder Lyrik. Sie schreibe etwas für die Lesebühne und er könne doch etwas für sie schreiben. Was er davon halte.

Paul zögerte. Dass sie die Kleist-Geschichte vorschlug, zeigte doch, dass sie längerfristig an ihm interessiert war. Oder etwa nicht?

„Sicher", sagte er stockend, „das können wir probieren."

Lena nickte zufrieden.

Dann stand sie auf und ging, ohne jede Geste, ohne jedes Wort, zur Tür. Hätte er sich nicht beeilt, ihr zu folgen, wäre sie wohl ohne Verabschiedung verschwunden. So aber drehte sie sich um, vergrub für Augenblicke ihr Gesicht an seinem Schlüsselbein, küsste ihn dann flüchtig auf die linke Wange und ging. Stärker als je zuvor nahm er ihr Hinken wahr, während sie sich bemühte, die Stufen mit einer gewissen Regelmäßigkeit zu nehmen. Begehrte er tatsächlich diese Hinkende, die ihn jetzt einfach so zurückließ?

Ja, die begehrte er. Er schloss die Tür, kehrte in sein Zimmer zurück und ließ sich auf sein Bett fallen. Draußen war es taghell.

VI. Feigheit

„Faldbakken gehört auch auf eine Lesebühne", sagte Lena, als sie Paul sein Buch zurückgab. Sie hatte tatsächlich langsam gelesen. Paul und Lena waren nun schon mehrere Wochen zusammen.

Lena gehörte zu den Frauen, die die Tasse mit beiden Händen umschlossen halten, wenn sie Kaffee trinken. Wahrscheinlich tat sie es, weil sie kalte Hände hatte, aber Paul fand die Geste sexy.

Er beugte sich über den Tisch und schob den Aschenbecher zur Seite, um sich aufstützen zu können.

„Wow", sagte er.

Das verstand Lena mittlerweile. Auf das erste Dutzend seiner Wows hatte sie noch mit Stirnrunzeln reagiert. Inzwischen hatte sie aber gelernt, dass sie sich einfach von ihm bewundern lassen musste.

„Wow", antwortete sie, beugte sich über den Tisch und rieb ihre Nase an seiner.

„Eskimogruß", sagte sie.

Und er: Eigentlich sei man ja mittlerweile verpflichtet, von einem Inuitgruß zu sprechen. Und das, obwohl die beiden Begriffe nicht einmal Synonyme seien.

„Bitte reg dich nicht schon wieder über Political Correctness auf. Sonst muss ich mich auch aufregen", sagte sie. „Wir Sprachmenschen halten das ja körperlich kaum aus."

Paul gab ihr Recht.

„Darf ich mir etwas wünschen?", fragte er dann.

Lena nickte mit der Großzügigkeit einer reichen Tante.

Sie solle sich aufs Fensterbrett setzen und in den Abend hinausrauchen, sagte er. Und dabei mit ihm über Faldbakken reden.

Wieder nickte Lena.

„Das ist eine Stimmung wie in französischen Filmen", sagte sie. „*The Dreamers* in Pankow. Paris im Berliner Hinterhof."

Und er: „Die Welt ist ein einziger unaufhörlicher Querverweis."

Seit dem ersten Tag ihrer Beziehung verging kein Tag, an dem nicht einer der beiden ein Zitat in den Raum stellte und ein „Na?" folgen ließ, das in großer Kunstfertigkeit Sebastian nachahmte.

Anders als Lena legte Paul dabei immer die flachen Hände auf sein Haar, um Sebastians kahlen Schädel zu imitieren. So auch jetzt. Dann gurrte er: „Na?"

Lena griff sich eine Zigarette, öffnete das Fenster, stieg auf die Fensterbank, ohne dass man ihr Hinkebein wahrnahm, ließ das Feuerzeug aufleuchten und blies Rauch hinaus, der sich violett gegen die Fassade der Hofrückseite abhob.

Dann zuckte sie mit den Schultern: „Goethe?"

Beide grinsten.

„Goethe" hatte sich als Standardantwort herausgebildet, weil sie sich davon die höchste Trefferquote versprachen, obwohl es tatsächlich fast nie stimmte.

„Nooteboom", sagte Paul und lehnte sich gegen das Spülbecken, die Fensterscheibe im Rücken.

„Kenne ich nicht", sagte Lena. Und dann: „Willst du mal ziehen?"

„Nein", sagte er, „das weißt du doch."

Das sei nun gar nicht wie in einem französischen Film, sagte Lena. Die Spießigkeit des männlichen Helden, der nicht einmal an einer Zigarette ziehe, wenn er schon nicht selber rauche.

„Ganz oder gar nicht", sagte er. Das habe er ihr doch erklärt. Er könne nicht ab und zu an einer Zigarette ziehen. Wenn er einmal zöge, wäre er sofort wieder ein Raucher und dann müsse er eben immer rauchen. Daran könne er nichts Spießiges erkennen: Rouge ou noir, hundert oder null. Und bevor er immer rauchen müsse und daran verarme und krepiere, rauche er eben lieber gar nicht. Das sei nicht spießig, sondern vernünftig.

„Falsch", sagte Lena. „Das ist spießig, da vernünftig. Jede Spießigkeit ist einmal aus der Vernunft entstanden. Aber dann wurde sie von den Spießern übernommen. Und die betreiben die Spießigkeit nicht, weil sie vernünftig ist, sondern weil sich das so gehört."

„Jetzt aber Faldbakken", sagte er.

Lena lehnte sich zurück, so dass ihr Hinterkopf den Fensterrahmen berührte und ihr Blick sich gen Himmel richtete.

Um auf den Hof aschen zu können, musste sie die Zigarette in der linken Hand halten. Damit nahm sie ihren Rauchbewegungen die Eleganz.

„Faldbakken ist der Anti-Lessing", sagte Lena. „Deswegen mag ich ihn und deswegen kann ich auch nicht verstehen, warum du ihn magst."

„Genau deswegen ja", sagte Paul. „Lessing ist doch nicht auszuhalten. Dieser stocksteife Moralapostel."

„Die Schaubühne als eine moralische Anstalt betrachtet", sagte Lena.

„Schiller", sagte Paul.

„Könnte aber genauso von Lessing sein. Und Faldbakken ist eben der Anti-Lessing. Jede seiner Figuren ist da, um die Harmonie der Welt zu zerstören. Oder um zu zeigen, dass die Harmonie der Welt zerstört ist."

Paul nickte. Dann schlug er *Macht und Rebel* auf.

„Schon der erste Satz", sagte er grinsend und las vor: *„Ich stehe in der Kassenschlange im Supermarkt hinter einem Typen, der seine Koteletten dermaßen hoch ausrasiert hat, dass er ganz mongoloid aussieht."*

„Der Ich-Erzähler bei Faldbakken tut alles, um sich von der anderen Figur abzugrenzen", sagte Lena. „Lessing hätte bestimmt versucht, den beiden einen gemeinsamen Nenner anzudichten."

Paul las weiter: *„Fett ist er außerdem. Ich hasse ihn zutiefst."*

Lena sah Paul an: „Wieso gefällt uns dieser *Macht und Rebel*-Roman eigentlich so gut? Sind wir auch solche Misanthropen wie Rebel?"

Paul zuckte mit den Schultern.

„Gerade von dir hätte ich eigentlich erwartet, dass du nur ästhetische Belletristik erträgst", fuhr sie fort. „Thomas Mann und Heine. Die schöne Literatur eben."

„Das Schöne ist tot", sagte Paul. „Das Schöne wird

uns nicht mehr gerecht. Thomas Mann konnte sich noch eine Harmonie leisten, ohne die Welt zu verfälschen. Und Faldbakken verfälscht die Welt eben auch nicht. Im Gegenteil. Was der alles mit der Sprache macht, um der Welt gerecht zu werden. Warte mal." Er blätterte im Buch. Dann las er: „,Which Witch' with which ,the bitch' (Bjørnov) and ,the litch' (Adrian) wished to switch the rich British posh-kitsch into a lush niche-opera Frenchie-quiche-sandwitch-dish with Norwegian ,fish' in it, by making a career-hitch (hike), with the stiched up itchy-bitch named Trish Tha Clenavedge."

„Das ist die Dichtung des einundzwanzigsten Jahrhunderts", sagte Lena, „globalisierte Sprache." Paul nickte: „Jetzt müssen die Norweger schon auf Englisch dichten, weil ihre eigene Sprache der Welt nicht mehr gewachsen ist. Warte noch ein paar Jahre, dann ist es auch eine Lüge, auf Deutsch zu dichten."

Lena brummte.

Paul wartete aber nicht ab, was sie einwenden könnte. Er war in Fahrt.

„Versuch mal, ein deutschsprachiges Gedicht zu schreiben, indem nur deutsche Wörter vorkommen. Also keine Mogelwörter aus dem Lateinischen, dem Französischen und vor allem dem Englischen. Möglich ist das schon. Aber was dabei herauskommt, kann mit unserer Welt nichts zu tun haben. Herauskommen kann nur eine Lüge. Was unsere Welt von Lessings Welt unterscheidet, kann man ohne englische Wörter gar nicht zeigen."

Lena blieb stumm.

„Das ist doch das Tolle bei Faldbakken", setzte Paul hinzu. „Der schöpft alles aus, um diese Welt zu zeigen."

Lena zögerte. Dann beugte sie sich ein wenig zur Spüle hin, gerade so weit, dass sie still sitzen bleiben konnte und Paul Lust bekam, ihr entgegenzukommen. Lenas Haar roch nach Rauch, vielleicht auch die ganze Luft, die ihren Kopf umgab. Sie neigte das Gesicht nach unten, Paul lehnte seine Stirn gegen ihre, so dass ihre Nasenspitzen sich berührten.

„Ich glaube, ich habe etwas gelernt", sagte sie.

Er zögerte. „Was denn?"

„Na alles, was du gesagt hast", antwortete sie.

Paul nahm ihr Kinn in seine rechte Hand, dann küsste er sie zwischen Nase und Mund. Auch dort roch Lena mehr nach Rauch als nach Haut. Das beflügelte ihn. Wie einen Bannkreis umzog er ihren Mund mit Küssen, bis sie ihm immer wieder mit ihren Lippen entgegenzukommen versuchte.

„Lena", sagte er und ruhte sich auf diesem Wort aus.

„Ich würde gern seine *Snort Stories* übersetzen", sagte sie.

„Seine was?", fragte Paul.

Sie habe im Internet nachgesehen. Die drei Teile der *Skandinavischen Misanthropologie* seien längst ins Deutsche übertragen, nicht aber Faldbakkens Kurzgeschichtenband *Snort Stories*. Wie oft gebe es das schon, dass von einem bekannten Autor nicht alles längst auf Deutsch vorliege. Deutsch sei einfach eine zu große Sprache, da bleibe nichts lange unübersetzt.

„Du kannst doch gar kein Norwegisch", sagte Paul.

„Mach mir doch nicht alles kaputt", sagte sie und lächelte. „Dann muss ich es eben lernen."

Übersetzen könne er sich auch gut vorstellen, sagte er.

Sie lächelte wieder: „Ja, das würde zu dir passen. Da kannst du dich hinter dem Originalnamen verstecken und trotzdem schreiben. Am Ende bist du aber nicht verantwortlich, wenn die Leute das Buch nicht mögen."

Paul nickte, ohne es zu wollen. Ja, Übersetzer hatten es gut. Der Urhebername war ihr Pseudonym.

„Mit sechzehn, siebzehn", sagte Lena und sah aus dem Fenster, „da haben Tiziana und ich immer davon geträumt, später mal Tschechisch zu lernen, damit wir *Die unerträgliche Leichtigkeit des Seins* im Original lesen können. Dieses Spätermal war damals ein unbestimmter Punkt weit draußen am Horizont. So lange man diesen Punkt noch weiter verschieben kann, bleiben alle Träume erhalten."

Sie sah auf ihre Schuhe. „Weißt du, was das Tückische am Älterwerden ist?", fuhr sie dann fort. „Dass man diesen Punkt erreicht und er sich dann nicht mehr verschieben lässt."

„Du bist doch erst achtundzwanzig", sagte er.

„Ja, aber ich weiß, dass ich in diesem Leben kein Tschechisch mehr lernen werde. Ich weiß, dass jedes Spätermal ein leeres Versprechen ist. Wenn du etwas willst, musst du es tun. Sonst wird der Wunsch von der Zeit verschluckt."

Was Lena sagte, schnürte Paul die Kehle zusammen. Er trug ein ganzes Bündel an Spätermals mit sich herum. Später einmal wollte er wagen, mit seinen Texten an die Öffentlichkeit zu gehen. Später einmal wollte er Literaturpreise abräumen wie Roger Federer Grand-Slam-Titel.

Um von seiner Beklemmung abzulenken, sagte er, Bücher im Original zu lesen, sei für ihn ohnehin ein nutzloses Unterfangen. Was er in einer Fremdsprache lese, entfalte in ihm nicht einen Bruchteil der Assoziationen wie derselbe Text auf Deutsch. Darum sei streng genommen ein Leseerlebnis überhaupt nur in der Muttersprache möglich.

Selbst wer ein Leben lang Englisch beherrsche oder Russisch, würde nie ausreichend ergründen, welche Register mitschwängen, sobald Shakespeare oder Tolstoi sich gegen das eine und für das andere Wort entschieden. Und allein darin bestehe doch das Dichten: Jedes einzelne Wort war die Folge eines Entscheidungsprozesses und dieser Entscheidungsprozess war das Dichten an sich.

„Das glaube ich nicht", sagte Lena. „Wer wissen will, wie ein Buch klingt, der muss hören, wie die Wörter im Original schnurren und knurren."

„Das musst du ja so sehen. Aus beruflichen Gründen", sagte er lächelnd und küsste sie auf den Mund.

Dann grub er seine beiden Arme unter sie und hob sie von der Fensterbank. Keine Frau hatte er so oft umhergetragen wie Lena schon in diesen wenigen Wochen, seit sie sich zum ersten Mal geküsst hatten. Und jedes Mal fragte er sich, ob er sie nur trug, damit er sie nicht gehen sah.

Um wie viel schöner war es doch, eine auf Händen Getragene als eine Hinkende zur Freundin zu haben.

Und er trug sie ins Schlafzimmer und legte sie auf ihr Bett und hoffte, sie würde sich nicht bewegen.

„Liest du mir jetzt deine Kleist-Geschichte vor?", fragte er.

Lena zögerte.

„Du weißt doch, ich muss wissen, wie die Wörter schnurren und knurren", sagte er listig. „Also will ich sie von dir hören."

Sie habe eine viel bessere Idee, sagte Lena. Am Freitag werde sie die Geschichte ohnehin bei der *Zonenallee* vortragen, das habe sie sogar schon auf ihrer Homepage gepostet. Paul solle einfach mal wieder kommen, seit dem Abend ihres Kennenlernens sei er schließlich nie wieder dabei gewesen. Dann habe der Text auch einen angemessenen Präsentationsrahmen.

Jetzt wolle sie aber seine Kleist-Geschichte hören. Darauf sei sie schon seit Tagen gespannt. Das erste Mal Dichtung aus Pauls Mund.

„Aus meinem Mund", protestierte er, „das kannst du vergessen. Für mich heißt Lesen Lesen und nicht Hören. Außerdem habe ich die Geschichte sowieso nicht dabei."

Lena sah enttäuscht aus.

„Von wegen", sagte sie dann, richtete sich auf, stieß ihn in die Lenden und lachte.

„Rück die Geschichte raus." Schon war sie über ihm und kitzelte ihn, dass er sich unter ihrem Gewicht wand und prustete und keuchte und versuchte, sich unter ihr zu befreien und seinerseits sie zu bezwingen. Aber er musste sich geschlagen geben.

Sein Herz klopfte. Wenn er nicht ein Leben lang ein

Autor ohne Publikum bleiben wollte, musste er jetzt den Kleist-Text herausrücken.

Er habe die Geschichte aber nur auf seinem USB-Stick, sagte er und präsentierte Lena den Schlüsselbund, an dem der Stick befestigt war.

„Kein Problem", sagte sie. „Hol einfach meinen Laptop vom Schreibtisch her und stell ihn aufs Bett."

Offensichtlich hatte Lena sich damit abgefunden, dass er nicht zum lauten Vorlesen bereit war.

Paul startete den Computer und stellte ihn neben Lenas Kopfkissen. Nachdem die Programme hochgefahren waren, öffnete sich automatisch der Browser und Facebook erschien als Startseite. Routinemäßig loggte Lena sich ein. Dann winkte sie Paul heran, der las, worauf sie deutete.

Sebastian Minkschitz shared a link, stand dort.

Diesen Link klickte Lena an. In einem neuen Fenster öffnete sich eine Seite, in deren Mitte ein Plattenbau sichtbar wurde, den offensichtlich jemand mit Photoshop koloriert hatte. In Rundbogenschrift stand darüber: *BBC – Bunte Bühne Cottbus*

Lena klickte auf den Reiter *Wir über uns*. Dann lasen sie: *Hier entsteht in Kürze die Internetdomain der Bunten Bühne Cottbus, die ihrerseits in Kürze in Cottbus entsteht.*

Die Bunte Bühne Cottbus ist ein Projekt von Sebastian Minkschitz und Juri Radtke. Ziel sind wöchentliche Leseveranstaltungen mit einem festen Ensemble und wechselnden Gästen. Eingeladen zum Mitmachen sind alle Literaten und eingeladen zum Zugucken sind alle Leseratten.

Paul schüttelte sich: „Brrr! Soll sich das etwa reimen? Eingeladen – Literaten – eingeladen – Leseratten."

Lena blickte starr auf den Bildschirm.

„Wenigstens unternimmt Sebastian was", sagte sie. „Der hat Visionen, der hat Feuer im Arsch. Der redet nicht nur, der tut was."

Sie versuchte dabei so gleichgültig wie möglich zu wirken.

„Wo tut der denn was?", fragte Paul und spürte den Trotz in seiner Stimme. „Mich hat er angebettelt, Sponsoren zu sammeln für seine Pausenhofinstallationen in Neukölln, weil er selber nichts auf die Reihe kriegt. Und am Ende ist nichts draus geworden und jetzt fängt er mit dem nächsten Projekt an." Das Wort Projekt begleitete Paul mit Zeige- und Mittelfinger beider Hände. „Wetten, dass daraus wieder nichts wird?"

„Und warum ist aus den Installationen nichts geworden?", fragte sie. „Hast du etwa Sponsoren für ihn gefunden? Hast du überhaupt gesucht?"

„Toll", sagte Paul. „Dann kann ich jetzt auch fünf Projekte erfinden, die ganze Arbeit anderen zuteilen, die damit überhaupt nichts zu tun haben wollen und hinterher allen erzählen, das Projekt sei toll gewesen, nur leider hätten die anderen versagt."

„Und warum willst du nichts damit zu tun haben?", fragte sie. „Das ist doch sinnvoll, an Neuköllner Hauptschulen Schulfrieden herzustellen."

„Das scheinen die Schüler aber anders zu sehen", sagte er. „Schließlich haben die doch gleich die erste Anlage selber zerstört."

„Wenn du einen Hund untersuchen willst, um ihm zu helfen, musst du ihn auch dabei festhalten", sagte Lena.

„Wenn ich jetzt auf Political Correctness machen würde, könnte ich sagen, du hast Hauptschüler mit Hunden verglichen", sagte er und versuchte dabei ein Lachen.

„Na ja", sagte sie, ohne ihn anzusehen, schloss dann den Browser und drehte sich zu ihm um, den Blick aber auf den USB-Stick und nicht in sein Gesicht gerichtet.

„Jetzt gib mal deine Geschichte her, damit wir es hinter uns bringen."

„Wir müssen gar nichts hinter uns bringen", sagte er. „Du wolltest die Geschichte lesen. Von mir aus können wir das auch bleiben lassen."

Insgeheim hoffte er, dass sie seine Geschichte trotzdem lesen würde. Er hatte Lust auf ein Publikum.

Jetzt sah sie ihn an.

„Tut mir Leid", sagte sie. „Vielleicht wünsche ich mir manchmal nur ein bisschen, dass du nicht so ein schrecklicher Feigling wärst, sondern auch mal was anpackst wie Sebastian."

Als sie „ein schrecklicher Feigling" sagte, hatte sie ihre Stimme so verstellt, dass er ihr dafür nicht böse sein musste, sondern Lust bekam, sie in den Arm zu nehmen. Er umfasste ihre Schultern und rieb seine Wange an ihrer.

„Das kratzt", kicherte sie und trieb ihn damit nur dazu an, noch heftiger zu reiben.

„Wer ist hier ein Feigling?", keuchte er.

„Du", sagte sie und kicherte weiter.

Dann steckte er den Stick in eine der Schnittstellen und öffnete die Datei mit der Kleist-Geschichte.

Laut begann Lena zu lesen.

„Nein", rief er, wandte sich ab und hielt sich die Ohren zu. Wieder hörte er sie kichern. Dann verstummte sie und las.

Preußen 36

Sein Hund heiße Napoleon, so Kleist, als wir uns kennenlernten, weil der Hund der geborene Untertan sei. Er könne nicht nachvollziehen, dass die These vom Hund als bestem Freund des Menschen sich so lange halte. Napoleon, Kleists struppig-brauner Pinscher, hatte derweil meine Handflächen geleckt und mit dem Schwanz gewedelt in einer freudigen Demut, die ich der Reinkarnation des Korsenkaisers nicht zugetraut hätte. Bettina, mit der ich am Paul-Lincke-Ufer spazieren gegangen war, machte uns anschließend bekannt. Sie kenne niemanden, sagte sie an mich gewandt, der so häufig und nachdrücklich auf so geniale Weise scheitere wie Kleist. Scheitern wobei, hatte ich halb sie, halb ihn gefragt, und Kleist hatte erwidert, von Scheitern könne keine Rede sein, vielmehr vergehe sich die öffentliche Wahrnehmung an ihm durch fortgesetzte Nichtbeachtung. Dabei hatte er Napoleon mit der flachen Hand auf den Kopf getrommelt, dass dieser wie ein Pflock zu sinken schien mit jedem Trommelschlag und ich hatte gedacht, dass es nicht weit her sei mit der neuzeitlichen Résistance. Das muss im April oder Mai 2008 gewesen sein. Kleist war damals 31 und hatte seit Jahren vergeblich versucht, in der Berliner Bühnenszene Fuß zu

fassen. Bettina erzählte, nachdem wir uns von Kleist ver-
abschiedet hatten, man treffe ihn häufig am Paul-Lin-
cke-Ufer mit seinem kleinen französischen Freund, wobei
er strengstens darauf achte, Napoleon keineswegs als
Freund, sondern als seinen Diener verstanden zu wissen
– die preußisch-französische Hierarchie müsse gewahrt
bleiben. Nirgends ein Ort, dachte ich mir, an den dieser
Kleist vortrefflicher passen würde als an den Landwehr-
kanal der Nachjahrtausendwende. Am helllichten Tag
flanierten dort die Erwerbsfähigen, als habe es die Unter-
scheidung von Werktagen und Wochenende nie gegeben.
Dennoch besaß der Kanal eine Unterscheidungskraft und
zwar dergestalt, dass er die Flaneure teilte in solche, die
es sich leisten konnten, das Ruhegebot des siebten Tages
auf die Restwoche auszudehnen. Und in solche, die nicht
wussten wohin mit sich wenn nicht an diesen Kanal am
helllichten Tag. Boulevard of broken dreams.

Erst 2010 sah ich Kleist wieder. Napoleon trug eine Rei-
setasche im Maul, das heißt, eher schleifte er sie auf dem
Bahnsteig der U1 am Kottbusser Tor entlang. Kleist lief
neben Napoleon her, als müsse er die ordnungsgemäße
Verfrachtung des dienstlich übertragenen Transportguts
überwachen. Er trug das Haar lang und offen und seine
Bräune überstieg bei weitem, was man seiner Haut zuge-
traut hätte. Mit seinem Erkennen hatte ich nicht gerech-
net. Dass er seinen Zahnstocher aus dem Mund nahm, ehe
er mit mir sprach, interpretierte ich als besondere Ehrer-
bietung. Sein Blick, der meinem gefolgt war, gab mir
Recht. Zugleich bekam ich Appetit auf Oliven, der mich
immer überkommt, wenn in meiner Gegenwart auf Zahn-
stochern gekaut wird. Also schlug ich Kleist vor, etwas

essen zu gehen. Wortlos zog er mich am Ärmel die Treppen hinab und über die Skalitzer Straße zwischen den Häusern hindurch ins Möbel Olfe. Napoleon hatte Mühe, uns zu folgen, unterstand sich aber, auf das Mitführen der Tasche zu verzichten. Anstelle von Essen bestellte er uns zwei Pils und erzählte, er sei soeben aus Kolumbien zurückgekehrt. Vor neun Monaten habe ihn eine Verzweiflung befallen, die nicht mehr auszuhalten gewesen sei. Philosophenburnout nannte er das. Erkenntnisüberdruss. Es gebe eben tatsächlich kein richtiges Leben im falschen. Die Gewissheit, die Gesellschaft gedanklich sezieren zu können, ohne dass diese überhaupt ihren Sezierungsbedarf erkenne, das habe er nicht mehr ausgehalten. Kolumbien aber habe ihm gut getan. Totaler Rückzug. Einkehr ins Ich. Und natürlich die Kokainpreise. Jetzt aber habe er neue Projekte. Mit Freunden wolle er ein Onlineportal für Literaturkritik betreiben und von der Werbung leben, die darauf geschaltet werde. Den Feind aussaugen nannte er das. Ich gab zu bedenken, dass es ein schwieriges Unterfangen sein könne, mittels Literaturkritik Klickzahlen zu erreichen, die ausreichende Werbeeinnahmen einbrächten. Kleist ließ sich von mir nicht irritieren und auch nicht von dem schirmbemützten Mittdreißiger einen Barhocker weiter, der hämisch einwarf, in Wahrheit sei Kleist auf Erden doch nicht zu helfen. Nur Napoleon knurrte.

Bettina, die ich am nächsten Tag im Starbucks an der Friedrichstraße traf, wusste noch nicht, dass Kleist aus Kolumbien zurückgekehrt war. Als ich ihr von seiner Sinnkrise und der Einkehr ins Ich erzählte, sah sie mich spöttisch an. Kleist sei ein Phänomen, sagte sie. Wenn er nur halb so viel Talent darin besäße, seine Dramen und

Serien an den Mann zu bringen wie seine Daseinsachter-
bahn, könne er in einer Liga mit David Safier und Borat
Dagtekin spielen, sagte sie. Auf meine Rückfrage hin er-
klärte sie, Kleist sei nur nach Kolumbien gereist, weil sein
Vater, Leiter der Berliner Staatsanwaltschaft mit Villa im
Grunewald, ihm den Geldhahn zugedreht hatte, nachdem
auch RTL Kleists Entwurf einer Komödienserie, die im
mythologiegläubigen Griechenland spiele und auf dem
Rollentausch allzu irdischer Götter basiere, abgelehnt
habe. RTL sei seine letzte Hoffnung gewesen, nachdem die
Öffentlich-Rechtlichen und Sat1 nicht zugegriffen hatten.
Nach der Absage habe er Kerkelings Ich bin dann mal
weg *gelesen, sich tags darauf 2000 Euro bei ihr geliehen*
und sei nach Kolumbien geflogen.

Am Abend fand ich zwei Facebook-Einladungen im
Postfach: Kleist wants to be friends on facebook hieß es und
Kleist invited you to join the group Phöbus – Literaturkri-
tik im Netz. Ich nahm an. Auf seiner Facebookseite ge-
rierte sich Kleist als Guerilla mit Zahnstocher, Lederhaut,
Zigarette und kolumbianischem Bergland im Hinter-
grund. Die Phöbus-Gruppe hatte bislang 34 Mitglieder.

Ende 2010 traf ich Kleist wieder. Seine Bräune war um
die Augen dem Blau der baumelnden Tränensäcke gewi-
chen, sonst einer Blässe, die nichts Gutes verhieß. Napo-
leon sah man an, dass er die Gunst der Stunde witterte,
gegen den preußischen Besatzer aufzubegehren. Er um-
kreiste sein mattes Herrchen wie eine Beute. Das Online-
portal war gescheitert. Infolge konstant niedriger Klick-
zahlen hatte sich kein einziger Anzeigenkunde gefunden.
Ein Drama über die Intrige gegen Friedrich Homburger,
Superstar des Bundeskabinetts, war zudem beim Deut-

schen Theater durchgefallen. Am meisten aber bestürzte mich der Satz, den Kleist zum Abschied sagte: Du bist mein einziger Freund. Sofort entwickelte ich einen Widerwillen gegen diesen Satz, der mich weniger gegen Kleist als vielmehr gegen mich selbst aufbrachte. Bettina, der ich von Kleists kritischem Zustand berichtete, beruhigte mich. Totgesagte lebten länger, sagte sie. Einer wie Kleist müsse nicht auf die Beine fallen, weil er nie auf ihnen gestanden habe.

Eine Woche später war Kleist tot. Endstation Wannsee. Auf Facebook stand als Statusmeldung: Kleist is dead. Und in meinem Postfach fand ich eine Nachricht von Kleist, die aus einem einzigen Satz bestand: Und es stimmt ja, dass mir auf Erden nicht zu helfen war.

Lena klappte den Laptop zu.

Dann drehte sie sich zu Paul um und sah ihn lange stumm an.

„Wow", sagte sie schließlich und Paul wusste nicht, ob dieses Wow eine Parodie auf seine Wows war.

Also hielt er Lena ein fragendes „Wow?" entgegen.

„Man ist ja richtig gerührt nach dem Lesen", sagte sie.

Dass sie „man" sagte, freute Paul.

„Und sogar mit einem Ich-Erzähler. Das hätte ich dir gar nicht zugetraut."

„Warum nicht?", fragte Paul, „die Ich-Perspektive ist doch das einfachste Erzählverfahren überhaupt. Man muss sich nur sich selbst vorstellen beim Schreiben."

„Vielleicht", sagte Lena, „aber das meine ich nicht. Wenn du ‚ich' sagst, machst du dich angreifbar. Weil jeder dieses Ich mit dem Verfasser gleichsetzen wird.

Das passiert mir auch ständig. Ich habe schon das Ich aus meinen eigenen Geschichten mit mir selbst verwechselt. Ich schreibe eine Geschichte und nach einer Weile weiß ich nicht mehr, ob ich selbst erlebt habe, was da steht."

Paul lachte. „Ich bin nicht mit Kleist auf Facebook befreundet. Verwechslungsgefahr besteht also keine."

„Trotzdem", sagte Lena, „eine mutige Geschichte. Weil sie viel über dich verrät."

Paul zögerte. „Was denn?", fragte er und spürte seinen Herzschlag.

„Dass du es nicht erträgst, bedeutsam zu sein für jemanden. Dein Erzähler hält es nicht aus, als Kleist ihn seinen einzigen Freund nennt."

Paul legte sich neben Lena und vergrub sein Gesicht im Stoff ihres Pullovers auf Höhe ihrer Achselhöhle.

„Aber du bist bedeutsam für mich", sagte er und war froh, dass seine Stimme erstickt klang dabei.

„Ooh", machte sie und streichelte ihm Kopf und Nacken. Dann spannte sie sein Gesicht in ihre Hände und führte es ihrem Mund entgegen.

„Eben", sagte sie, „nur deswegen erträgst du, dass du es auch für mich bist. Und selbst dann nur widerwillig."

Paul musste lächeln.

„Ich will ein Kind von dir", flüsterte er. Dieser Satz hatte sich als Beginn eines Spiels zwischen ihnen etabliert.

Mit einem Griff unter ihre Schultern zog er sie hoch und begann, Stück für Stück ihre Kleidung abzustreifen. Lena sah ihm dabei zu wie die Patientin dem Arzt bei der Untersuchung.

Dann zog er seine Sachen aus. Bei Lena hatte er sich angewöhnt, mit den Küssen unten zu beginnen. Sie sollte nicht denken, dass ihre Beine Tabuzone wären für ihn. Flüchtig verteilte er Küsse von Lenas rechter Ferse bis zur Hüfte hinauf, dann vergrub er seinen Kopf zwischen rechtem Schenkel und Bettdecke. Lenas rechter Schenkel war dünner als der linke. War er dünner, weil sie hinkte, oder hinkte sie, weil er dünner war? Immer wieder schob er seinen Kopf zwischen Knie, Schoß und Decke, bis Lena ihn wegschob.

Ihrer Brust konnte er sich ohne Verstellung widmen. Seine Hände umklammerten ihre Arme, während er ihren Oberkörper küsste. Plötzlich richtete sie sich auf, um nach einem Kondom zu greifen. Lena war nicht bereit, die Pille zu nehmen. Dass er mit Kondom kaum etwas empfand, ignorierte sie. Ihr Körper gehöre ihr, hatte sie ihn wissen lassen. Sie sei unter keinen Umständen bereit, ihn durch Hormone zu vergiften. „Am Ende werde ich nur fett und zickig davon", hatte sie gesagt.

Nach dem Akt war er erleichtert. Satt und zufrieden lag er neben ihr, sie unter der Decke, er darauf. Er bewunderte Lena dafür, dass sie ihn so ertrug.

„Du denkst zu viel", sagte Lena. „Du schläfst mit mir wie ein Handwerker. Als würdest du mich erst untersuchen und dann reparieren."

Paul versuchte ein Lachen. Dann drehte er sich auf die Seite, streichelte ihr Haar und küsste ihr die feuchte Stirn. Mit dem Handrücken rieb er sich die Lippen.

„Gib mir Zeit", sagte er und erstarrte.

Lena drehte sich zur Seite. „Zeit wofür?", fragte sie.

„Zeit, um dich an dieses Bein zu gewöhnen? Zeit, um auszublenden, dass du mit einer Behinderten schläfst?"

Er schlang von hinten beide Arme um sie. Sein Herz pochte. „Nein", sagte er, „Zeit, um die Angst zu überwinden, dass du genau das von mir denken könntest."

„Und wie kommst du darauf, dass ich das denken könnte? Weil du genau weißt, dass es richtig ist."

„Nein", sagte er wieder und küsste ihren Nacken. „Weil wir zwei Kopfmenschen sind. Und weil wir uns darin überbieten, zu erraten, was der andere denkt. Und weil wir glauben, dass der andere Theorien über unsere Gedanken aufstellt."

„So, so", sagte sie. Aber ihre Stimme verriet ihm, dass sie genau das hatte hören wollen.

Lena war versöhnt. Sie drehte sich herum und stülpte ihre Hände so über seine Ohren, dass es darin so dumpf rauschte wie unter Wasser. Dann küsste sie ihn mit vollen Lippen mitten auf den Mund.

„Du musst deine Geschichte unbedingt am Freitag in der *Zonenallee* vorlesen. Paul Pinglinger als Gastautor."

Paul nahm ihre Hände von seinen Ohren. „Das geht nicht", sagte er dann.

Und sie: „Natürlich geht das. Kommen musst du sowieso, damit du meine Geschichte hörst. Und dann soll Gurke dich vorstellen als hoffnungsvollen Nachwuchsliteraten und dann liest du einfach. Das wird der Hammer."

Lenas Augen leuchteten.

Seine Geschichte sei aber gar nicht lesebühnentauglich, jammerte er.

„Es gibt keine lesebühnentauglichen und lesebühnenuntauglichen Geschichten", entgegnete Lena. „Es gibt nur gute und schlechte Geschichten. Und *Preußen 36* ist eine gute Geschichte und gehört in die Öffentlichkeit."

Instinktiv hielt Paul sich die Ohren zu. „Ich kann noch nicht mal ertragen, wenn du die Geschichte laut vorliest", jammerte er. „Noch nicht einmal den Titel halte ich aus. Wie soll ich diese Geschichte vor fünfzig, sechzig Leuten vorlesen?"

„Denk an das Spätermal-Gespräch", sagte Lena. Paul müsse aufpassen, dass er nicht den Punkt am Horizont erreiche, ab dem es nicht mehr möglich sei, die heimlichen Wünsche Wirklichkeit werden zu lassen.

„Woher willst du wissen, dass es mein heimlicher Wunsch ist, mich auf einer Lesebühne zu blamieren?", fragte er zurück.

„Einen Schriftsteller, der nicht gelesen werden will – das gibt es nicht", sagte Lena. „Wenn ein Kind im Garten steht und den Fußball gegen die Garagenmauer drischt, dann stellt es sich vor, wie es ins Stadion einläuft und das Spiel entscheidet. Und wenn ein Dichter am Schreibtisch sitzt, dann stellt er sich vor, wie die Leute seine Bücher lesen. So einfach ist das."

Paul zögerte.

„Ich kann ja mit dir üben", bot Lena an. „Du setzt dich an den Schreibtisch und ich bleibe hier im Bett als Publikum."

Paul spürte, wie sein Widerwille nachließ. Trotzdem schüttelte er den Kopf: „Ich kann nicht einfach diesen Text vorlesen, dafür kenne ich ihn viel zu wenig. Und vom Bildschirm lässt sich so ein Text sowieso nicht vortragen."

„Druck ihn aus", sagte Lena.

„Wie denn?", fragte er zurück, „du hast doch nicht mal einen Drucker."

Lenas Gesicht wurde starr. Sie brauche eben keinen Drucker, sagte sie.

„Quatsch", sagte er, „jeder Student braucht einen Drucker. Hier ein Handout ausdrucken, da eine Hausarbeit."

„Das bisschen, das ich drucken muss, kann ich auch in der Uni erledigen", sagte Lena. Ihre Stimme klang dabei höher als sonst. „Aber wenn du es nötig hast, deine Feigheit mit meiner Druckerlosigkeit zu überspielen, kann ich dir auch nicht helfen. Warte, ich habe ein Zitat für dich. Vielleicht gibt dir das zu denken."

Damit stand sie auf und ging nackt zum Regal. Sie nackt hinken zu sehen, ertrug er noch weniger. Wären sie Neandertaler, sie wäre schutzlos gewesen. Dass sie sich in Berlin fortbewegen konnte, verdankte Lena ausschließlich der Erfindung des Fahrrads. Am liebsten hätte er sie in eine Decke gehüllt und zum Bett zurückgetragen. Er lief ihr nach und umarmte sie im Gehen. Die Arme schlang er ihr von hinten um Schultern und Brust, während sie die Buchrücken im Regal überflog und dann unter der Last seines rechten Arms die Hand nach *Fleisch ist mein Gemüse* von Heinz Strunk ausstreckte. Als er sah, dass sie das Buch fest umklammert hielt, grub er den linken Arm in ihre Kniebeugen, hob sie hoch, trug sie zum Bett und küsste sie auf Brust und Bauch, bevor er die Decke auf sie fallen ließ.

Lena lachte. Dann blätterte sie im vorderen Drittel des Romans und richtete sich etwas auf, nachdem sie die gesuchte Stelle gefunden hatte.

In ihrem Gesicht flackerte der gleiche Ausdruck auf wie bei ihren *Zonenallee*-Auftritten. Er blieb am Kopfende des Bettes sitzen.

Lena las:

Wann immer ich Geld übrig hatte, kaufte ich mir neue Geräte für mein Hitstudio. Als einer der Letzten stieg ich dann auch endlich vom C64 auf den Atari um. Obwohl ich mich nie um Termine bei Plattenfirmen oder Musikverlagen bemühte, keine Demos verschickte oder gar Liveauftritte organisierte, kam Anja, ohne zu murren oder sich gar einen anderen Produzenten zu suchen. Die entscheidende Voraussetzung fehlte ihr genau wie mir: der Wille zum Erfolg. In Wahrheit wäre ich wahrscheinlich völlig überfordert gewesen, wenn sich tatsächlich jemand ernsthaft für uns interessiert hätte. Mir ging es wie Tausenden von Hobbymusikern, Freizeitschriftstellern, Feierabendmalern und sonstigen Möchtegernkünstlern, die sich jeder Beurteilung entziehen, weil sonst womöglich das Kartenhaus des eingebildeten Talents in sich zusammenfallen würde. Als verkanntes Genie kann man es sich im Leben auch ganz komfortabel einrichten.

Triumphierend sah sie ihn an. „Verstehst du?", fragte sie.

Paul nickte. „Aber Heinz Strunk ist trotzdem noch berühmt geworden", sagte er dann.

„Ja, und dieses Buch zeigt dir, warum. Er hat den Mut, zu zeigen, wie feige er ist."

„Okay", sagte Paul schließlich. „Ich kann meine Geschichte vielleicht bei mir ausdrucken und laut lesen. Vielleicht lässt sie sich wirklich gut vortragen."

Lena strahlte.

VII. Eine Schraube im Kehlkopf

Weder Gurke noch Distel oder Lutz Feigenbaum waren da, als Paul und Lena am Freitag in der *Letzten Bastion* eintrafen. Sie waren die Ersten.

Nur die Bar war schon besetzt. Vor einem Bier saß ein großer Mittdreißiger mit kahlgeschorenem Kopf an der Theke. Paul erkannte den Türsteher, der bei seinem ersten Besuch das Eintrittsgeld kassiert hatte. Lena begrüßte ihn mit Vornamen, er nickte beiden zu.

„Wenn die Wände hier weiß wären, könnte man sagen, dein Gesicht hat heute eine prima Tarnfarbe", sagte Lena zu Paul.

„Ich bin eben aufgeregt. Am besten lassen wir das mit meinem Auftritt bleiben. Ich höre mir deinen Text an und vielleicht kommt Sebastian, dann unterhalte ich mich einfach mit dem."

Lenas Mund verzog sich zu einem spöttischen Grinsen.

„Wieso?", stieß Paul hervor, „bisher seid ihr doch auch super ohne mich ausgekommen."

Lena hielt ihn fest und drückte ihn gegen die Wand: „Paul", sagte sie und sah ihm eindringlich in die Augen, „wenn ich nicht wüsste, dass du wirklich Angst hast, könnte man deine Bedenken richtig süß finden. Aber pass auf: Du liest nachher und das wird dein Durchbruch, glaub mir. Wenn du nicht liest, bereust du das ewig. Und dann wird die Furcht vor dem nächsten Versuch noch größer."

„Warum muss es einen nächsten Versuch geben?", fragte Paul. Er habe jetzt sechsundzwanzig Jahre gut überstanden, ohne sich mit Texten lächerlich zu machen, die ohnehin keiner hören wolle. Das könne seinetwegen gern so weitergehen.

„Quatsch", sagte Lena und küsste ihn auf den Mund, so lange, als wolle sie sichergehen, dass er danach nicht wieder anfangen würde.

„Du liest nachher und basta."

Gurke, Distel und Lutz Feigenbaum kamen gleichzeitig durch die Tür. Sie schienen alle schon zu wissen, dass Paul heute auftreten würde.

Gurke klopfte ihm auf die Schulter. „Nervös, wa?", fragte er.

Paul nickte und hoffte, dass Gurke nicht gesehen hatte, wie er schlucken musste beim Versuch, sein Nicken mit Worten zu begleiten.

„Schon ein bisschen sehr", sagte er dann und ärgerte sich, dass seine Stimme belegt dabei klang.

„Trink doch ein Bier, das hilft. Beim ersten Mal war ich auch aufgeregt."

Er machte eine Pause, als würde eine Pointe folgen. „Und das war beim ersten Auftritt nicht viel anders", fügte er dann hinzu und lachte dröhnend.

Er sah zu Distel und Lutz Feigenbaum hinüber, als warte er auf Anerkennung, aber die beiden hatten offensichtlich nicht zugehört.

Als die *Letzte Bastion* sich bis auf den letzten Stuhl

gefüllt und Paul längst gemeinsam mit dem Quartett oben auf der Bühne Platz genommen hatte, entdeckte er Sebastian im Publikum. Dem war anzusehen, dass er sich übers Pauls Platz auf dem Podium wunderte.

Immer wieder fühlte Paul in seine Gesäßtasche. Die Kleist-Geschichte war noch da. Als ob drei Blätter Papier innerhalb einer Minute, in der er sich fast nicht bewegt hatte, einfach aus seiner Hosentasche verschwinden würden!

In seinem Zimmer hatte er den Vortrag geübt. Hatte laut gelesen, hatte verschiedene Vortragsgeschwindigkeiten ausprobiert, hatte Silben unterstrichen, die unbedingt betont werden mussten. Zwischenzeitlich hatte er sogar überlegt, Anna zu bitten, ihm als Publikum für einen Probevortrag zur Verfügung zu stehen. Aber Anna kannte ihn zu gut.

Er war froh, dass er in der *Letzten Bastion* niemanden kannte. Außer Sebastian. Dass der gekommen war, machte alles doppelt so schlimm. Paul wischte sich die Hände an der Hose ab. Sein Herz klopfte so stark, dass er meinte, die Zuschauer in den ersten Reihen müssten das Auf und Ab seines Hemdes wahrnehmen.

Jetzt trat Gurke ans Mikrofon. Er begann mit einem lauen Scherz über die bevorstehende Fußballeuropameisterschaft, der ihn als selbstironischen Antisportler und Fußballturniere als überkommerzialisierte Kriegsersatzspektakel ausweisen sollte. Dann stellte er Lena, Distel und Lutz Feigenbaum vor. Paul kündigte er mit Vor- und Zunamen als doppelten Überraschungsgast an, denn ihm würden die Zuschauer heute sowohl als Autor einer eigenen Geschichte als auch als literarische

Figur in einem von Lenas Texten begegnen. Paul nickte ins Publikum, dann stellte Gurke sich selbst vor.

Gurke ließ Distel beginnen, las dann selbst und kündigte anschließend Lutz Feigenbaum an. Die ersten beiden Vorträge waren an Paul vorbeigerauscht. Während Lutz Feigenbaum las, hätte er nicht mehr sagen können, wovon sie gehandelt oder ob die Zuhörer gelacht hatten.

Jetzt sah er die Münder im Publikum sich öffnen. Dann erst drang ein Lachen an sein Ohr. Das Blut darin schien so zu tosen, dass es die Schallgeschwindigkeit verringerte. Jeden Augenblick konnte Lutz Feigenbaum seine abgenutzte lederne Kladde zuschlagen, aus der er vorlas. Und dann wäre er, Paul, an der Reihe. Oder Lena. Fifty-fifty. Die Wahrscheinlichkeit, dass er ans Mikrofon musste, nahm nach jedem Vortragenden zu. Eins zu fünf war sie ganz zu Beginn gewesen, also zwanzig Prozent. Aber wahrscheinlich etwas niedriger, weil Gurke ihn als Anfänger kaum als ersten auf die Bühne geschickt hätte, denn womöglich hätte er die Stimmung des ganzen Abends ruiniert. Nach Distels Vortrag war die Wahrscheinlichkeit schon auf fünfundzwanzig Prozent gestiegen und nach Gurkes Text auf dreiunddreißig. Jetzt war Lutz Feigenbaum fertig. Beifall brandete auf, Paul meinte sogar Fußtrampeln zu erkennen. Jeden Augenblick konnte Gurke ihn ans Mikrofon bitten. Warum hatte er nicht vor Beginn der Veranstaltung gefragt, welche Reihenfolge vorgesehen war?

Wenn Gurke als nächstes Lena aufrufen würde, wüsste er endgültig, wann sein Stündlein geschlagen hatte. Wie hielten Theaterschauspieler oder Politiker diese ständige Anspannung aus? Das war doch kein Leben, das war die Existenz einer Laborratte, der regelmäßig Stromschläge verabreicht wurden.

Gurke rief Lena auf.

Paul sank in den Stuhl zurück. Unmerklich war er in der Erwartung, vortragen zu müssen, bis zum Rand der Sitzfläche vorgerückt. Lena würde lesen. Aber danach gab es kein Entrinnen mehr. Als wären die Wellen über ihm zusammengeschlagen, saß er auf seinem Stuhl und versuchte sich Momente in Erinnerung zu rufen, in denen er sein Schicksal mannhaft ertragen hatte. Es fielen ihm keine ein.

Lena begann.

„Meine erste Geschichte heute heißt *Wie ich einmal straffällig wurde*", sagte sie. „Im Prinzip erzählt sie vom schädlichen Einfluss, den selbst verstorbene Dichter noch heute auf ihre Leser ausüben können. Aber hört selbst:

Jeder Mensch kann etwas. Ich kann mir zum Beispiel Gedichte merken.

Neulich war ich mit Paul am Grab von Heinrich von Kleist und Henriette Vogel am Kleinen Wannsee. Als erstes habe ich gelernt, dass der Kleine Wannsee früher Stolper Loch hieß. Allein dafür hat sich das Hinfahren schon gelohnt. Besonders, wenn man Stolper Loch auf der ersten Silbe betont.

1811 hat Heinrich von Kleist, ein gescheiterter, mittelloser Dramatiker, seine krebskranke Freundin Henriette Vogel und danach sich selbst erschossen. Eigentlich romantisch, so ein Zweiergrab mitten im Wald.

Und weil ich mir Gedichte so gut merken kann, fallen mir auch ständig welche ein. Als ich mit Paul vor Kleists Grab stand, ist mir ein Gedicht von Heinrich Heine eingefallen. Das habe ich Paul dann vorgetragen. Es geht so:

Mein süßes Lieb, wenn du im Grab
Im dunkeln Grab wirst liegen,
Dann will ich steigen zu dir hinab,
Und will mich an dich schmiegen.

Ich küsse, umschlinge und presse dich wild,
Du Stille, du Kalte, du Bleiche!
Ich jauchze, ich zittre, ich weine mild,
ich werde selber zur Leiche.

Die Toten stehn auf, die Mitternacht ruft,
Sie tanzen im luftigen Schwarme;
Wir beide bleiben in der Gruft,
Ich liege in deinem Arme.

Die Toten stehn auf, der Tag des Gerichts,
Ruft sie zu Qual und Vergnügen;
Wir beide bekümmern uns um nichts
Und bleiben umschlungen liegen.

Paul fand das eklig und hat etwas von Nekrophilie genuschelt. Aber ich habe Lust bekommen, nachzusehen, ob Heini und Henriette auch so zärtlich kuscheln wie bei dem anderen Heini. Der Vorname Heinrich scheint damals schwer in Mode gewesen zu sein.

Jedenfalls habe ich Paul vorgeschlagen, einmal nach-

zusehen, was nach fast zweihundert Jahren aus Heini und Henriette geworden ist. Diesmal hat Paul etwas von Sachbeschädigung und Störung der Totenruhe genuschelt, aber ich habe hinter Kleists Grabstein einen Klappspaten entdeckt und angefangen, damit sein Grab freizulegen. Paul stand hilflos daneben und versuchte mich zu überreden, den Spaten zurückzustellen und mit ihm die Gräber zu verlassen. Dann habe ich aber angefangen, zurückzujammern, wie schwer mir das Graben falle und dass er als Mann mir gefälligst helfen solle.

Irgendjemand muss uns dabei beobachtet und aus unerfindlichen Gründen Anstoß an unserem Treiben genommen haben. Jedenfalls waren unser beider Schuhe vollkommen mit Erde verschmiert, als plötzlich zwei Polizisten vor uns standen und das mit der Sachbeschädigung und der Störung der Totenruhe wiederholten, das irgendjemand, es könnte unter Umständen Paul gewesen sein, eingangs schon erwähnt hatte.

Da bei Erscheinen der Polizisten gerade ich wieder Heini auf den Knochen stand und den Spaten in der Hand hielt, wandten sich die Beamten in ihrer schnieken blauen brandenburgischen Uniform vertrauensvoll an mich.

Hör ma uff, Mädel, sagte der kleine Dicke im gestanzten Deutsch der Kanzlei- und Behördensprache. Der große Dünne stand daneben und nickte, als habe sein Kollege einen Paragraphen zitiert.

Helfen Sie mir lieber, sagte ich, sonst werden wir hier nie fertig. Zweihundert Jahre Verrottung gibt einen Haufen Erde.

So weit kommt et noch, sagte wieder der kleine Dicke.

*Ooch noch Beihilfe bei eener Straftat von Beamten ein-
fordern.*

*Blödsinn, Straftat, entgegnete ich. Ich kann doch hier
nicht alles ohne fremde Hilfe machen. Meinen Sie, Schlie-
mann hat Troja ganz allein ausgegraben?*

*Wer hat wat ausjejraben?, fragte der kleine Dicke. Der
große Dünne nickte wieder, als hätte sein dicker Kollege
einen unumstößlichen Aussagesatz formuliert. Offenbar
konnte er nichts anderes als Nicken.*

*Sie beide sind doch so sportlich, versuchte ich mir die
Subversionskraft weiblicher Nonchalance zunutze zu machen. Wenn Sie beim Graben helfen, sind Sie sozusagen
Teil einer historischen Mission. Ich will klären, ob Heinrich von Kleist und Henriette Vogel als Paar gestorben und
bestattet sind.*

*Blödsinn, sagte der kleine Dicke. Klauen willste. Grab-
räuber seid ihr.*

*Was soll man denn aus Kleists Grab bitte klauen? Der
war so bettelarm, der musste sich ja noch als Dreißigjäh-
riger Geld von seiner Schwester leihen, um seine Dramen
drucken zu lassen, damit er sie einreichen konnte.*

*Blödsinn, bettelarm, sagte der kleine Dicke. Wenn eener
hier so'n Grab alleene im Wald kricht, hat der sicher je-
nuch Jeld jehaabt. Der große Dünne nickte wieder.*

*Ach was, sagte ich. Wenn sich bei irgendjemandem
nichts aus dem Grab entwenden lässt, dann bei Heinrich
von Kleist.*

*Kleist, wiederholte der kleine Dicke. Wer is'n dit über-
haupt? Kennst du den?, wandte er sich an den großen
Dünnen. Der nickte.*

In mir machte sich Hoffnung breit. Der große Dünne

*schien nur so einfältig – in Wahrheit war er literarisch
gebildet und würde seinen kleinwüchsigen Kollegen jetzt
über die wirtschaftlichen Verhältnisse Heinrich von
Kleists vor dessen Tode aufklären.*

*Du kennst den also?, wiederholte der kleine Dicke. Ja,
und wer is dit jetze? Er sah den großen Dünnen an. Der
zuckte mit den Schultern. Kenn' ick nich, sagte er dann
mit einer Stimme, die so dünn und hell war, als ahme er
einen Vogel nach.*

*Der kleine Dicke wandte sich wieder mir zu. Also, Frol-
lein, sagte er. Fakt is: Der janze Aushub muss wieder uff
dit Grab druff, und zwar dalli. Und denn wird dit Janze
einjeebnet und denn fahren wa erst ma schön uffet Revier
nach Stolpe und denn schreiben wa 'n Protokoll über die
Grabschändung hier.*

Als er Stolpe sagte, musste ich lachen.

*Da jibt et ooch nüscht zu gackern hier, sagte er. Dann
sah er den großen Dünnen an: Wat sachst'n du dazu,
Olaf? Olaf nickte.*

*Nachdem das Grab wieder von Erde bedeckt war, fuh-
ren wir tatsächlich auf das Revier nach Stolpe. Und so kam
es, dass mein einziges Talent, nämlich mir Gedichte zu
merken, einmal fast zu einer historischen Entdeckung geführt hätte. Letztlich behielt aber der DDR-Lyriker Reiner
Kunze recht. Denn der hat einmal gesagt: „Ein Gedicht
kann nicht die Welt verändern, aber für das Leben des
Autors kann es Folgen haben." Und für das Leben des Re-
zitators offenbar auch – denn bei der Staatsanwaltschaft
Potsdam ist jetzt ein Strafverfahren wegen versuchter
Störung der Totenruhe gegen mich anhängig."*

Für einen Moment herrschte Ruhe im Saal. Dann sah Paul Schultern zucken und Hände zusammenschlagen und hörte Beifall auf die Bühne branden.

Er rutschte auf dem Stuhl hin und her. Jeden Moment würde Gurke seinen Namen sagen. Er befühlte seine linke Gesäßtasche. Die Kleist-Geschichte war noch da.

Lena hatte Lacher geerntet mit ihrer Geschichte, gewiehert hatten die Leute an zwei Stellen. Natürlich hatte Lena Lacher geerntet. Sie hatte aus dem ernsten Thema des Kleistgrabs einen Stan-Laurel-Oliver-Hardy-Klamauk gemacht. Im Gegensatz zu ihm. Bei seiner Geschichte würde niemand lachen. Zwei oder drei literarische Anspielungen hatte er sich erlaubt, die in besinnlicher Runde und konzentrierter Atmosphäre vielleicht ein Schmunzeln hervorrufen konnten. Wenn man sie verstand. Mehr nicht. Sein Text passte nicht hierher. Das hatte er Lena gesagt. Und Recht behalten. Aber die hatte ja nicht hören wollen. Und nun hatte er den Salat, nicht sie.

Lena saß mittlerweile. Jetzt trat Gurke ans Mikrofon. Er sagte einen Satz, den Paul nicht verstand. Dann ging alles ganz schnell. Licht fiel in sein Gesicht, weil Gurke die Mitte der Bühne verlassen hatte. Die Mitglieder der *Zonenallee* sahen Paul geschlossen an. Sein Auftritt.

Er erhob sich und glaubte zu schwanken. Wie gelang es Lena nur, mit ihrem Hinkebein auf solch einer schmalen Bühne das Gleichgewicht zu bewahren? Paul machte zwei unsichere Schritte zum Mikrofon. Gleichzeitig zog er aus der Gesäßtasche den Kleist-Text hervor. Schlucken, bevor er den Kopf hob. Bei entblößtem Hals würden alle am vibrierenden Adamsapfel erkennen, wie aufgeregt er war. Warum nur hatte er sich zu diesem Auftritt überreden lassen? War das ein Kichern, das da aus dem Publikum zu ihm heraufdrang? Vielleicht weil er so langsam war. War er denn langsam? Egal, er musste jetzt anfangen.

„*Preußen 36*", begann er. Schon der Titel war ihm peinlich. Sicher verstand niemand die Anspielungen darin. So ein Scheißtitel. Den konnte ja keiner verstehen, solange er die Geschichte nicht kannte.

Dann der erste Satz. Nicht denken, lesen! „*Sein Hund heiße Napoleon*", las Paul und er merkte, wie ein Widerstand in seinem Kehlkopf wuchs, den er vor jedem Wort hinunterschlucken musste. Aber ganz wegschlucken ließ er sich nicht. „*So Kleist, als wir uns kennenlernten*", las er weiter und hob den Kopf.

Lauter gelbe und grüne Gesichter, wie auf einem Munch-Gemälde. Er öffnete den Mund, um weiterzulesen, aber ihm war, als habe man ihm einen Keil in die Speiseröhre getrieben. Er zwang sich. Die Stimmbänder quietschten. Eine Schraube im Kehlkopf. Die Silben rangierten weder vor noch zurück.

„Es tut mir leid", wollte er sagen. Aber er brachte nur ein Krächzen hervor, das im Mikrofon versickerte. Paul blieb stehen wie gelähmt.

Jetzt war Gurke neben ihm. Paul nahm ihn viel klarer wahr als am ganzen Abend. Er würde nicht lesen können. Plötzlich sah er alles ganz klar. Keine Nebelwand mehr. Wie leicht seine Schultern sich anfühlten, als er sie jetzt hängen ließ. Egal, was Gurke ihm vorschlagen würde, Paul würde nicken.

Gurke winkte Lena heran. „Willst du den Text vorlesen?", hörte Paul ihn fragen.

Lena sah kurz in Pauls Gesicht.

„Nein", sagte sie dann, „es ist Pauls Text. Er gehört in seinen Mund."

Paul war erleichtert.

Im Publikum wurde es unruhig.

Paul beugte sich zu Lenas Ohr. „Gibst du mir deinen Schlüssel?", wollte er fragen. „Dann warte ich in deiner Wohnung auf dich." Aber die Schraube im Kehlkopf saß fest. Es blieb nur ein Krächzen zwischen seinen Lippen. So bedeutete er ihr mit Zeichen, was er meinte.

Lena zog den Schlüssel aus der Tasche ihrer Jeansjacke, dann küsste sie ihn und sah ihm in die Augen. Unter diesem Blick wurde Paul ganz warm. Er zog sie an sich. Aber dieses Ziehen passte nicht. Es machte ihn zum Stärkeren in einer Situation, in der er sich wohlfühlte, weil er ihr so unterlegen war. Er ließ sie los, und ohne sich noch einmal umzusehen, verließ er die *Letzte Bastion*.

„Kennst du das Broken-Heart-Syndrom?", fragte Lena, als sie später am Abend am Rand ihres eigenen Bettes saß. Paul hatte ihr geöffnet und sich dann wieder unter die Decke gelegt. Das tat ihm gut, die Wärme der Decke und Lenas Blick.

Er schüttelte den Kopf.

Das sei eine Lähmung des Herzmuskels, sagte sie. Und zwar eine, die immer nach seelischen Belastungen auftrete. Ausgelöst durch Stresshormone. Der Körper ahme die Seele nach. Das Leben bricht dem Patienten das symbolische und die Biologie bricht ihm das physische Herz. Und jetzt komme das eigentlich Erstaunliche: Nach einigen Wochen seien in der Regel alle Symptome verschwunden, der Patient lebe weiter wie zuvor. Wie ein Infarkt, nur eben rein gedanklich und darum ohne körperliche Folgen. Das Broken-Heart-Syndrom sei ein rein psychosomatisches Phänomen.

Lena hielt inne und legte die Hand auf seine Stirn.

„Und weißt du, was ich glaube?", fuhr sie fort.

Paul lächelte. Dann schüttelte er wieder den Kopf.

Lena beugte sich zu ihm herab und rieb ihre Wange an seiner.

„Sebastian und die anderen von der *Zonenallee* haben vermutet, dass du einen schlimmen Rachenkatarrh oder eine Kehlkopfentzündung hast. Ich habe nicht widersprochen, aber ich glaube etwas ganz anderes."

Sie machte eine Pause, als wolle sie ihm die Gelegenheit einräumen, eine eigene Vermutung zu äußern. Paul wollte zustimmend brummen, aber er hatte Angst vor der Schraube in seinem Kehlkopf. So sah er Lena einfach nur an.

„Du hast das Broken-Speech-Syndrom", sagte sie. „Dein Kopf wollte den Text nicht lesen. Aber er hat nicht gewagt, das Lesen zu verweigern. Also musste das dein Körper übernehmen."

Paul nickte.

Lena stand auf. „Ich mache dir eine heiße Milch mit Honig."

Paul ließ seinen Kopf ins Kissen sinken.

Das Mutter-Sohn-Verhältnis, das heute auf der Bühne begonnen hatte, setzte sich in Lenas Wohnung fort. Er war Lenas Schutzbefohlener, und das tat gut. Noch ehe sie mit der Milch zurückkam, war er eingeschlafen.

VIII. Shaquille O'Neal

Lenas Bruder wohnte noch bei seiner und Lenas Mutter in Pankow. Schon seit Wochen hatte Lena Paul gedrängt, er solle beide kennenlernen. Innerlich hatte er sich gesträubt wie gegen einen Zahnarztbesuch. Immer wieder hatte er Vorwände gefunden, denen sie nicht widersprechen konnte.

Heute aber war kein Ausweg mehr geblieben und er hatte ihre Mutter besuchen müssen. Inzwischen fuhr er, gefolgt von Lena, auf seinem klapprigen Hercules ihrem Bruder hinterher, die Greifswalder Straße hinunter in Richtung Mitte.

Lenas Bruder hieß Jens-Thomas, aber er nannte sich Tom. Diesen Spitznamen trug er vor sich her wie ein Schild, mit dem man einen Unbekannten am Flughafen abholt. Lena hatte erzählt, dass ihr Bruder früher sehr unter seinem Namen gelitten und daher mit dreizehn Jahren versucht habe, das Pseudonym Shaquille bei Mitschülern, Lehrern und sogar bei der eigenen Familie durchzusetzen. Tom habe damals Shaquille O'Neal verehrt, dem es gelungen war, als Center der Orlando Magic eine echte Konkurrenz zu den Chicago Bulls herzustellen, die jahrelang die Eastern Conference und die gesamte NBA dominiert hatten.

Nach Lenas Geburt hatte sich die Mutter von Lenas

Vater getrennt und drei Jahre später war Tom aus ihrer Affäre mit einem kubanischen Linguistikdozenten hervorgegangen. Den hatte sie als Leiter eines Spanischkurses kennengelernt. Er gab diese Kurse, um zusätzliches Geld zu verdienen, das er seiner Familie in Kuba schickte. Es war also klar gewesen, dass Bautista nach Ende seiner Gastdozentur nach Kuba zurückkehren würde. Aber Lenas Mutter hatte sich an den Gedanken geklammert, dass Bautista in Berlin bleiben und Lena und Tom gemeinsam mit ihr großziehen würde. Dabei konnte man doch schon an Jens-Thomas' Namen ablesen, dass Bautista ihn von Anfang an nie als seinen Sohn wahrgenommen hatte.

Mit dem Versuch, sich Shaquille nennen zu lassen, war Tom gescheitert. In seiner Klasse wollte er manche Mitschüler durch körperliche Gewalt dazu bewegen. Aber sie verlachten ihn, den Halbschwarzen mit dem Vogelnest aus schwarzen Locken, und riefen ihm auf dem Pausenhof „Jens-Thomas" hinterher, als sei das ein Schimpfwort.

Erst mit siebzehn, als Tom die Eins-Achtzig längst überschritten hatte und einige der Mädchen sich für ihn zu interessieren begannen, war es ihm gelungen, Tom als seinen Spitznamen zu etablieren. Einen Jens-Thomas Tom zu nennen, das war selbst für viele der Lehrer einsichtig gewesen, und so hatte sich sein neues Pseudonym in der gesamten Schule und sogar darüber hinaus in der Familie und Nachbarschaft verbreitet.

Jens-Thomas war die einzige Person unter fünfzig mit einem Doppelnamen, die Paul kannte. Warum überhaupt gab man einem Menschen einen Doppelnamen?

Hatte Lenas Mutter damit aus ihrem einzigen gleich zwei Söhne machen wollen?

Unter jemandem, der Jens hieß, stellte sich Paul eine ganz andere Person vor als unter einem Thomas. Musste ein solcher Doppelname nicht automatisch zu einer Schizophrenie seines Trägers führen? Eine Anne-Marie, ein Klaus-Dieter trugen zweierlei Namen, die in der Summe nichts anderes ergaben, als hätte man sie ihnen einzeln verliehen. Aber dass Tom die Diskrepanz zwischen Jens und Thomas nicht ertragen hatte, konnte Paul verstehen.

Bisher war Tom konsequent auf dem Radweg in Richtung Süden gefahren, wenn auch auf der falschen Seite, so dass sie immer wieder entgegenkommenden Radfahrern ausweichen mussten. Jetzt wechselte er mit seinem Fixie auf den Gehweg und verlangsamte die Fahrt etwas. Paul schloss zu ihm auf.

„Woher kommst du eigentlich?", fragte Tom im selben Augenblick.

„Kennst du eh nicht", erwiderte Paul und hoffte, dass das nicht herablassend geklungen hatte.

„Wieso, wie heißt das denn?", hakte Tom nach.

„Göppingen", sagte Paul.

Tom lachte: „Nee, das habe ich echt noch nie gehört."

„Ist bei Stuttgart", ergänzte Paul.

Ob es dort schön sei, erkundigte sich Tom.

Paul hatte nicht die geringste Lust, mit Tom über Göppingen zu reden. Göppingen war die Heimat und seine Heimat fand jeder schön. Er sagte: „Stuttgart ist ein provinzielles Dreckskaff."

Tom lachte wieder. Dann fuhr er dicht an Paul heran

und hielt ihm die Handinnenfläche entgegen. „Check",
sagte er. Sie klatschten ab.

„Nach Stuttgart würde ich nicht mal zum Kacken
fahren", grölte Tom.

Wann und warum Tom in Stuttgart gewesen sei,
fragte Paul.

„Ach so, nee", sagte der, dort gewesen sei er nie. Aber
er kenne einen aus seinem Studiengang an der privaten
Hochschule. Aus der Zeit, als er noch manchmal hin-
gegangen sei. Der sei aus einem Minidorf irgendwo da
unten und der habe ihm gesagt, dass man die ganze
Ecke vergessen könne. Freiburg und so. Dort gebe es ja
nur Nazis und am Wochenende würden die Clubs um
ein Uhr schließen.

Woher dieser ehemalige Kommilitone denn genau
komme, erkundigte sich Paul.

„Keine Ahnung", sagte Tom. „Irgendwo da bei Freiburg und Stuttgart. So ein kleines Kaff. Görlach oder
Lörzach oder so."

Paul überlegte. „Meinst du vielleicht Lörrach?"

„Ja, genau", sagte Tom. Dann überlegte er: „Kann auf
jeden Fall sein."

„Von Lörrach nach Stuttgart fährt man drei Stunden",
sagte Paul dann. „Das sind fast dreihundert Kilometer.
Und von Lörrach nach Freiburg sind es sicher auch noch
mal sechzig."

Tom zuckte die Achseln.

„Vielleicht war dein Kommilitone noch nie in Stuttgart", ergänzte Paul.

„Keine Ahnung", sagte Tom. „Ist ja auch egal. Dort

unten ist doch eh alles gleich. Keine Freiheit, bloß Einschränkungen."

„Welche Einschränkungen?", fragte Paul.

„Na ja, wie gesagt", antwortete Tom. „Um eins macht alles zu und die Leute sind total spießig und verklemmt und rufen bei den Bullen an, wenn du deinen Müll nicht trennst. Eben alles voller Nazis."

Paul sah ihn von der Seite an. Deutlich erkannte er über Toms rechtem Auge die fingernagellange Narbe, die sich bis in dessen Augenbraue zog und auf der bis heute keine Haare wuchsen. Schon vor Wochen hatte ihm Lena erzählt, dass ihr Bruder wegen seines halbkubanischen Aussehens schon mehrmals in Ost-Berlin von Neonazis angegriffen worden war. Einmal hatten sie ihm mit einer abgebrochenen Flasche ins Gesicht gestochen und davon stammte diese Narbe. Einige Zentimeter tiefer, und Tom wäre auf dem rechten Auge erblindet.

Paul sah nach vorn.

„Weißt du", sagte er dann, „ich habe zwanzig Jahre in Baden-Württemberg gelebt und bin nie einem Neonazi begegnet. Jetzt wohne ich fünf Jahre in Berlin und sobald ich in den Osten komme, sehe ich ständig welche."

Tom tat überrascht.

„Doch, doch", sagte Paul. Erst vor einigen Wochen sei er mit der S-Bahn von Plänterwald zur Warschauer Straße gefahren und am Treptower Park seien fünf Neonazis, vier Männer und eine Frau, eingestiegen, hätten den gesamten Waggon mit „Heil Hitler" begrüßt und dann die Fahrscheine kontrolliert, als wären sie die Schaffner. Und die meisten Fahrgäste hätten tatsächlich ihr Ticket aus dem Geldbeutel gekramt und den Nazis zur Kontrolle hingehalten.

„Die sind doch alle harmlos", sagte Tom. „Denen sieht man ihre Dummheit hundert Meter gegen den Wind an. Aber in Süddeutschland leben die echten Nazis, die Drahtzieher. Dort steckt der Nationalsozialismus in den Köpfen fest. An den Stammtischen da unten werden doch Sprüche geklopft wie im Dritten Reich."

„Warst du denn schon mal in Süddeutschland?", fragte Paul und gab sich Mühe, seine Stimme so neutral wie möglich klingen zu lassen.

Einmal habe er mit einer Freundin ganz spontan nach München trampen wollen, antwortete Tom. Aber das sei dann daran gescheitert, dass sie keine Zeit gehabt habe.

Paul schluckte hinunter, was er entgegnen wollte.

Sie hatten jetzt die Torstraße erreicht. Tom setzte sich mit seinem Fixie wieder vor Paul, fuhr dann quer über die Kreuzung und auf der linken der beiden Fahrspuren die Torstraße in Richtung Oranienburger Straße hinab. Dabei hob er seinen ganzen Körper aus dem Sattel und trat so breitbeinig in die Pedale, dass sein Rad bei jedem Tritt den rechten Winkel zur Straße fast halbierte. Dass weder Paul mit seinem klapprigen Hercules noch Lena mit ihrem schmalen rechten Schenkel folgen konnten, schien ihn dabei nicht zu interessieren. Plötzlich bremste er abrupt und rollte, ohne einmal nach hinten zu sehen, über beide Fahrstreifen an den rechten Straßenrand. Dort hielt er vor einem Straßenschild. Als Paul ihn eingeholt hatte und ebenfalls hielt, zeigte Tom hinauf.

„Da haben Matze und ich gestern unsere Namen hin-
getaggt."

Tatsächlich stand dort *Straßburger Straße* und darunter zwei Graffitischriftzüge, die man als Toms und
Matzes Namen entziffern konnte.

Ohne ein weiteres Wort fuhr Tom weiter und hielt
erst drei Querstraßen später vor dem *Simferopol*. Nachdem er sein Rad angeschlossen hatte, blieb er stehen
wie ein Politiker beim Staatsempfang. „Ohne Lena
kommen wir nicht rein", sagte er. „Zwei Typen ohne
Frau, das macht der Türsteher nicht mit."

Zu dritt ließ der bullige Mützenträger in der Lons-
dale-Jacke sie tatsächlich passieren. Lena und Paul setzten sich auf eine Empore, Tom brachte drei Gin Tonic
von der Theke. Pauls Blick fiel auf eine breite, goldene
Uhr an Toms Handgelenk. Eine Uhr! Das trug doch
heutzutage keiner mehr.

„Der beste Gin Tonic in ganz Berlin", sagte Tom und
verteilte die Gläser. Was Tom dafür gezahlt habe, fragte
Paul und wollte ihm das Geld für seinen Gin Tonic zu-
stecken. Aber Tom winkte ab.

„Cheers", sagte er und trank als Erster.

Am liebsten hätte Paul ihn gefragt, woher er das Geld
habe. Dass Tom seit einem Jahr sein Studium schleifen
ließ, wusste er von Lena. Er ging zu keiner einzigen
Veranstaltung, schrieb weder Klausuren noch Hausar-
beiten und hielt keine Referate. Aber Tom machte auch
nichts anderes. Bewohnte drei winzige Zimmer im Un-
tergeschoss des Hauses seiner Mutter und verbrachte
die Tage im Monbijoupark. Sein Fahrrad, die goldene
Uhr, die Gin Tonics, all das musste seine Mutter bezahlt

haben. Dieselbe Mutter, die zuließ, dass Lena die Regelstudienzeit weit überschritt, weil sie ihre Miete selbst verdienen musste durch die Auftritte auf den beiden Lesebühnen.

Paul bemühte sich, Tom nicht anzusehen. So ein Muttersöhnchen!

Lena legte Paul die Hand auf den Schenkel. Erst dadurch bemerkte er, dass er diesen Schenkel hatte wippen lassen, seit sie auf der Empore saßen.

Das *Simferopol* sei ein toller Laden zum Frauenaufreißen, sagte Tom jetzt. „Willst du mal sehen, was ich hier schon alles abgeschleppt habe?", wandte er sich an Paul und ohne eine Antwort abzuwarten, zückte er sein Handy. Mit dem Daumen bewegte er sich durch eine Sammlung von Bildern, die er in den letzten Monaten von Frauen gemacht hatte. Immer wieder tauchten Bilder von nackten Oberkörpern oder nackten Schößen auf. Jedes Mal tat Tom, als müsse er überlegen, wem diese nackte Haut zuzuordnen sei. „Weißt du, das waren jetzt über hundert, da kommt man halt durcheinander", sagte er. Seine Augenbrauen zuckten, die Glasflaschennarbe krümmte sich.

Gerade als Paul seine Hand in Lenas Schoß legte, stand Tom plötzlich auf.

„Jetzt geht er aufreißen", sagte Lena.

„Aha", sagte Paul. „Wie lange willst du denn noch bleiben?"

Und sie: „Wir sind doch gerade erst gekommen. Was stört dich denn so krass, dass du schon wieder gehen willst?"

„Nichts", log er. „Ich bin nur müde."

„Immerhin hast du deine Stimme wieder", sagte Lena. „Das müssen wir doch feiern." Sie stieß mit ihrem Glas an seines.

Und jetzt, da er seine Stimme wieder habe, könne er auch literarisch durchstarten. Sein erster Auftritt sei mutig gewesen und das Stimmversagen Künstlerpech. Aber er könne sein Glück doch gleich noch einmal probieren auf der *Zonenallee*.

„Nein", sagte er. „Da passe ich nicht hin."

Die Lesebühne sei aber seine Chance, die eigenen Texte zu erproben. Wenn man höre, wie sie ankämen, könne man beginnen, an ihnen zu feilen.

In Paul kochte die Wut hoch.

„Meine Texte haben auf eurer Bühne nichts zu suchen", sagte er und unterbrach sich. Aber nichts lag ihm weniger als das Verschweigen.

„Wie soll man auf eurer Bühne Literatur vortragen, wenn alle anderen nur Kinderkabarett machen?"

Lena blickte zu Boden.

„Wir waren doch an Kleists Grab", fuhr er fort. „Und Kleist war ein ernsthafter Dichter. Ein Dichter, der die Welt ernst nimmt. Deswegen habe ich eine Geschichte geschrieben, die Kleist ernst nimmt und sein Scheitern. Und ich habe dir vorher gesagt, dass meine Geschichte nicht zu deiner Lesebühne passt. Und dann hast du deine Dick-und-Doof-Parodie vorgelesen, die mit Kleist überhaupt nichts zu tun hat."

Lenas Augen funkelten.

„Wenn deine Kleist-Geschichte so wahnsinnig literarisch ist, warum hast du sie dann nicht vorgetragen? Mach doch einfach! Besser als mein Kinderkabarett ist sie ja allemal. Aber nein, dafür ist der feine Herr viel zu feige. Wie ein kleines Kind hast du gezittert. Das Publikum hat dich ausgelacht, aber das hast du noch nicht mal bemerkt in deinem Psychotunnel. Sebastian hat schon recht gehabt nach der Veranstaltung."

Warum sprach sie nicht weiter?

„Ach ja, was hat Sebastian denn gesagt?", platzte es aus Paul heraus.

Lena winkte ab. Nicht wichtig sei das jetzt.

Paul bohrte weiter.

Schließlich gab sie nach: „Sebastian hat gesagt, dass ein Kleinbürger wie du einfach nicht auf die Bühne gehört und dass man dir diese Kleinbürgerlichkeit hundert Meter gegen den Wind ansieht."

Das traf ihn wie ein Schlag in die Kniekehle.

Er sank zusammen, innerlich.

Dann brauste er auf: „Ein Text wird nicht dadurch gut, dass man sich traut, ihn vorzulesen. Und umgekehrt. Ein guter Schriftsteller ist hinter dem Schreibtisch besser als davor. Nur ganz wenige können beides. Martin Walser zum Beispiel."

Lena stöhnte auf: „Der dicke alte Mann vom Bodensee. Dieser Holocaustleugner und Möchtegern-Ranicki-Mörder. Der soll hinter dem Schreibtisch gut sein?" Sie lachte. „Als Schreibtischtäter vielleicht. Was für ein Würstchen, das es nötig hat, seine Gegner in seinen Romanen um die Ecke zu bringen."

„Ist Wut nicht der beste Motor für große Literatur? Wie sind denn *Die Räuber* entstanden? Doch auch nur aus Schillers Hass auf die Generation der Väter."

Lena blieb stumm.

Also fuhr er fort: „Übrigens sieht man schon, dass du keine Ahnung von Walser hast, weil du glaubst, dass Ranicki in *Tod eines Kritikers* stirbt. Dabei hat Walser euch alle an der Nase herumgeführt. Der Kritiker ist nur ein paar Wochen auf einer Burg und kehrt am Ende wohlbehalten nach München zurück. Der Titel ist also genial, weil alle, die ihn wörtlich nehmen, sofort verraten, dass sie das Buch überhaupt nicht gelesen haben."

Lena zuckte mit den Schultern.

„Jedenfalls ist dein Walser ein ekelhafter Chauvinist. Immer diese greisen Männer in seinen Romanen, die den jungen Weibern nachjagen mit triefendem Maul."

Paul grinste: „Im neuen Walser liegen sogar sechzig Jahre zwischen Mann und Frau."

„Siehst du", sagte Lena triumphierend.

Paul lachte. Viel zynischer, als ihm lieb war. „Entschuldige mal", sagte er dann. „Du willst doch nicht Martin Walser vorwerfen, dass Goethe schon weit über siebzig war, als er sich in Ulrike von Levetzow verliebt hat. Was kann Walser dafür?"

„Dafür kann er nichts. Aber das ist doch kein Zufall, dass Walser sich den altersgeilen Goethe aussucht, der Jagd auf Teenager macht. Thomas Mann hat auch einen Roman über den alten Goethe geschrieben. Aber da geht es um die alte Lotte, die sich ärgert, dass ihr der Platz an Goethes Seite entgangen ist. Der Walser, der sucht sich natürlich so eine junge Tussi aus, an der sich nichts zeigen lässt außer ihrem Körper."

„Hast du den Roman überhaupt gelesen?", fragte Paul. Lena reagierte nicht. „Walser interessiert sich doch überhaupt nicht für Ulrike von Levetzow. Die braucht er doch nur, um zu zeigen, wie Goethe leidet. *Beer budget and champagne taste.* Das ist Goethes Problem. Und wo lässt sich das besser zeigen als in der Liebe? Und warum interessiert sich Walser so sehr für Goethe und so wenig für Ulrike von Levetzow? Weil dieser Goethe natürlich er selbst ist."

Paul zog sein Handy hervor und klickte sich ins Notizbuch. „Warte mal", sagte er. Dann las er vor: „*Was einer auch schreibt, es soll immer ihn rechtfertigen, das ist klar. Dass er sein darf, wie er fürchtet, sein zu müssen, dafür schreibt er.*"

Er ließ das Handy sinken.

„Ist das von Walser?", erkundigte sich Lena.

Paul nickte. „Er nennt das den Heine-Faktor."

Plötzlich stand Tom vor ihnen. „Sollen wir uns nicht rausstellen?", fragte er.

„Lass mich raten", entgegnete Lena, „draußen stehen drei Blondinen aus Holland."

Tom grinste so sehr, dass sich die Narbe in seiner Augenbraue krümmte. Dann nahm er einen letzten Schluck aus seinem Gin Tonic und stellte ihn auf den Tisch.

„Brasilien", sagte er. „Und es ist nur eine. Aber was für eine!" Er hob die Augenbrauen, als stünde die Miss World vor der Tür.

Lena stand auf.

„Gut", sagte sie, „dann holen wir uns was zu trinken und stellen uns mit dir raus."

Vor der Tür klappte Tom den Kragen seines Hemdes hoch, nahm einen Schluck aus dem neuen Gin Tonic, den Paul für alle drei hatte besorgen müssen und stellte sich neben eine junge Frau mit Mulattenhaut und blond gefärbten Haaren.

„Die sieht ja aus wie eine Nutte", flüsterte er Lena ins Ohr.

„Und selbst wenn!", antwortete Lena und drehte sich von ihm weg.

Dass sie ihren Bruder verteidigte, machte ihn wütend. Kürzlich hatte sie Paul erzählt, dass Tom sich immer wieder Geld bei ihr leihe, es aber nie zurückzahle. Er hatte sie bestürmt, das Geld von Tom zurückzuverlangen. Sie arbeite schließlich dafür und müsse zugleich ihr Studium davon finanzieren.

Lena solle zu ihrer Mutter gehen und mit ihr vereinbaren, dass Tom erst wieder Geld von ihr, der Mutter, erhalten würde, wenn er seine Schulden bei Lena zurückgezahlt hätte. Und wie die Mutter überhaupt rechtfertige, dass Tom trotz seiner Untätigkeit Geld von ihr erhalte, während Lena für alles allein aufkommen müsse.

Daraufhin hatte Lena erzählt, dass sie ihre Mutter am Anfang ihres Studiums um Geld gebeten habe. Die ersten paar Semester habe sie auch zweihundert Euro erhalten, aber dann habe ihr Bruder begonnen, an einer privaten Fachhochschule mit Gebühren zu studieren. Die Mutter habe daraufhin die Zahlungen an Lena eingestellt und nur noch Tom unterstützt.

„Wieso lässt du dir das gefallen?", hatte Paul gefragt.

„Mama jammert immer, wir fressen ihr die letzten Haare vom Kopf. ‚Du bist doch meine Große', sagt sie dann. ‚Auf dich kann ich mich verlassen. Du weißt doch, wie dein Bruder ist. Der ist eben nicht so selbständig wie du.' Was soll ich da antworten? ,Tom ist halt unser Sorgenkind, da müssen wir alle ein bisschen Rücksicht nehmen.' So war sie schon immer.“

„Bei so einer Mutter kann Tom ja gar nicht selbständig werden“, hatte Paul geflucht. „Dass der sich nicht dumm vorkommt – mit fünfundzwanzig noch bei Mutti wohnen. Seine ganzen Uschis müssen ihn doch auslachen, wenn er sie abschleppt.“

„Wahrscheinlich geht er immer mit zu ihnen“, hatte Lena geantwortet. Und außerdem solle Paul endlich aufhören, sich da einzumischen. Das sei eine Sache zwischen Tom, der Mutter und ihr und sie dulde es nicht, dass Paul so über ihre Familie rede.

Tom stand inzwischen der Brasilianerin gegenüber, die an der Wand lehnte. Seinen linken Arm hatte er gegen die Mauer gestützt, knapp neben ihrem Kopf. Sie drehte eine ihrer blond gefärbten Strähnen zwischen Daumen und Mittelfinger.

„Das dauert nicht mehr lange“, sagte Paul zu Lena.

„Höchstens drei Minuten“, antwortete sie und trank ihren Gin Tonic in einem Zug leer.

„Wollen wir gehen?“, fragte sie dann zu Pauls Überraschung.

Paul setzte das Glas an den Mund und leerte es ebenfalls.

„Ja“, sagte er und wischte mit dem Ärmel seines Hemdes über den Mund.

Von Tom verabschiedete er sich mit einem Klopfen auf dessen Schulter und einem anzüglichen Grinsen. Die Brasilianerin gehörte zu der Sorte Frauen, die dieses Grinsen niemandem übelnehmen würden, wenn sie es bemerkten. Lena umarmte ihren Bruder, dann hinkte sie zu ihrem Fahrrad.

Viel lieber als gehen sah Paul sie fahren. Lena war wie ein Pinguin. Zu Fuß kam sie kaum vorwärts. Aber das Fahrrad trug sie wie Wasser.

Sie fuhren nebeneinander her.

IX. Die Welt zu Füßen

„Wohin fahren wir überhaupt?", fragte Lena.

Paul bemerkte, dass er unwillkürlich angenommen hatte, sie führen zu Lena.

„Ich wäre jetzt am liebsten bei dir", sagte er.

Lena sah ihn von der Seite an. Die Zärtlichkeit in seiner Stimme war ihr nicht entgangen.

„Zuhause isset doch am schönsten", berlinerte sie. Sie schien ihm die Walser-Debatte noch immer übelzunehmen.

„Walser kann gar kein Chauvinist sein", begann er darum.

„Nicht schon wieder Walser", stöhnte Lena.

Paul ließ sich nicht beirren: „Wenn Walser ein Chauvinist wäre, dann würde er seine Männerfiguren doch als Eroberer zeigen. Aber er zeigt sie immer als Untergehende. Sogar aus Goethe, dem großen Goethe, macht Walser einen Loser mit Komplexen, der in der Liebe Prügel bezieht."

„Kann sein, kann sein", sagte Lena und sah stur geradeaus. „Aber das ist doch alles Altherrenliteratur. Und wer interessiert sich für die sexuellen Niederlagen alter Herren? Doch nur alte Herren. Also bist du ein alter Herr."

„Nein", sagte Paul, „jeder, der sich für menschliche

Niederlagen interessiert. Walser ist der beste Niederlagenmaler, den wir haben."

„Hoffentlich sind wir bald da", jammerte Lena.

Paul lachte.

Er würde Lena einen Walser-Roman zu lesen geben. Im Kopf ging er sie alle durch. Bei der *Verteidigung der Kindheit* blieb er hängen. Wie genau Walser diesen Ödipus beobachtete. Und dann beschrieb, wie er den Finger in den Körper tauchte und Körperabfälle an seine Nase hielt, um daran zu riechen. Den Grind hinter den Ohren. Die Fussel aus der Poritze. Die Schuppen vom Scheitel. Paul beneidete Walser um dessen Bedingungslosigkeit. Der stellte das alles dar und hatte keine Angst, dass man ihm nachsagen könnte, selbst dieser schuppenschnüffelnde Ödipus zu sein.

Als sie oben in der Wohnung waren, öffnete Lena, ohne Paul zu fragen, einen Wein und trug ihm ein Glas in ihr Zimmer. Paul saß an ihrem Schreibtisch und notierte etwas.

„Was machst du da?", erkundigte sie sich und stellte das Glas neben ihn.

Paul bog das Blatt zur Seite, so dass sie nichts darauf erkennen konnte.

Sie müsse warten, bis er fertig sei, sagte er, stieß sein Glas an ihres, trank und schrieb weiter.

Lena setzte sich auf ihr Bett, trank und sah aus dem Fenster, als ließe sich davor etwas anderes erkennen als die unvollständige Dunkelheit der Großstadt.

Endlich ließ er den Stift sinken. Sein Herz klopfte.

Er nahm das Blatt und seinen Wein und setzte sich an das Fußende ihres Bettes.

Sie sah ihn erwartungsvoll, fast belustigt, an und nippte an ihrem Weinglas, einmal, zweimal, dreimal, ohne es ernsthaft abzusetzen.

Als er nichts sagte, richtete sie sich auf und lehnte sich gegen die Zimmerwand am Kopfende.

„Was denn?", fragte sie im Tonfall eines Arztes, der sich beim Patienten nach dem Grund für dessen Erscheinen erkundigt.

„Du hast doch gesagt, ich bin ein kleinbürgerlicher Versager, der nicht auf eure Bühne gehört."

Lena lachte. „Das hat Sebastian gesagt."

„Und du hast gesagt, meine Texte seien vielleicht ganz in Ordnung", fuhr er fort.

Lena nickte gönnerhaft: „Klar."

Paul senkte den Kopf, damit sie nicht sah, dass er schluckte. Dann reichte er ihr das Blatt.

„Ein Gedicht", sagte er.

Lena kam ihm entgegen. Wieder glaubte er, Belustigung in ihren Augen zu erkennen. Dann verschwand ihr Gesicht hinter dem Blatt.

Laut las sie sein Gedicht vor. Instinktiv hielt Paul sich die Ohren zu. Er hörte sie dennoch:

Ich kann dir die Welt nicht zu Füßen legen

Ich kann dir die Welt nicht zu Füßen legen
Ich trage selbst an ihr zu schwer
Ich kann auch den Mond nicht in Stücke zersägen
Dafür reicht die Kraft nicht mehr

Ich kann dir die Welt nicht zu Füßen legen
Denn sie gehört mir nicht
Ich kann weder Himmel noch Hölle bewegen
Auch wenn es ein andrer verspricht

Wenn ich mir mal wieder die Hände verbrenne
Im Anspruch die Sonne zu schieben
Halte ich ein und gesteh und bekenne:
Ich kann nichts. Nur eines: dich lieben

„Süß", sagte sie. „Und jetzt?"

Dieses „Und jetzt?" verletzte ihn. Lena wollte ihn provozieren.

„Jetzt lernst du's auswendig", sagte er.

Dass Lenas Verwunderung echt war, erkannte er an ihrem offenen Mund. Lenas Mund war schön, solange sie ihn geschlossen hielt. Ein Mund, der nur zum Sprechen, Essen und Rauchen geöffnet wurde. Ein Mund, der seine Zwecke kannte. Kein verschwenderischer Mund.

Man sah Lena an, dass sie nicht wusste, ob sie lachen sollte. Vielleicht brachte sie auch kein Lachen zustande.

„Du wirst mal so ein reaktionärer Deutschlehrer", sagte sie dann. „Einer, bei dem die Schüler vor der Klasse stehen und Schillerballaden aufsagen müssen. Und dann noch diese reaktionären Gedichte, die du schreibst."

„Wieso reaktionäre Gedichte?", fragte er und gab sich keine Mühe, das Beleidigtsein in seiner Stimme zu verbergen. Da stecke doch eine Menge Kästner drin und Tucholsky. Das müsse ihr doch eigentlich gefallen.

Wenn ich mir mal wieder die Hände verbrenne, das sei doch keine traditionelle Lyrik.

„Genau deswegen ist es doch so reaktionär. Weil es in den dreißiger Jahren das Gegenteil der klassischen Ästhetik gewesen wäre. Heute läuft so was doch im Radio."

„Ach, bist du auch eine von denen, die ein Gedicht erst dann modern finden, wenn man es nicht mehr versteht?" Er spürte sein Herz klopfen. „Ich kann gern auf alle Verben verzichten und Substantive kombinieren, die keinen Sinn ergeben. Und dann tippe ich noch ein paar Fremdwörter aus einem Techniklexikon ab. Vielleicht lässt du es mir dann durchgehen."

Lena schüttelte den Kopf. „Das ist es nicht. Das brauche ich nicht. Ich will nur ein Gedicht, das eben nicht so eine Stimmung verbreitet wie auf einem Familiengeburtstag."

„Mir gefällt es", sagte er, „und deshalb lernst du es jetzt auswendig."

„Ich bin doch nicht deine Schülerin", sagte sie und ergänzte spitz: „Und du ja noch nicht mal Lehrer."

Sie nahm den Text, zerknüllte ihn und warf ihn hinter den Schreibtisch. Dann schwang sie sich vom Bett und knallte die Tür zu. Paul hörte sie in Richtung Küche gehen.

Ihr zu folgen, wäre jetzt das Vernünftigste. Aber Paul hatte keine Lust auf Vernunft.

In einem Zug trank er sein Glas leer. Dann zog er die Schuhe an und ging. Nachdem er die Wohnungstür zugezogen hatte, hörte er in der Küche ein Klirren.

Vor dem Straßenbahnfenster zog die Nacht vorbei.

Helene Weigel, die hatte Brechts Texte auswendig gelernt. Und Käthe Walser tippte bis heute auf der Schreibmaschine Martins Romane ab, die er ihr, handgeschrieben und krakelig, auf hunderten von Seiten hinlegte.

War er neidisch auf Lenas Talent? Oder warum wollte er sie zwingen, seine Texte auswendig zu lernen wie ein Arzt die zweihundertzwanzig Knochen im Leib?

Er sah auf sein Handy. Lena hatte sich nicht gemeldet. Natürlich nicht. Und wenn er zurückfuhr? Nein, am Ende tat sie so, als ob sie sein Klingeln nicht höre und ließ ihn vor der Tür stehen wie einen lästigen Vertreter.

Eine SMS an Lena, das war ein Mittelweg.

Lenalein, tippte er. *Ich bin der Anstreicher und gönne dem Maler die eingetrocknete Farbe unterm Fingernagel nicht. Ich bin der Fußgänger und beneide den Tausendfüßler. Die Sprache gehört uns beiden: Wir sollten sie nur zum Schmeicheln verwenden. Und zum Streicheln. HDGDL, Paule P.S.: Ich lerne dich in- und auswendig. Bald.*

X. Die Olga von der Wolga

Von unten sah Anna aus, als bestehe sie nur aus Brust. Sie stand auf der Leiter hinter der Tür und hielt den alten Lampenschirm in der Hand. Auf die Idee, dass Paul sie, hätte er die Tür schwungvoller geöffnet, mitsamt der Leiter hätte umwerfen können, schien sie nicht zu kommen.

Anna reichte ihm den alten Lampenschirm herunter und sah ihn an. „Olga von der Wolga", dachte er und musste lächeln. Jetzt lächelte auch sie.

„Du hast ja gute Laune", sagte sie mit ihrem schleppenden, scheppernden russischen Akzent.

„Geht so", sagte Paul. Dann reichte er ihr den neuen Lampenschirm empor, den sie gekauft hatte. Paul war froh, dass Anna sich um die Wohnung kümmerte. Er wäre nie auf die Idee gekommen, einen neuen Lampenschirm zu kaufen. Einfach, weil schon einer da war.

Anna war inzwischen von der Leiter geklettert, hatte sie zusammengeklappt und hinter der Tür verstaut. Jetzt lief sie in die Küche und rief über die Schulter, ob Paul ein Glas Wein mit ihr trinken wolle. Der Gin Tonic mit Tom, der Wein bei Lena, jetzt wieder Wein mit Anna. Trank denn auf dieser Welt niemand mehr Bier? Dennoch hörte er sich „ja" sagen und folgte ihr in die Küche.

Anna schenkte zwei Gläser Weißwein ein, dann nahm sie ihren Kalender von der Wand und schlug eine Seite um.

„Es ist doch noch gar nicht Juni", protestierte Paul.

„Ja", sagte Anna, „aber ich kann diesen Mai nicht mehr ertragen."

Paul sah auf das Motiv. Wieder war Wasser zu erkennen, dahinter ausgedehnte Birkenwälder. Vielleicht die Wolga, dachte er. Und musste wieder lächeln.

Wenn er lächelte und Anna lächelte zurück, hatte er jedes Mal ein Gefühl, als wolle sie mit ihm flirten. Und jedes Mal sagte sie dann seinen Namen, so gedehnt, wie er bei Russen eben klang.

Dass Lena sie Olga von der Wolga getauft hatte, durfte er ihr aber nicht verraten. Anna ertrug keine Frauen in ihrer Nähe, normalerweise. Sicher hatte sie ihm zuliebe Lena so neutral empfangen bei der ersten Begegnung der beiden. Anna erschien ihm wie eine Csardas-Fürstin. Das war zwar ungarisch. Aber Ungarn hätte mit seinen wilden Reiterstaffeln aus der zentralasiatischen Steppe und seinem autoritären Sippenwesen ohnehin besser zu Anna gepasst als Russland.

Annas Auftreten ließ sich am besten mit dem Begriff der Regentschaft beschreiben. Wenn sie jemanden nicht besonders mochte, dann bat sie ihn um nichts, sondern sie dekretierte. Sie war eine Absolutistin des einundzwanzigsten Jahrhunderts. Höchstens einssechzig groß, aber die Aura von Katharina der Großen, die ihr ganzes Volk für sich arbeiten ließ. Von unten sah sie aus, als bestehe sie nur aus Brust. Von oben gesellte sich ein Gesicht zu dieser Brust. Ein Gesicht, so rund wie die Pfützen in der Taiga. Und so hell wie Birkenborke.

Paul trank.

„Paul, du sollst doch nicht einfach trinken", intervenierte Anna.

Sie kam ihm mit ihrem Glas entgegen und verhakte ihren rechten Arm in seinem. Anna bestand darauf, dass man immer beim ersten alkoholischen Getränk eines Abends Bruderschaft trank. Auf diese Weise hatte er Annas Mund schon dutzende, vielleicht hunderte Male mit seinen Lippen berührt, ohne dass sie sich ein einziges Mal wirklich geküsst hätten. Nackt gesehen hatte er sie unzählige Male, deutlich öfter als sie ihn, aber das gehörte zum Wesen der Csardas-Fürstin. Es hatte keine sexuelle, sondern eine monarchische Funktion, sich Paul nackt zu zeigen. Was Anna jeden Morgen vorführte, war nicht weniger als ein monarchisches Lever. Unaufhörlich stolzierte sie zwischen Zimmer, Küche und Bad hin und her. Zu Beginn immer nackt, weil sie auch nackt schlief. Dann, beim soundsovielten Gang, mit dem sie ihr Zimmer verließ, trug sie zum ersten Mal einen Büstenhalter oder ein Höschen oder beides oder Höschen, Rock, Strumpfhose und Schuhe, aber nichts am Oberkörper. Es konnte eine Stunde vergehen, ehe sie vollständig angezogen war. Diese Nacktheit war vom ersten Tag ihres Zusammenlebens an eine Selbstverständlichkeit gewesen, an die Paul sich schnell gewöhnt hatte. Längst hatte er aufgehört, wenn er duschte, eine Unterhose mit ins Bad zu nehmen, um sie anzuziehen, bevor er in sein Zimmer zurückkehrte. Die Nacktheit als höfische Inszenierung blieb aber uneingeschränkt Anna vorbehalten. Nur wenn Lena da war, verzichtete sie darauf.

„Warst du bei Lena?", fragte Anna und sah ihn scharf an.

Paul konnte sich nicht daran erinnern, dass er Anna jemals angelogen hätte. Bei dieser Frage gab es ohnehin keinen Grund, aber auch bei anderen Fragen ließen die Schärfe ihres Blicks und ihres Tonfalls keine Lügen zu. Anna hätte Lehrerin werden sollen. Sie wäre eine dieser eiskalten Frauen geworden, in deren Unterricht kein Schüler es auch nur wagen würde, mit den Buchseiten zu rascheln.

„Ja", sagte er, „ich war bei Lena."

Mit der Selbstverständlichkeit einer Inquisitorin schloss Anna die nächste Frage an: „Warum hast du dann nicht bei ihr geschlafen?"

„Streit", sagte er knapp und hoffte, dass Anna das als Antwort genügen würde.

„Bist du glücklich mit ihr?", fragte sie und für einen Moment schien es Paul, als hoffe sie, er würde diese Frage verneinen.

„Ja", sagte er. „Sehr. Sie ist eine Künstlerin. Und sie ist schön."

„Dann versöhne dich mit ihr", sagte Anna.

Der Pragmatismus war das Schönste an Anna. So simpel wie amerikanische Rhetorik: *If you really wanna do something, you gotta make it the most important thing of your life.* Das Einfache war das Schwere. Und schon immer waren die einfachen Dinge die schöneren gewesen: Die schönsten Liebesgeschichten waren die, die man in einem Satz zusammenfassen konnte. Warum waren Russen und Amerikaner zu dieser Schlichtheit fähig und Deutsche nicht?

The Big Easy, so nannten Amerikaner New Orleans. Welches Lebensgefühl da mitschwang! Für Deutsche unerreichbar. Heidelberg die Große Leichte zu nennen, das ergab keinen Sinn auf Deutsch. Wahrscheinlich hatten deutsche Städte keine Beinamen, weil sie einfach nur peinlich klingen würden.

Paul sah auf sein Handy. Lena hatte sich nicht gemeldet.

„Ich habe ihr vorhin eine SMS geschrieben", sagte er zu Anna. „Aber sie antwortet nicht."

„Ruf sie an", sagte Anna, als sei das das Einfachste auf der Welt und nahm einen kräftigen Schluck aus dem Glas.

„Du hast recht, aber ich will lieber mit dir hier sitzen und trinken", sagte er.

„Dann tu das", sagte sie und schenkte ihm nach.

„Warum hast du eigentlich einen Russland-Kalender in unserer Küche hängen?", fragte er, bevor er trank. Er sah Anna an, dass sie die Frage seltsam fand.

„Weil bei euch in Deutschland alles so eng ist", sagte sie milde lächelnd. „Russland, das ist die Weite. Russland ist so groß, als hätte man es zwischen zwei Planeten aufgespannt. Wenn in Wladiwostok die Sonne aufgeht, gehen sie in Königsberg gerade schlafen."

„Schwärmerin", sagte Paul.

Anna strahlte. Dass sie eine Schwärmerin war, konnte man schon an den Facebook-Gruppen ablesen, denen sie beigetreten war.

Paul kannte sie auswendig:

Auf den Dächern von Berlin
Die besten Oscar-Wilde-Zitate
Die unerfüllten Seelen
Es gibt zu viele Idioten, und die Nachdenklichen sind depressiv
Fans eigenartiger Wörter, die öfter benutzt werden sollten
Hallo Sehnsucht, du schon wieder
Ich geh kaputt, gehst du mit?
Ich spreche fließend ironisch
Manche sagen, ich sei bekloppt, aber ich find mich verhaltens-
originell
Neurotische Melancholiker
Zu verrückt zum Leben und zu selten zum Sterben

„Ist das die Wolga?", fragte Paul jetzt und zeigte auf das Wasser auf dem Kalenderblatt.

Anna schüttelte den Kopf. „Nein", sagte sie und schränkte ein: „Zumindest glaube ich das nicht."

„Weißt du eigentlich, wie Lena dich nennt?", fragte Paul und biss sich auf Zunge. Am liebsten hätte er die Frage zurückgezogen.

Sie sah ihn erwartungsvoll an.

„Die Olga von der Wolga" sagte er und zog unwillkürlich den Kopf ein wie eine Schildkröte.

Doch Anna freute sich. „Olga von der Wolga – das reimt sich!", stellte sie strahlend fest, als hätte sie ein physikalisches Gesetz entdeckt. Annas Wangen glühten und sie hielt Paul ihr Weinglas hin, damit er seines dagegenstoße.

„Olga von der Wolga", wiederholte sie. „Weißt du, warum mich das glücklich macht?", fragte sie und fuhr fort, ohne eine Antwort abzuwarten: Etwas wie die

Wolga vermisse sie hier, etwas, das so groß sei, dass man auf der einen Seite stehen und die andere gar nicht mehr erkennen könne. Einen Wald, in dem man sich nicht verlaufen dürfe, weil man ohne fremde Hilfe nie wieder hinausfinden könne und weil die Nächte darin so kalt seien und die Tiere so wild, dass es nur noch darum gehe, möglichst sanft zu sterben. Das gebe es hier nicht. Die Spree sei so schmal, dass man kaum Brücken brauche, um sie zu überqueren. Man könne auch einfach ein paar Pontons hineinlegen und dann rafften die Berliner Damen ihr Kleidchen und wateten mit gezücktem Schirm hinüber. Die Gegend am Wannsee, überhaupt der Havellauf, das sei schon eher wie in Russland, diese langen, flachen Kiefernwälder und der unbegradigte Fluss. Aber dann alle paar Meter eine Zugstrecke, ein Kiosk, Paddler, Zivilisation. Deutschland sei überzivilisiert. Sobald sich eine Baumwurzel rege in der Stadt, asphaltiere man sie zu, als gebe es ein Duell – Zivilisation gegen Natur. Und immer muss die Zivilisation gewinnen, sonst sind die Deutschen unglücklich.

„Du musst mal an den Rhein fahren", sagte Paul. „Der ist so breit wie ein Flughafen. Oder in die Alpen." Anna sah ihn nachdenklich an. Die deutschen Alpen seien das unterschätzteste Gebiet überhaupt, fuhr er fort. Da gebe es Naturschönheiten, die einen erschaudern ließen.

„Und dann ist Winter und vierhunderttausend Touristen fallen ein zum Skilaufen", entgegnete Anna. „Und den Rhein soll ich wohl in Köln oder in Düsseldorf bestaunen, mitten in der Stadt, wie einen Tiger im Gehege?"

Paul zuckte die Achseln.

„Siehst du, genau das meine ich", sagte sie. „Es gibt in Deutschland keine Natur. Es gibt nur Pflanzen, die man hinstellt, damit die Leute gucken kommen."

Anna war jetzt in Fahrt.

Wenn sie nachts im Flugzeug sitze von Berlin nach Nishni Novgorod oder umgekehrt, dann könne sie an den Lichtern ablesen, das richtig sei, was sie eben gesagt habe. Deutschland aus der Luft, das sei wie ein Tannenbaum, den man mit Lichterketten behängt habe, überbordend wie auf dem Times Square. Russland, das sei das reine Moos. Erst recht, wenn man von Nishni Novgorod nach Osten fliege, in die Kamtschatka. Das reine Moos. Und die seltenen Lichter wie einzelne Glühwürmchen, die im endlosen Moos nach Artgenossen suchen. Vielleicht könne kein Deutscher verstehen, dass man sich danach sehne.

„Doch", sagte Paul. „Ich verstehe das. Ich bin in Berlin genauso fremd wie du."

„Du bist doch Schwabe", entgegnete Anna. „Kann sich ein Deutscher in Deutschland nach Deutschland sehnen? Ist es bei dir unten nicht genauso wie hier?"

„Okay, Russland ist anders als Deutschland. Deswegen glaubst du, dass du dich nach Russland sehnst. Aber wenn du aus New England wärst – würdest du dich dann nicht genauso dorthin zurücksehnen, obwohl es dort so ist wie hier?"

Anna seufzte. „Vielleicht", sagte sie leise und sah in ihr Weinglas.

Er sehne sich nach Schwaben, fuhr er fort. Aber nicht, weil es anders sei als hier. Das, wonach er sich sehne, sei ein innerer Ort, den man nur für die anderen ‚Schwaben' nenne, damit sie sich etwas vorstellen könnten."

Anna schmunzelte. „Paul", sagte sie, noch gedehnter als sonst. „Das hast du schön gesagt."

Er sah vor sich hin.

„Weißt du", sagte er dann, „wenn ein Mensch im Gefängnis aufwachsen würde, würde er sich als Erwachsener wahrscheinlich nach diesem Gefängnis sehnen und keiner könnte ihn verstehen."

Annas Augen glänzten.

Sie schenkte erst sich Wein nach, dann ihm.

Sie stießen an.

Dann ging er Lena anrufen.

„Ich kann dir die Welt nicht zu Füßen legen/ Ich trage selbst an ihr zu schwer/ Ich kann auch den Mond nicht in Stücke zersägen." So hatte Lena ihn begrüßt, als er ihr gestern Abend die Tür geöffnet hatte. Die nächsten neun Verse hatte er erstickt mit seinem Mund, denn dass sie vor seiner Tür stand und wie eine Sternsängerin sein Gedicht aufsagte, hatte er mit einem Kuss beantworten müssen, der jedes Wort verschluckte.

Dass Lena krank war, hatte sich erst herausgestellt, als sie schon auf seinem Bett lagen. Immer wieder wurde sie von Husten geschüttelt. Heute Morgen hatte er ihre glühende Stirn bemerkt. Sie war zum Badezimmer gewankt und er hatte ihr eine ganze Kanne Pfefferminztee gekocht, eine Packung von Annas Aniskeksen geholt, ihr beides vors Bett gestellt und sie überredet, den Tag bei ihm zu verbringen. Er werde in die Uni gehen, hatte er gesagt, und ob sie derweil bei ihm oder bei sich im Bett liege, sei ja nun wirklich egal. Und hierzubleiben sei allemal besser als mit Fieber und Schüttelfrost nach Pankow zu radeln.

„Außerdem kann ich dich dann heute Abend weiterpflegen. Und das finde ich gerade so romantisch, dass mir gar nichts anderes übrig bleibt, als dich zum Bleiben zu zwingen."

Sie hatte gezögert.

Er hatte sich die flachen Hände auf den Kopf gelegt und feierlich deklamiert: „Und bist du nicht willig, so brauch ich Gewalt."

„Goethe", hatte sie gleich gesagt und beide hatten sie gekichert, weil hier die Standardantwort endlich einmal richtig war.

Auf dem Rückweg aus der Uni dachte er über die Themenstellung seiner Staatsexamensarbeit nach. Das laufende war sein letztes Scheinsemester. Darum hatte er heute den ganzen Tag in den gängigen Katalogen und Bibliographien nach Literatur gesucht, die ihm helfen sollte, die Fragestellung für seine Arbeit über Liebe in der Literatur einzugrenzen.

Seine allerersten Überlegungen hatte er längst über den Haufen geworfen.

Zur Narrativierung der Liebe im zeitgenössischen Roman.
Zum Liebesbegriff im Drama des Sturm und Drang.
Lieben und Geliebtwerden 1945 – 1990: Eine Affektstudie der Nachkriegslyrik.

Das war ihm alles zu allgemein. Zu ungenau. Schon die Vorstellung, die Liebe auf nur achtzig Seiten beschränken zu müssen, widerstrebte ihm.

Endlich schloss er die Tür zu seiner Wohnung auf.

„Lena", rief er und bemerkte einen Übermut in seiner Stimme, den er von anderen kannte, sich selbst aber nie zugetraut hatte. „Ich liebe dich", hätte er am liebsten angehängt, aber das verkniff er sich dann doch lieber. Vielleicht war ja Anna da. Oder Lena gegangen.

Nein, Lena lag im Bett. Mit dem Rücken zur Tür, so dass er direkt auf den Bildschirm seines Laptops sehen konnte, den sie vom Schreibtisch ins Bett geholt hatte. Der Bildschirm war hautfarben, schon von der Tür aus erkannte er Annas riesige Brust. Paul schluckte und spürte dabei das Pochen seiner Halsschlagader. Als er Lena heute Morgen das Passwort für seinen Computer auf einen Zettel geschrieben und vors Bett gelegt hatte, hatte er nicht an die Nacktbilder gedacht, um die ihn Anna vor einigen Monaten gebeten hatte.

„Nur du kennst das Geheimnis", hatte er unter das Passwort geschrieben und einen Kussmund daneben gemalt. Wahrscheinlich hatte Lena die Bilder nicht eben erst entdeckt, sondern sie extra für Paul geöffnet gelassen.

Wie in Zeitlupe drehte sie sich um. Ob das an ihrem rechten Bein lag, mit dem sie kaum Schwung holen konnte?

Lenas Gesicht zeigte Wut und Enttäuschung. Aber noch eine dritte Note spielte in dieses Gesicht mit hinein. Ein Anflug von Ironie, den Paul nicht deuten konnte.

„Deswegen hast du so seltsam reagiert, als ich dich bei meinem ersten Besuch auf die Olga von der Wolga angesprochen habe", sagte sie jetzt.

Paul überlegte kurz. Was sie sagte, stimmte nicht. Er hatte nicht an die Bilder gedacht, sondern einfach nur daran, dass es grundsätzlich schädlich war, mit Anna zusammenzuwohnen, wenn man eine Freundin hatte.

„Ich kann dir das erklären", sagte er und kam sich dabei vor, als lese er den Satz aus dem Drehbuch eines ZDF-Fernsehfilms ab.

Sie wolle nichts hören, sagte Lena und gebot ihm Einhalt mit der flachen Hand, machte danach aber eine Pause und blieb regungslos liegen. Diese Pause konterkarierte die Geste.

Also begann Paul nun doch seine Erklärung und Lena hörte zu.

Ja, er habe diese Fotos von Anna, also von der Olga von der Wolga gemacht, sagte er. Es schien ihm ratsam, in Lenas Jargon zu bleiben, wenn er über Anna sprach. Sie Anna zu nennen, war etwas, das ihn eben nur mit Anna, nicht aber mit Lena verband. Und was er hier zu sagen hatte, sollte doch gerade beweisen, dass er ausschließlich mit Lena und keineswegs mit Anna verbunden war.

Aber er habe diese Fotos nicht für sich gemacht, sondern für die Olga von der Wolga. Die sei schließlich neunundzwanzig und habe ihm gesagt, dass sie sich verfallen spüre und dass dieser Verfall unaufhaltsam fortschreite. Deshalb wolle sie festhalten, wie sie jetzt sei. Und sie bitte ihn darum, diese Bilder für sie zu machen. Das habe er getan, weil er doch auch wisse, dass er Anna am nächsten stehe in dieser Stadt.

Den letzten Satz bereute Paul sofort.

„Wie selbstlos von dir", sagte Lena und ihre Stimme kippte dabei.

„Na ja, wir beide haben uns damals noch gar nicht gekannt", sagte er.

Lena bediente die rechte Maustaste. Ein Fenster öffnete sich, sie wählte *Eigenschaften* aus. „Bilddatei erstellt am 26.11.2007", las sie vor.

„Siehst du", sagte Paul. „Und wir haben uns doch erst im April 2008 kennengelernt."

Trotzdem hörte er Lena plötzlich aufschluchzen. „Ich kann nicht glauben, dass du so was auf deinem Computer hast."

Am liebsten hätte er sie jetzt in den Arm genommen. Aber an ihren Körper wagte er sich nicht heran, solange sie über den Körper einer anderen Frau sprachen.

„Na ja, irgendwo muss man die Bilder ja verstauen", sagte er dann. „Die können ja nicht ewig auf der Speicherkarte bleiben. Man will ja auch mal neue Aufnahmen machen."

Dass Anna gar nichts davon wusste, dass er ihre Nacktbilder auf seinem Computer hatte, verschwieg er Lena lieber. Er hatte Anna versprochen, die Bilder von der Speicherkarte zu löschen, sie aber zuvor auf seinen Laptop überspielt.

Erst danach hatte er sein Benutzerkonto auf dem Computer mit einem Passwort geschützt und gehofft, dass Anna in den folgenden Wochen nicht an seinen Computer gehen, sich über das Passwort wundern und

womöglich sogar einen Zusammenhang mit den Nackt-
bildern herstellen würde. Anna hatte ihn aber nie auf
das Passwort angesprochen.

Lena schluchzte wieder. Sie sei entsetzt, dass Paul
Bilder von der Olga von der Wolga auf seinem Computer habe.

Sie schlug die Decke zurück.

„Und nicht von mir", rief sie dann und lachte über
Pauls Gesicht. Lena war nackt.

Sie griff nach Paul, bekam ihn am Ärmel zu fassen
und zog ihn auf sich. Paul schlug der heiße Atem des
nicht ganz abgeklungenen Fiebers entgegen.

Sie zog seinen Kopf herunter, so dass ihre Wangen
sich berührten. Lenas Wange glühte wie eine Wärm-
flasche. „Ich will, dass du auch von mir solche Bilder
machst", flüsterte sie ihm ins Ohr.

Paul legte ihr die Hand auf die Stirn. Wärmflaschen-
temperatur. Jetzt nichts Falsches sagen. Aber sie in diesem Zustand eine Stunde nackt in der Wohnung posie-
ren zu lassen, kam keinesfalls infrage.

„Gern", sagte er. „Liebend gern sogar. Und du darfst
nicht glauben, dass eine kranke Lena nicht genauso für
die allerschönsten Aufnahmen taugt wie eine gesunde
Lena. Aber krank bist du trotzdem. Wir dürfen nichts
riskieren."

Lena sah zur Seite.

Sie könnten die Bilder doch ein andermal machen,
fuhr er fort. Und „ein andermal" sei keinesfalls ein Sy-
nonym für den Sanktnimmerleinstag.

„Warum betonst du so, dass du die Bilder machen
willst?", fragte Lena. „Seit wann muss man Frauen unter

dreißig davon überzeugen, dass man sie nackt sehen will?"

Er wolle eben nicht, dass Lena denke, er benutze ihre Krankheit als Vorwand. Er wolle sie nun einmal nicht verletzen.

Während er das sagte, sah er die ganze Zeit zu Boden. Er musste verhindern, dass Lena seine Gedanken erriet. Wie sollte man eine Hinkende inszenieren? Sicher, das Hinken wäre auf den Bildern nicht zu sehen. Wohl aber der Unterschied zwischen linkem und rechtem Bein. Sollte er die Bilder nur von links machen, so dass das rechte Bein hinter dem linken verschwand? Oder Bilder nur vom Oberkörper? Oder Bilder mit den Beinen unter der Decke?

Als er in Lenas Gesicht blickte, wusste er, dass sie seine Gedanken erraten hatte. Aber sie sagte nichts.

Es gibt Dinge, die erst unerträglich werden, wenn man sie ausgesprochen hat. Als Verschwiegenes kann man mit ihnen leben. Er war froh, dass Lena das zu wissen schien.

„Mein Vater hat angerufen", sagte er dann.

„Er will, dass wir nach Göppingen kommen."

Lena runzelte die Stirn. Dann ließ sie ihren Kopf ins Kissen zurückfallen.

Paul verfolgte ihr Ohr mit seinen Lippen. „Die wollen dich sehen", flüsterte er.

„Na, das kann ja heiter werden", sagte Lena und verschwand unter der Decke, die Paul über sie beide geworfen hatte.

XI. Jay Goppingen

Seit sie in Stuttgart gelandet waren, musste Lena niesen.

„Kennst du das Broken-Heart-Syndrom?", fragte Paul und versuchte sein Grinsen zu unterdrücken. Das sei eine Lähmung des Herzmuskels, sagte er dann. Und zwar eine, die immer nach seelischen Belastungen auftrete. Der Körper ahme die Seele nach.

Er machte eine Pause, um sich an Lenas Wortlaut zu erinnern.

„Und weißt du, was ich glaube?", fuhr er fort. „Du hast das Broken-Nose-Syndrom. Du erträgst einfach keine Schwaben, aber dein Kopf will sich das nicht eingestehen. Dass du hier die ganze Zeit niest, das ist psychosomatisch."

Lena boxte ihn in die Seite. „Verarsche nie die, die Macht über dich haben", sagte sie.

Und er: „Du hast eine Schwabenallergie."

Und sie: „Wohl eher eine Provinzallergie."

Er zeigte auf das Terminalgebäude. „Der Flughafen hier ist so groß, da würde Schönefeld fünfmal reinpassen. Schönefeld sieht aus wie eine DDR-Turnhalle. Wahrscheinlich hat Stuttgart mehr Passagiere am Tag als alle drei Berliner Flughäfen zusammen. Was ja auch klar ist. Weil hier Leute wohnen. In Berlin fliegen nur

Berliner. Und drum herum ist nichts. Nur Brandenburg. Und da wohnt keiner."

„Alles wird gut", sagte Lena und strich ihm über den Kopf.

Was kümmert es die Eiche, wenn sich die Sau an ihr reibt, hieß diese Geste.

Dass sein Vater sie allein abholen würde, hatte Paul nicht anders erwartet. Die Mutter kochte sicher. Der Vater begrüßte erst Lena und dann ihn, Paul, mit Handschlag.

Indem keine Namen genannt wurden, blieb auch offen, welche Anrede man voneinander erwartete. Wahrscheinlich würden die drei Tage des Besuchs in Göppingen so verlaufen, wie es in deutschen Familien üblich war: Man vermied eine direkte Anrede, weil man nicht wusste, ob man den anderen beim Vor- oder Nachnamen nennen und ihn duzen oder siezen sollte. Früher, als das Siezen die natürliche und einzige Option gewesen war, hatte man einander wahrscheinlich risikolos ansprechen können.

Der Vater öffnete den Kofferraum. „Jetzt tut ihr mal eure Taschen da rein", sagte er. Die Ihr-Anrede war das Neutralste, was die deutsche Sprache zu bieten hatte.

Lena nieste auch im Auto weiter. „Sie hat eine Schwabenallergie", gab Paul bekannt und freute sich, dass der Vater darüber nicht lachen konnte.

Dass die Mutter Zwiebelrostbraten mit Spätzle und Rotkraut kochte, hatte Paul schon im Auto erfragt. Spätestens vor der Haustür hätte er es aber ohnehin gerochen. Unwillkürlich spürte er seinen Magen knurren. Pawlowscher Reflex. Er versuchte sich vorzustellen, wie Lena einen Zwiebelrostbraten aß. Es gelang ihm nicht.

Beim Aussteigen hatte der Vater wortlos den Kofferraum geöffnet und Paul beide Taschen herausnehmen lassen. Lena und er gingen unbeladen zur Haustür. Die wurde von der Mutter geöffnet, noch bevor Paul hatte klingeln können. Das Türöffnen der Mutter empfand Paul immer wie die Begrüßung durch einen Hund, der das zurückkehrende Herrchen schwanzwedelnd empfing. Die Mutter umarmte zunächst ihn, dann Lena und man hatte den Eindruck, dass sie sich erst im letzten Moment daran erinnerte, den Vater als einzigen heute schon gesehen zu haben.

Aufgeregt lief die Mutter zwischen Küche und Wohnzimmer hin und her. Der Tisch war gedeckt, sogar mit Immergrün dekoriert, Gläser standen bereit.

„Ernscht", rief die Mutter aus der Küche, „däädsch mir moal denn Sekt uffmacha doa hanna, woisch, i mit meine klääbriche Händ."

Der Vater fuhr noch eine ganze Weile fort, in einem Stoß Zeitungen zu wühlen, der auf einem Ecktisch lag und unsortiert wirkte, bevor er, zu Lena gewandt, „Männersache" sagte, die Hände rieb und in die Küche ging. Lena sah aus der Wohnzimmertür auf die Terrasse und in den Garten hinaus. „Das ist ja wie im Heidschnuckenland hier", sagte sie, ohne sich Paul zuzuwenden.

Er wusste nicht, was sie meinte. Der Garten war dicht bewachsen mit Bäumen und Büschen, Rosensträuchern und hinter den Kräuterbeeten sah man den Naturstein aufragen, durch den der Vater die Pumpleitung aus dem

Gartenteich gelegt hatte, so dass in den Monaten, in denen der Teich nicht zufrieren konnte, rund um die Uhr eine feine Wassersträhne vom Stein in den Teich zurücklief. Kam man näher, hörte man sie leise plätschern. Als Kind hatte Paul Kaulquappen aus den Wäldern holen und im Teich aussetzen wollen, aber das hatte der Vater verboten. Wie stehe er denn als Förster da, wenn er die Gesetze zum Naturschutz breche oder deren Bruch durch seinen Sohn toleriere und Kollegen vom Forstverband Kaulquappen oder Frösche oder Froschlaich in seinem Gartenteich entdeckten!

Jetzt kam der Vater mit zwei Champagnergläsern aus der Küche zurück, in denen der Sekt unaufhörlich perlte. Ihm folgte die Mutter mit zwei weiteren Gläsern. Sie stießen an.

„Dass mai Jonger doa isch on mir de ao amoale kennalernat", sagte die Mutter, an Lena gerichtet. Paul sah ihr an, dass sie nichts davon verstanden hatte. Ob die Eltern es auch bemerkt hatten?

Paul hob sein Glas und kam Lena dadurch zu Hilfe. Er sah, wie sie erleichtert ihr Glas auf genau dieselbe Höhe reckte wie er. Hier, in Göppingen, war er ihr Verbündeter, ihr einziger Verbündeter sogar.

„Hoggat eich noa", sagte die Mutter, als alle Gläser leer waren, und ging in die Küche zurück. Als Lena sah, dass der Vater und Paul sich setzten, setzte auch sie sich. Und zwar neben Paul.

„Ernscht, wie groß sott's bei dir sai?", rief die Mutter aus der Küche. „Komm moal rom, dass de guggsch, sonscht fangsch bloß widdr oa bruddle, dass dr's et glangt hätt, on machsch me widdr narret."

Der Vater seufzte. So tief und aus dem Inneren, dass Paul meinte, er werde nie wieder aufhören. Dann erhob er sich und ging in die Küche. Sofort beugte sich Lena zu Pauls Ohr herüber.

„Deine Mutter redet ja wie eine Märchenfigur im Mittelalter", sagte sie kichernd. Und dann, ernster: „Du musst mir helfen. Ich verstehe kein einziges Wort. Was soll ich denn da machen? Ich kann doch nicht nachfragen. Das ist doch Deutsch." Dann kicherte sie wieder: „Oder zumindest etwas Vergleichbares."

Er könne ja übersetzen, erbarmte sich Paul. Lena war nicht seine Verbündete, sie war viel mehr als das, sie war seine Schutzbefohlene. Ohne ihn würde sie untergehen.

Der Vater kam mit einem am Rand ornamentierten Teller zurück, auf dem sich Spätzle und Rotkraut türmten. Der Rostbraten war nicht zu erkennen, nur ein Haufen Zwiebeln, unter dem er verborgen liegen musste.

Noch bevor die Mutter ihn rufen konnte, stand Paul auf und ging in die Küche. Er kehrte mit einer Portion, die der des Vaters vergleichbar war, und einer deutlich kleineren für Lena zurück. Als die Mutter endlich mit aufgelöstem Haar, Schweißperlen auf der Stirn und einem dampfenden Teller im Wohnzimmer erschien, hatte der Vater längst zu essen begonnen. Lena und Paul warteten, bis die Mutter saß, dann begann Paul zu essen.

„Ernscht, hosch widdr dain charmanda Daag?", sagte die Mutter über den Tisch. Der Vater reagierte nicht.

Alle aßen, nur Lena war noch immer damit beschäftigt, die Zwiebeln mit der Gabel einzeln vom Braten zu ziehen und auf den Ornamenten am Tellerrand aufzutürmen, so dass der Zwiebelturm schon bald über den Rand zu baumeln und zu tropfen drohte. Das durfte die Mutter nicht sehen. Dafür hätte sie kein Verständnis, aber spätestens beim Tischabräumen würde sie den Zwiebelturm ohnehin entdecken.

2004 oder 2005 war er einmal mit Doro bei seiner Oma gewesen, in Schwieberdingen. Der Oma hatte er Doro extra als Vegetarierin angekündigt. Daraufhin hatte die Oma ein Hühnerfrikassee gekocht und Doro eine Viertelstunde darin herumgestochert, einzelne Reiskörner herausgepickt und angewidert zum Mund geführt, weil sie benetzt waren von der Soße, in der das Hühnerfleisch gekocht hatte. Die Oma war verzweifelt gewesen, warum das Mädle denn nix esse, sie habe extra kein Suppenhuhn genommen, sondern ein gutes Huhn für ein gutes Frikassee. Paul hatte der Oma zu erklären versucht, dass Vegetarier keinerlei Fleisch äßen. Aber das im Frikassee, das sei doch nur Hühnerfleisch, hatte die Oma entgegnet. Seinen Einwand, dass Hühnerfleisch eben für Doro vor allem eines sei, nämlich Fleisch, hatte die Oma nicht gelten lassen und gefragt, ob sie schnell in die Küche gehen solle, um Doro ein Schnitzel zu machen, wenn die schon kein Hühnerfleisch möge. Das dauere nur ein paar Minuten. Es gehe doch nicht ums Mögen, hatte Paul erwidert. Doro würde Fleisch prinzipiell ablehnen, weil es von Tieren stamme. Darum sei ein Schnitzel nicht besser als Frikassee. Was Doro denn dann überhaupt esse, hatte die Oma entgeistert gefragt. Er hatte ihr angesehen, dass sie seine Vorschläge für vegetarische Gerichte wie Risotto und Bratlinge nicht verstand, die Unterhaltung aufgegeben, Doros Portion auf seinen Teller geschaufelt und alles allein aufgegessen. Jetzt wuchs in ihm langsam die Vorstellung, wie er Lenas Zwiebelturm auf seinen Teller stapeln und langsam abtragen würde, sobald die Mutter das Wohnzimmer verließe. Aber die Mutter kam ihm zuvor.

„Bisch du koi Zwiebliche?", fragte sie, Lena zugewandt.

Lena sah Paul an. Er überlegte, ob er den Satz wörtlich ins Hochdeutsche übertragen oder für Lena antworten sollte. Nein, am elegantesten war, den Satz zu einem Gesprächsbeginn umzufunktionieren, so dass Lena aus der Gesprächsfortsetzung den Inhalt erschließen konnte.

„Ja, Zwiebeln sind nicht unbedingt dein Lieblingslauchgewächs, oder?", sagte er, das Kinn in die Hand gestützt, zu Lena und fühlte sich wie ein Startläufer in der Viermal-einhundert-Meter-Staffel, der den Stab weiterreicht.

Lena begriff sofort: „Nein, lecker sind sie schon, aber vielleicht nicht so viele auf einmal."

Die Mutter sah Lena kritisch an

„Dafür ist das Fleisch umso besser", beeilte sich Lena zu sagen. „Und natürlich die Nudeln."

„Spätzle", brummte der Vater, ohne den Kopf zu heben.

Wie zur Bekräftigung fuhr Lena in den Spätzlehaufen und balancierte eine viel zu große Portion zu ihrem Mund.

„Bisch du etzet zom eerschda Moal doa hanna em Sieda?", fragte die Mutter.

Zu Pauls Überraschung schien Lena die Frage sogar verstanden zu haben. Nur war unglücklicherweise ihr Mund so randvoll mit Spätzle, dass an ein Antworten nicht zu denken war. Paul antwortete für sie: „Ja, 's isch 's eerschde Moal."

Fast hätte Lena sich an den Spätzle verschluckt. Unter ihren Kaugeräuschen drang ein unterdrücktes Husten und Keuchen hervor. Sie musste viel zu hastig eingeatmet und damit Speisebrei vor die Luftröhre gesogen haben.

Auf das Schwäbischsprechen konnte er Lena zuliebe nicht verzichten, selbst wenn sie dadurch fast erstickte. Mit der Mutter war eine Kommunikation nur auf Schwäbisch vorstellbar. Es war der der Mutter vorbehaltene Code, es war die Muttersprache. Der Mutter auf Hochdeutsch zu antworten, hätte in ihm dieselbe Empfindung geweckt, wie Französisch oder Englisch mit ihr zu sprechen. Ein reines Fremdsprachenerlebnis.

Jetzt war Lenas Mund leer. „Ja, das erste Mal", sagte sie. Und dann, in bemühtem Ton: „Es ist wirklich sehr schön hier."

„So schön, dass du gleich eine Schwabenallergie gekriegt hast", sagte Paul. Lena stieß ihn unter dem Tisch mit dem Knie an. Dann musste sie tatsächlich niesen.

Ob Lena gewusst habe, dass Jürgen Klinsmann aus der Region hier stamme, fragte der Vater plötzlich.

Paul sah Lena an, dass sie mit Müh und Not wusste, wer Jürgen Klinsmann überhaupt war. Sie schüttelte den Kopf.

„Der kommt hier von Geislingen an der Steige", sagte der Vater. Er hatte seinen Erzähltonfall aufgelegt. Der Rostbraten auf seinem Teller war schon merklich geschrumpft, der Spätzlehaufen fast abgetragen.

„Das ist keine fünfzehn Kilometer von hier. Oben, am Albtrauf." Lena nickte heftig, ganz so, als wüsste sie, was das sei, der Albtrauf.

„Die Eltern vom Klinsmann haben dort eine Bäckerei", sagte der Vater, „bis heute noch."

„Do semmir doch egschtra moal noagfahra", mischte die Mutter sich ein, deren Teller noch genauso voll zu sein schien wie zu Beginn des Essens. „Mer hätt jo kenna moina, des wärat woiß Gott waas fir Leit, mer kennt des jo, wenn ebber so an Sohn hot, wo doa en dr Bundesliga spielt odder so. Aber noi, hättsch kenna moina, die wärat ganz normal, so vom Uffdrääda. Die Frao Klinsmann, des isch fei ganz a Nedde, ganz nadierlich wie du und ich. Derra isch doa nix z'Kopf gstiega, sie wär woiß Gott wer odder so. Hättsch kenna moina, des wärat Leit wie mir. Wie die oin doa bedient hot. Gell, Ernscht?"

„Der Klinsmann hat ja nach seiner Karriere in Europa noch mal kurz in Amerika gespielt", sagte der Vater und sah Paul an. „Aber da wollte er unerkannt bleiben. Der hat da für so einen Viertligisten gespielt. Paul, wie heißt der Verein noch mal?"

„Orange County", sagte Paul so gelangweilt wie möglich, um Lena spüren zu lassen, dass er sich mit ihrem Desinteresse solidarisierte.

Das hielt den Vater nicht davon ab, sich jetzt direkt

an Lena zu wenden. „Rate mal, unter welchem Pseudonym er dort gespielt hat."

Paul war verblüfft, mit welcher Selbstverständlichkeit der Vater Lena geduzt hatte. Die zuckte die Achseln und gab sich Mühe, gespannt zu klingen, als sie sagte: „Keine Ahnung."

„Jay Goppingen", sagte der Vater und sah der Reihe nach allen am Tisch Sitzenden ins Gesicht, als habe er eine Pointe gelandet.

„Verstehst du, Goppingen, weil die Amerikaner ja kein Ö haben, deswegen mussten sie Goppingen schreiben, weil er ja von hier kommt. Und Jay, weil er Jürgen heißt, und Jürgen fängt mit Jot an und da sagt man in Amerika ja ‚Jay'."

Lena sah auf ihren Teller.

„Bist du Hertha-Fan?", erkundigte sich der Vater jetzt. Lena schüttelte den Kopf.

„Das macht ja auch keinen Spaß. Die können ja nix." Er lachte.

Sie mache sich generell nichts aus Fußball, sagte Lena. Aber die Klinsmann-Anekdote habe ihr gefallen. Sie möge Geschichtenerzähler. Und wer ein Geschichtenerzähler sein wolle, der müsse kleine Anekdoten kennen.

Das war dem Vater zu direkt, man sah es ihm an.

„Du lebst ja auch von Geschichten, hat Paul erzählt," sagte er darum hastig.

„Ernscht, etz lass des Mädle doch ao amoale ebbes essa", sagte die Mutter mit einem besorgten Blick auf Lenas Teller. Der Vater hatte mittlerweile aufgegessen, auch Paul war fertig und die Mutter hatte ihren Speiseberg entscheidend verringert. Nur bei Lena ragte der Zwiebelturm noch immer über einer üppigen Landschaft aus Fleisch und Spätzle auf.

Lena schien der Mutter dankbar zu sein, dem Vater nicht antworten zu müssen. Sie schnitt einen blutigen Batzen Fleisch von ihrem Braten und schob ihn sich in den Mund. Das Kauen signalisierte, dass sie vorübergehend leider an keinem Gespräch würde teilnehmen können.

Der Vater hatte aber anscheinend die Schwachstelle seiner Bemerkung erkannt und formulierte sie zur Frage um: Lena könne doch wohl nicht tatsächlich davon leben, ab und zu ein paar Geschichten auf einer Bühne vorzulesen. Oder doch?

„Doch", drang es dumpf aus Lenas kauendem Mund. Ihr bleibe ja nichts anderes übrig. Sie habe kein anderes Geld, also müsse sie welches verdienen, und zwar so viel, dass es zum Leben reiche.

Ob ihre Eltern ihr denn kein Geld gäben, erkundigte sich die Mutter besorgt. Wieder hatte Lena sie verstanden.

„Nein", sagte sie. Sie habe einen Bruder mit einem teuren Studium, Studiengebühren an einer privaten Fachhochschule. Da bleibe nicht so viel übrig, und außerdem könne sie sich selbst ernähren, also mache sie das auch. Sei alles Berufserfahrung für später.

„Toll", sagte die Mutter, und das klang, als habe man ihr erzählt, die Nachbarn hätten sich einen fliegenden Elefanten angeschafft.

„Also wir unterstützen Paul ja finanziell. Das muss ja man machen. Das ist vorgeschrieben. Da gibt es sogar eine Tabelle. Bielefelder Tabelle heißt die oder Duisburger Tabelle."

„Düsseldorfer Tabelle", sagte Paul in einem Tonfall, der Lena signalisieren sollte, er habe den Vater schon zigmal verbessert, aber da lasse sich einfach nichts machen.

„Also, Düsseldorfer Tabelle", sagte der Vater. „Da haben wir nachgeguckt vor dem Studium, was er kriegen muss bei meinem Einkommen. Und das kriegt er jetzt jeden Monat. Wenn deine Eltern dir nichts geben wollen, kannst du ihnen ja mal die Tabelle zeigen. Die wären eigentlich dazu verpflichtet. Da gibt es einen Rechtsanspruch. Du bist unterhaltsberechtigt als Student."

Paul sah, dass Lena sich verkneifen musste, „Studentin" nachzuschieben.

„Meine Mutter hat Argumente, gegen die bin ich machtlos", sagte sie stattdessen. Und so schlimm sei das alles gar nicht. Schließlich mache das Lesen Spaß.

„Wir geben dem Paul das Geld ja auch nicht einfach so", sagte der Vater jetzt. „Vor dem Studium habe ich ihm gesagt, dass es nicht länger dauern sollte als vorgesehen. Und dann lasse ich mir eben nach jedem Semester die Scheine zeigen, damit ich sehe, dass es vorangeht. Sonst würde ich dem Paul auch nichts geben. Zum Verjuxen ist mir mein Geld zu schade."

Man sah Lena an, dass sie keine Lust mehr hatte, in einem weiteren Anlauf zu erklären, dass ihre Mutter ihr kein Geld geben werde, sie damit aber leben könne. Offensichtlich wollte Pauls Vater ohnehin nur erzählen, wie er die Dinge löste.

„Und was macht man dann mit so einem Germanistikstudium?", fragte der Vater jetzt. „Paul hat erzählt, du studierst auf Magister. Da hat man ja nicht so viele Möglichkeiten, oder?"

Lenas Antwort wirkte lustlos: Sie wolle nach dem Studium genau dasselbe machen wie jetzt, nämlich Texte schreiben und veröffentlichen und damit auftreten, sagte sie.

„Warum studiert man dann überhaupt?", fragte der Vater. „Wenn man hinterher dasselbe macht wie davor." Um höhere Gehaltsforderungen durch einen höheren Abschluss könne es wohl nicht gehen, da Lena ja keinen Arbeitgeber habe.

„Man kann auch aus Interesse studieren", entgegnete sie. Sie empfinde das Studium ebenso wenig als Belastung wie die Auftritte auf den beiden Lesebühnen. Warum solle sie nicht vereinen, was sich vereinen lasse?

Dann blickte Lena in die Runde: „Sie müssen nicht auf mich warten." Schließlich war sie längst die einzige, die noch aß.

„So weit kommt's no", sagte die Mutter. Und dann, an den Vater gewandt: „Ernscht, kenntsch ruhig saga, ob's dr gschmeckt hot, gell?"

„Woißsch doch, nix gschwätzt isch gnug globt", antwortete der.

Überrascht sah Lena ihn an.

„Sie können ja Schwäbisch", sagte sie und klang wie eine Mutter im Freibad, die ihrem Sohn zuruft: „Du kannst ja schwimmen."

Stolz flackerte über das Gesicht des Vaters. „Natürlich", sagte er, „ich bin ja auch Schwabe."

„Aber woher können Sie dann Hochdeutsch?", fragte Lena weiter und Paul meinte zu erkennen, dass sie sich selbst davon abhielt, die Mutter als Gegenbeispiel anzuführen: eine Schwäbin, die nur Schwäbisch sprach.

Er sei eben viel in Stuttgart, sagte der Vater in einem Tonfall, der suggerierte, die Welt zu retten sei für ihn eine Kleinigkeit. Den Martini bitte geschüttelt und nicht gerührt.

Da komme man ständig mit anderen zusammen. In den Stuttgarter Behörden seien nicht alle Schwaben, bei weitem nicht. Auch Pfälzer und Bayern und auch Ausländer arbeiteten dort. Da sei Hochdeutsch eben die Amtssprache im wahrsten Sinne des Wortes.

Warum er so viel auf Stuttgarter Behörden müsse, hörte Paul Lena fragen und spürte ihre Erleichterung darüber, jetzt einmal selbst Fragen stellen zu dürfen.

Dem Vater passte die Rolle des Befragten wie angegossen. Da kam diese junge Frau aus Berlin, gut, die hinkte zwar, aber hübsch war sie, das musste man ihr lassen, hübsch war sie, und sie stellte ihm Fragen. So gehörte sich das, schien er zu denken, jetzt konnte er einmal erzählen, wie er die Göppinger Region in der Landeshauptstadt vertrat.

Zunächst sei er ja Leiter der Revierförstereiverwaltungsstelle Obingen-Dorbingen. Und als solcher vertrete er eben sein Forstrevier in allen verwaltungsrechtlichen und kaufmännischen Fragen vor der Forstdirektion in Stuttgart. Die sei dem Regierungspräsidium unterstellt. Und es könne nun einmal nichts das persönliche Gespräch ersetzen, das sei schon immer seine Devise gewesen. Natürlich wäre eine Kommunikation auch per Telefon möglich oder per Post oder neuerdings per E-Mail. Aber ein Vieraugengespräch sei im Zweifel wertvoller als zwei Dutzend Telefonate, das sei seine Erfahrung. Man müsse sich dem anderen wahrnehmbar machen als Lebewesen, sonst bleibe man ein Leben lang ein Aktenzeichen und lande irgendwann im Häcksler.

Die Pause, die der Vater daran anschloss, schien von ihm dafür gedacht, Lena die Möglichkeit für Nachfragen einzuräumen. Lena sah ihn aber nur an und aß weiter. Wie langsam sich das Essen auf ihrem Teller verringerte – das musste doch längst kalt sein! Paul hatte keine Lust mehr, an diesem Tisch zu sitzen und Lena und dem Vater zuzusehen, wie sie einander ihre Lebensentwürfe madig machten.

Da Lena keine Rückfrage stellte, fuhr der Vater fort.

In Stuttgart sei er oft im LGL. Im Landesamt für Geoinformation und Landentwicklung. Die Beamten dort? Versager und Verweigerer allesamt. Mit denen liege er seit Jahren im Clinch. Die würden auf Gemarkungsgrenzen seines Forstreviers beharren, die er durch eigene Messungen längst widerlegt habe.

Lena blickte von ihrem Teller auf. Offensichtlich Signal für den Vater, den Clinch mit dem Landesamt für Geoinformation und Landentwicklung genauer zu erläutern.

Die letzte Landvermessung in den Grenzen seines Forstreviers liege elf Jahre zurück. 1997. Damals noch das Zeitalter der Satellitengeodäsie. Also das Zeitalter der Bestimmung topographischer Flächen durch die Bestimmung der Position künstlicher Erdsatelliten. Aus der Position dieser Satelliten ließen sich wiederum Rückschlüsse ziehen auf die Position der irdischen Messpunkte innerhalb eines gedachten Koordinatensystems der Erdoberfläche. Sein Revier sei aber 1997 noch bestimmt worden nach der Methode der astrogeodätischen Netzausgleichung. Völlig veraltet inzwischen. Lange Rede, kurzer Sinn: Er kenne sein Revier wie kein anderer, fahre seit neunundzwanzig Jahren dieselben Wege ab mit dem Wagen, quere die Forste zu Fuß und habe seit Jahren geahnt, dass Messfehler vorliegen müssten in der Bestimmung der Reviergröße. Somit seien auch die Revierkarten fehlerhaft. Das müsse man sich vorstellen: Er besitze keine einzige Karte von seinem Forstrevier, die dessen topographische Beschaffenheit fehlerfrei darstelle. Am nächsten komme dem wohl noch die Karte, die er selbst erstellt habe, zunächst, vor acht Jahren, aus dem Gedächtnis und aus der inneren Vorstellungskraft. Beim Zeichnen sehe er sich durch die Wälder fahren und wisse instinktiv, wie er zeichnen müsse. Und jetzt, vor drei Jahren, die Verfeinerung der Karte durch die GPS-Daten, die er selbst zusammengetragen und ausgewertet habe.

Er zeigte auf die Wohnzimmerwand in Lenas Rücken. „Da hängen die Karten", sagte er.

Lena drehte sich um und Paul drehte sich mit, obwohl er die Karten längst kannte. Seit Jahren saß der Vater abends im Arbeitszimmer und wertete Daten aus und erstellte Karten und verwarf sie wieder. Die besten Ergebnisse hatte er gerahmt und hinter Glas im Wohnzimmer aufgehängt. Paul hatte das alles für ein Hobby gehalten. Dass der Vater wegen dieser Vermessung so oft nach Stuttgart fuhr – falls das stimmte –, hatte Paul nicht gewusst. Aber natürlich stimmte das. Er hatte den Vater noch nie bei einer Lüge ertappt. Wie in einem Theaterstück sah er jetzt eine Szene vor sich, in der der Vater mit einer Kartenrolle unter dem Arm eine Stuttgarter Behörde betrat und dabei womöglich immer an den gleichen Sachbearbeiter oder Dezernenten geriet. Vielleicht schätzte man einander längst und der Vater gestand sich nicht ein, dass die Überarbeitung der offiziellen Karten vom Hauptanliegen zum Vorwand geraten war.

Lena gab sich beeindruckt. Sie könnte das ja nicht, sagte sie. Einem Landesamt Schlamperei nachweisen. Nicht einmal auf die Idee wäre sie gekommen, dass ein Landesamt fehlerhafte Karten herausgeben könnte. Kartenerstellung sei für sie ein überwunden geglaubter Schritt in der Erschließung der Welt. Abgeschlossen im neunzehnten Jahrhundert durch die Engländer oder Alexander von Humboldt. Sie habe geglaubt, Karten müsse man nur ändern, wenn irgendwo ein neues Land entstehe. So wie Montenegro oder der Kosovo gerade neu entstanden seien.

Neinneinnein, sagte der Vater. So einfach sei das alles nicht. Die Kartographie sei ein hochkomplexes Feld. Jedes Jahr eine technische Revolution, die noch feinere Datenerhebungen, noch ausgeklügeltere Bezugsrahmen ermögliche. Darum auch kein Vorwurf an die Behörden, dass die Daten von 1997 falsch seien. Sein Vorwurf laute, dass man in Stuttgart wider besseres Wissen an diesen Daten festhalte. Man sei schlicht nicht bereit, aus seinen Erkenntnissen und Erhebungen die Notwendigkeit einer neuen Kartographierung abzuleiten. Sondern stelle sich quer. Schalte auf Durchzug. Und das nehme er nicht hin. Darum fahre er immer wieder nach Stuttgart und werbe für sein Anliegen. Die Neukartographierung seines Reviers. Er wäre ja bereit, die eigenen Ergebnisse zu publizieren. Aber Landvermessung sei nun einmal eine hoheitliche Angelegenheit. Nur behördliche Kartographie sei juristisch relevant. Wenn er seine Karten publizierte, wäre das, als veröffentlichte er einen Roman. Rein fiktiver Gehalt. Keine Rechtskraft. Nicht bindend.

Lena seufzte auf.

„Koasch nemmee, gell?", fragte die Mutter. Auch sie duzte Lena also ohne nachzudenken.

Lena hatte offensichtlich nichts verstanden.

„Den Rest schaffst du wohl nicht mehr?", übersetzte Paul.

„Nein", sagte Lena, ließ die Gabel in den Teller fallen und schob ihn erleichtert von sich.

„Welletr no an Noachdisch?", fragte die Mutter in die Runde.

Die Ablehnung, die ihr entgegenschlug, grenzte an Empörung.

Wie selbstverständlich erhob sich die Mutter daraufhin und begann den Tisch abzuräumen. Lena machte die Höflichkeitsgeste des Gastes, der am fremden Tisch nach dreckigen Tellern greift. Sofort protestierte die Mutter.

„Wo ist denn hier ein Badezimmer?", erkundigte sich Lena.

Am besten gehe sie in das bei Pauls Zimmer, antwortete die Mutter. Lena zögerte. Dann gebe es wohl noch ein anderes, hakte sie nach.

Ja, aber das könne sie Lena nicht zumuten, sagte die Mutter. Dort liege einfach zu viel Trödel herum, im Prinzip unbegehbar. Und versuchte ein Lachen.

Dann trat sie an Lena heran: „Bisch du wo noagwämst?" Lena sah Paul hilfesuchend an.

„Das kann ich mir gar nicht vorstellen, dass du gegen irgendwas gelaufen sein sollst", sagte er zu Lena.

„Ha doch, guck", sagte die Mutter und zeigte auf Lenas Hals. Auch Paul entdeckte eine bläulich-braune Stelle. Das teilte er Lena mit. Die zuckte mit den Schultern.

Sie werde sich das gleich im Bad ansehen, sagte sie und verschwand in Richtung von Pauls Zimmer.

Paul setzte sich aufs Sofa und sah der Mutter beim Abräumen zu. Er kam nur zweimal im Jahr aus Berlin zu Besuch. Darum würde sie nicht verlangen, dass er ihr helfe. Außerdem räumte er in Kreuzberg auch alles selbst ab.

Was für ein Unterschied zwischen Lenas Mutter und seiner. Als Lena und er ihre Mutter und Jens-Thomas, also Tom, vor zwei Wochen besucht hatten, hatte Lenas Mutter nicht einmal gekocht. Sondern zwei Fertigpizzen im Backofen aufgewärmt. Zwei Pizzen für vier Leute! Gut, sie und Lena hatten ohnehin fast nichts gegessen. Aber Pauls erster Besuch war schon eine Woche vorher angekündigt worden durch Lena.

Und dann hatte Lenas Mutter sich mit ihren breiten Schenkeln aufs Sofa gesetzt und zu reden begonnen und Lena hatte die Pizzen aus dem Ofen geholt und Tom und

Paul hingestellt. „So hätte ich mir das nicht vorgestellt damals", hatte Lenas Mutter gesagt. „Ein Mann, der mich verlässt und ich sitze dann da allein mit Lena. Mit diesem behinderten Kind. Damals in der DDR. Die Krankenhäuser hatten auch kaum Möglichkeiten damals."

Paul hatte immer wieder zwischen Lena und ihrer Mutter hin- und hergesehen.

Keine Frage des Geldes, eine Frage der Qualität der medizinischen Versorgung sei das bei Lenas Behinderung gewesen. Die Hemiparese, die hätten sie kurz nach der Geburt diagnostiziert. Aber dann nichts mehr. Keine Therapieoptionen aufgezeigt, keine Medizin, keine Gymnastik, nichts. Und da habe sie gestanden, ganz allein mit diesem behinderten Kind, das mit zwei Jahren noch keinen Meter habe gehen können. Nicht allein und nicht einmal an der Hand. Gekrabbelt sei Lena und selbst beim Krabbeln habe sie Schwierigkeiten gehabt. Und immer die Sorge, wie das weitergehen solle. Später in der Schule. Die verächtlichen Blicke, die Hänseleien. Und ob Lena überhaupt auf eine reguläre Schule würde gehen können. Vielleicht war sie ja nicht nur körperlich, sondern auch geistig behindert. Dann der Vater von Jens-Thomas. Bautista, Kubaner, Linguistikdozent. Endlich nicht mehr allein. Zuerst habe sie das Temperament genossen, diese karibische Leidenschaft. Dann, später, habe sie sein Temperament verflucht. Nicht zu reden gewesen sei mit dem. Der feste Entschluss, nach Kuba zurückzukehren und davon habe man ihn nicht abbringen können. Nicht einmal gefragt, ob sie mitwolle, habe der. Sie, Birgit, war für ihn eine

Affäre, mehr nicht. Das habe sie verstanden und trotzdem habe sie sich nicht lösen können von diesem Mann bis zum letzten Tag. Sie sei noch mit ihm bis zum Flughafen rausgefahren und dann sei der einfach in der Halle verschwunden, wortlos, grußlos. Noch heute sehe sie ihn vor sich, den Mantelkragen hochgeschlagen, den Koffer in der Hand. Diese rollbaren Koffer, das habe es damals noch nicht gegeben, jedenfalls nicht in der DDR, jedenfalls nicht bei Bautista. Der habe seinen Koffer tragen müssen. Und dann nie wieder ein Lebenszeichen. Bis heute habe sie nichts von ihm gehört. Wer weiß, vielleicht sei er längst tot. Und da habe sie gesessen, allein mit zwei Kindern. Eins behindert, das andere schwarz. Im Winter 1986 in Ost-Berlin. Eine Beziehung zu einem Kubaner, das sei der Fehler gewesen. Nicht der einzige, aber der größte. Die kannten dort einfach kein Ehrgefühl. Kein Verantwortungsbewusstsein hatte Bautista im Leib. Für den war das Spaß. Alles immer nur Spaß. Als ob das Leben aus Spaß bestehe. Spaß sein könnte. Bitterer Ernst sei das Leben. Kein Tag sei seither vergangen, an dem sie nicht gearbeitet habe. Gut, sicher, es gebe Wochenenden und manchmal nehme man sich ein paar Tage frei. Aber dann gebe es andere Verpflichtungen. Die Kinder. Und das Haus. Das ganze große Haus habe sie allein zu führen und den großen Garten.

Noch jetzt auf dem Göppinger Sofa musste Paul in Erinnerung an diese Szene schmunzeln. Noch nie hatte er so ein kleines Haus gesehen wie das, in dem Lenas Mutter und Tom wohnten. Der Garten, den man durchqueren musste, um von der Straße zur Haustür zu gelangen, war keine fünf Meter lang. Und hinter dem Haus erhob sich ein Mietblock, der es wie einen Nistkasten an einem gewaltigen Baumstamm erscheinen ließ. Schon auf dem Weg von der Straße her hatte Paul überlegt, ob er das Haus für ein ein- oder zweistöckiges halten sollte. Zwar gelangte man in Küche, Wohn- und Schlafzimmer von Lenas Mutter nur über eine Treppe und zwar lagen darunter die drei winzigen Zimmer, die Tom bewohnte. Aber die waren so niedrig, dass man sie eher für einen Kuhstall halten mochte, wie man ihn unter den Bauernhäusern des siebzehnten und achtzehnten Jahrhunderts findet. Einen Kuhstall, dessen Eingangstür auf Schulterhöhe endet und durch die sich instinktiv jeder hindurchbückt, egal wie groß er ist. Selbst ein Kind.

Paul war müde. Er würde sich ein paar Minuten in seinem Zimmer aufs Bett legen, überlegte er. Solange, bis Lena aus dem Bad kam. Dorthin verschwand sie nach beinahe jedem Essen und immer so lange, dass er sie jedes Mal schon zu vermissen begonnen hatte, wenn sie herauskam.

Als Paul am Badezimmer vorbeikam, meinte er Lena keuchen zu hören. Sofort sah er sie vor sich, wie sie vor dem Klo kniete. Kein Zweifel, das war das Keuchen eines Menschen, der gegen die eigene Übelkeit ankämpft. Er sah sie vor sich, wie sie sich die langen Haare aus dem Gesicht hielt und, kreidebleich, hoffte, das Rauschen im Kopf und im Magen würde nachlassen. Dann ein Plätschern, unterdrückt, so als erbreche sich jemand gegen den Rand der Kloschüssel. Eben so, dass der Speisebrei nicht ins Wasser klatschte und darum keinen

Lärm erzeugte. Dann wieder dasselbe Keuchen. Dann ein Würgen und wieder das Plätschern. Er klopfte. Sofort verstummte alles auf der anderen Seite der Tür.

„Lena, alles in Ordnung bei dir?", fragte er. Keine Antwort. Dann, um Klarheit in der Stimme bemüht, Lena, die ein dumpfes „Ja" vernehmen ließ.

Warum log sie? Wollte sie ihn nicht beunruhigen? Es war doch keine Schande, ein Essen nicht zu vertragen.

„Okay", sagte er durch die Tür, ging in sein früheres Kinderzimmer und legte sich aufs Bett. Nach wenigen Minuten kam Lena nach. Nichts sah man ihr an. Keine feuchten Haare, kein Schweiß, keine Müdigkeit. Eine gesunde Gesichtsfarbe. Dieselbe Farbe wie immer. Konnte ihre Übelkeit so schnell vergangen sein? Wie war es möglich, dass sich jemand erbrach und man ihm danach keinerlei Erschöpfung ansah?

Die wenigen Male, die er sich in seinem Leben erbrochen hatte, hatten immer mindestens einen Tag Bettruhe nach sich gezogen, die nötig war durch die körperliche Erschöpfung. Aber Lena saß hier strahlend neben ihm und hätte er nicht selbst die Geräusche durch die Badezimmertür in dieser Eindeutigkeit wahrgenommen, er hätte niemandem geglaubt, der ihm davon erzählt hätte. Gleich nach ihrem ersten gemeinsamen Essen war Lena im Badezimmer verschwunden. Und er hatte diesen gelben Tupfen, diesen Fleck von der Konsistenz einer Kürbissuppe von der Brille entfernen müssen. Natürlich war das keine Kürbissuppe gewesen, das hatte er sofort gewusst. Jetzt aber zeigte sich, was es wirklich gewesen sein musste. Und hatte es überhaupt eine Mahlzeit gegeben, seit er mit Lena zusammen aß, nach der sie nicht aufs Klo verschwunden war? Ja, zum Beispiel bei ihrer Mutter vor zwei Wochen war sie sitzen geblieben nach dem Essen. Aber dort hatte sie auch kaum mehr als zwei Achtel der Thunfischpizza von seinem Teller genommen.

Hieß das ... Lena war Bulimikerin? Und wenn ja – dann was?

„Lena, du hast Bulimie, ich weiß es, gib es zu!" – sollte er ihr das einfach ins Gesicht sagen? Nein, das kam nicht infrage.

Oder die humorvolle Variante: „Hat da etwa jemand gerade Face-to-Face-Kommunikation mit der Kloschüssel betrieben?" Genauso unmöglich.

Lena kam ihm zuvor.

„Wie heißt noch mal die schwäbische Schauspielerin, von der du mir erzählt hast?", fragte sie. Paul konnte sich nicht erinnern, überhaupt jemals von einer schwäbischen Schauspielerin erzählt zu haben. Auf Anhieb fiel ihm jetzt noch nicht einmal eine ein. „Doch", sagte Lena, „du hast erzählt, dass sie mit einem schwäbischen Volksschauspieler verheiratet ist. Und dass früher beide in Fernsehserien mitgespielt haben. Ulle Schrulle heißt die, oder so ähnlich."

Paul lachte auf. „Trudel Wulle", sagte er. „Richtig, du meinst Trudel Wulle."

Lena lachte und klatschte dabei in die Hände. „Trudel Wulle", wiederholte sie.

„Trudel Wulle, das wäre der perfekte Spitzname für deine Mutter. Am liebsten würde ich jetzt Trudel Wulle googeln, damit ich sie mal sehe. Aber wahrscheinlich werde ich mir sowieso für immer deine Mutter vorstellen, wenn ich diesen Namen höre."

„Du wirst vor allem nie wieder den Namen Trudel Wulle hören. Oder wie oft hast du ihn gehört, bevor ich ihn zum ersten Mal erwähnt habe?"

„Nie", sagte Lena. Aber was für ein perfekter Name! Diese dumpfen Us und die spitzen Es, das drücke alles aus, was Pauls Mutter sei. Ein sprechender Name, a telling name. Ob Paul wisse, ob das ein Künstlername sei. So könne doch keiner tatsächlich heißen. Schon gar keine schwäbische Volksschauspielerin. Das klinge doch, als hätte jemand einen Wettbewerb veranstaltet, um einen Namen für diese Schauspielerin zu finden. Und am Ende wären die Initiatoren so begeistert vom Ergebnis gewesen, dass sie einen Sonderpreis für den Neologismus *Trudel Wulle* vergeben hätten. Paul schmunzelte.

Jetzt bräuchten sie nur noch einen Spitznamen für Pauls Vater, fügte Lena hinzu. Dann musste sie niesen.

„Ich habe einen Spitznamen für dich", sagte er.

Lena sah ihn fragend an.

„Schnupfenschnepfe", sagte er.

Und legte die Hände auf den Kopf und fügte hinzu: „Na?"

Dass Lena dieses Zitat nicht erraten konnte, war ihm klar. Eigentlich hätte ihr Spiel der Regel bedurft, dass Zitate nicht zulässig waren, bei denen man von vornherein wusste, dass der andere keine Chance auf die richtige Antwort hatte.

„Na?", wiederholte er, räumte Lena danach aber gar

keine Bedenkzeit mehr ein. „Martin Walser", sagte er. „*Ohne einander.* 1993."

„Was sonst?", sagte Lena. Sie müsse wohl ihre Strategie ändern. Wer dieses Spiel mit ihm spiele, habe bessere Chancen mit der Standardantwort Walser als mit der Standardantwort Goethe. Ab jetzt werde sie nur noch *Walser* sagen, es sei denn, sie kenne die richtige Antwort.

Paul legte sich auf die Seite und breitete die Arme aus.

„Komm mal her", sagte er und Lena gehorchte wie ein Hund, den man zu sich rief. Er wusste nicht, wie er von der Bulimie anfangen sollte. Lena würde wohl ohnehin alles abstreiten.

„Warum verschwindest du denn nach jedem Essen so lange im Bad?", fragte er zur Eröffnung.

Lena bewegte ihren Kopf von seiner Schulter zurück, so weit, dass er ihr Gesicht erkennen konnte, nicht verschwommen, sondern klar. Wenn sie jetzt sprach, würde ihr Atem genau auf seine Nase gelenkt. Und wenn sie sich erbrochen hatte, müsste er das riechen. Es sei denn, sie hätte sich danach die Zähne geputzt. Und richtig, Lena war doch mit ihrer Kosmetiktasche aus dem Bad gekommen.

„Ich dachte schon, du fragst nie", sagte sie und sah ihn an.

„Gut", sagte er. „Jetzt habe ich gefragt. Und?" Er sah sie an.

„Das weißt du doch", sagte Lena. „Sonst würdest du nicht fragen. Wem nichts auffällt, der denkt nichts. Und wer nichts denkt, der fragt nicht."

„Gehst du kotzen?", fragte er. Alles andere als dieses Wort wäre ihm wie eine Verharmlosung erschienen.

„Ja", sagte Lena und sah nach unten. Mit diesem *Ja* hatte sich ihr Blick verändert und Paul konnte nicht entscheiden, wie. Da begann Lena zu weinen. Es waren Tränen der Erleichterung, der Befreiung, das spürte er sofort. Vielleicht hatte sie nach ihrem ersten gemeinsamen Essen absichtlich den Tropfen auf der Klobrille drapiert? Nein, das wohl nicht. Nicht am ersten Tag. Obwohl – jemand, der jeden Tag auf der Toilette verschwand, um sich zu erbrechen, musste darin eine Perfektion erreicht haben, die es ihm ermöglichte, unbemerkt zu bleiben. Da war ein übersehener Kürbissuppenfleck auf der Klobrille unwahrscheinlich. Vermutlich hatte Lena ihn bemerkt und zurückgelassen als erstes, leises Signal.

„Bist du froh, dass ich es jetzt weiß?", fragte er.

„Ja", sagte sie und umklammerte seinen Hals. Dann weinte sie wieder in seinen Pullover. Er streichelte ihren Rücken.

„Putzt du dir danach die Zähne?", fragte er dann.

Lena hob den Kopf und sah ihn an. „Das ist wohl das einzige, das dich daran interessiert?"

„Nein", sagte er. „Aber das hat immerhin eine Auswirkung auf uns beide, wenn wir hier so liegen."

Natürlich putze sie die Zähne, sagte sie.

Und er küsste sie, lange und weich. Und stellte sich dabei vor, wie sie sich die Zähne putzte und damit den Magensaft verrieb zwischen diesen Zähnen. Irgendwann würde dieser Magensaft ihre Zähne lockern. Er versuchte sich Lena ohne Zähne vorzustellen. Es gelang ihm nicht.

„Ich will dir helfen", sagte er und streichelte ihre Wange.

„Ich weiß", sagte sie. „Das ist das Schönste und das Schwerste zugleich."

„Und wenn du einfach aufhörst?", fragte er. Die einfachsten Rezepte waren die besten. *Liebst du sie? Dann ruf sie an.* Das hatte er von Anna gelernt. Und von den Amerikanern. *If you really wanna do something, you gotta make it the most important thing of your life.* Den amerikanischen Satz sagte er Lena. Den zitierte er für sie. Er verzichtete auf ein „Na?". Einfach aufhören. Ginge das nicht?

Lena zuckte mit den Schultern. „Du denkst bestimmt, ich hätte das schon tausendmal probiert. Einfach aufhören. Aber ganz ehrlich: Das ist mir noch nie in den Sinn gekommen. Dafür ist mir das Kotzen zu wichtig."

Er sah sie mit großen Augen an.

„Die Erleichterung ist einfach jedes Mal so groß. Die will ich mir holen, jeden Tag."

„Was ist denn daran befreiend, vor einem Klo zu knien wie ein Kranker?", fragte er stirnrunzelnd.

Lena unternahm keinen Versuch, ihm zu antworten.

„Befreiung wovon überhaupt?", fragte er dann.

Lena überlegte. Es baue sich einfach so viel Druck auf jeden Tag. Das Genügenmüssen. Das Mithaltenmüssen. Das Aushaltenmüssen. Da komme sie nicht mit. Dagegen komme sie nicht an. Jeder Zwang, eine Augenhöhe herzustellen, fordere später auf der Toilette seinen Tribut. Selbst wenn sie erfolgreich gewesen sei. Das spiele keine Rolle. Einfach der erlebte Zwang, immer wieder nicht zu genügen als das, was man war. Was man sein konnte. Sondern mehr zu liefern, als in einem angelegt war. Als verfügbar war.

Paul spürte eine Wut auf Lenas Mutter in sich aufsteigen. Aber Lena gegenüber durfte er diese Wut nicht eingestehen. Dass er von ihrer Bulimie wusste, hatte ihn zu ihrem Verbündeten gemacht. Wenn er jetzt ihre Mutter angriff, würde sie sich unweigerlich wieder gegen ihn stellen.

„Arme Lena", sagte er nur.

Ob er das nicht kenne, fragte sie ihn und ihre Stimme klang gedämpft durch den Stoff seines Pullovers. Dieses Genügenmüssen, dieses verzweifelte Gefühl, dass es einen Druck gebe, dem man nicht nachgeben dürfe bis zum letzten Tag.

„Nein", sagte er, „das kenne ich nicht."

Lena jaulte auf. Es sei so ungerecht, dass nicht jeder diesen Druck kenne. Würde ihn jeder kennen, hätte auch jeder dieselben Probleme wie sie. So aber müsse sie sich immer vorkommen wie eine Degenerierte, müsse sich auf dem Klo einschließen, um heimlich zu kotzen, damit keiner merke, dass es einen Druck gebe, dem sie nicht standhalte.

Paul überlegte. War das die Lena, die ihr ganzes Leben allein bewältigte? Die ihr Geld auf Bühnen verdiente, auf denen ihm schon die Stimme versagte beim Versuch, auch nur ein einziges Mal dort aufzutreten? Aber vielleicht bedingten diese beiden Lenas einander. Vielleicht konnte es keine Lena geben, die stärker und mutiger war als er ohne diese Lena, die jetzt auf ihm lag.

Er mochte beide Lenas, das stand fest. Das sagte er ihr und er spürte, wie gut ihr das tat und wie sie ihm das Gesicht zuwandte und die Wärme von ihrer auf seine Wange floss und sie so liegen blieben, bis Lena eingeschlafen war.

Zitzewitz weckte sie beide, Lena und Paul. Wahrscheinlich hatte der Vater die Zimmertür einen Spaltbreit für ihn geöffnet. Warum hatte Paul Zitzewitz gestern nicht gesehen? Vielleicht hatte der Vater ihn im Garten gelassen, um Lena nicht mit dem Schwäbisch der Mutter, dem Zwiebelrostbraten und dem Försterhund gleichzeitig zu überfordern.

Lena sah Paul an.

„Oh", sagte sie, „wie heißt denn der?"

„Zitzewitz", sagte Paul und spürte, wie peinlich ihm selbst jetzt noch, mit sechsundzwanzig, dieser Name war. Zitzewitz war schon alt, dreizehn oder vierzehn und mittlerweile einigermaßen taub und blind und lahm. „Der hinkt genauso wie du", hätte Paul jetzt sagen können und einen Augenblick lang verspürte er einen Drang danach, aber dann schluckte er die Bemerkung hinunter. Als Zitzewitz ein Welpe gewesen war, da hatte er immer darunter gelitten, wenn Mitschüler sich nach dem Namen seines neuen Hundes erkundigt und ihn danach teilweise noch tagelang für dieses Zitzewitz verspottet hatten.

Auch auf Lenas Gesicht zeichnete sich jetzt Spott ab. Bevor sie fragen konnte, erklärte er ihr, dass Zitzewitz einem Z-Wurf entstamme, also einem Wurf, in dem der Züchter alle Hunde mit Z-Namen belegt hatte. Einfach deshalb, weil diesem Z-Wurf ein Y-Wurf vorausgegangen war. Eigentlich hieß Zitzewitz auch gar nicht Zitzewitz, sondern Zibelius von Zitzewitz. Eine Edelzüchtung, das erkenne man an dem von-Zusatz. Der Vater habe sich aber entschlossen, den Hund Zitzewitz zu rufen, weil Hunde auf Zischlaute einfach viel besser reagierten und Zitzewitz davon mehr enthalte als Zibelius. Inzwischen sei das aber egal, weil Zitzewitz ohnehin nichts mehr höre.

Lena lachte. „Edelzüchtung", wiederholte sie. „Zibelius von Zitzewitz. Das ist doch nicht euer Ernst. Adeliger Hund mit von-Zusatz. So sieht er aus." Und lachte weiter.

Paul war froh, dass Lena so fröhlich schien.

Nach dem Essen lud der Vater sie und ihn ins Auto wie ein Fußballtrainer die Spieler der D-Jugend. Den Ausflug auf die Ostalb hatte er durchgesetzt. Wohin genau man fahre, erkundigte Lena sich jetzt.

„Auf den Ipf", sagte der Vater.

Lena wirkte amüsiert. Wo der denn liege, fragte sie.

„Bei Bopfingen", sagte der Vater trocken und schien vollkommen überrascht von Lenas Kichern, das sich nun anschloss.

„Bopfingen am Ipf", wiederholte sie.

Da habe die Lautverschiebung eben voll zugeschlagen, sagte Paul. Eine wunderschöne süddeutsche Affrikatenhäufung sei das.

„Wuu-hunderschön", modulierte Lena, was schon Paul ironisch dargeboten hatte.

Der Vater blieb vollkommen ungerührt. Der Ipf sei ein Zeugenberg, und zwar ein besonders schöner, da ungewöhnlich freistehender, dozierte er. Ob Lena überhaupt wisse, was ein Zeugenberg sei?

Lena schüttelte den Kopf. Das konnte der Vater gar nicht gesehen haben, da sie hinten saß. Aber er hätte wohl sowieso weitergeredet.

Ein Zeugenberg sei immer ein einzeln stehender Berg. Die bekanntesten einzeln stehenden Berge seien üblicherweise Vulkane. Also Berge, die sich durch Magma-Ausstoß aufgetürmt hätten. Der Kilimandscharo zum Beispiel. Ein Zeugenberg aber sei durch Erosion entstanden. Ursprünglich Teil eines Felsenmassivs, seien um ihn herum die Gesteinsschichten von der Witterung abgetragen worden, bis er als einzelner Zeuge zurückbleibe. Als Zeuge der früheren Ausbreitung des Gebirges. Daher der Name.

Lena sah Paul an und zog die Augenbrauen hoch. Er zuckte die Achseln.

Ob Lena berühmte Zeugenberge einfielen, fragte der Vater jetzt.

„Ick kenn bloß den Kreuzberg", sagte Lena. Dass sie ins Berlinerische wechselte, schien Paul kein gutes Zeichen.

Die bekanntesten Zeugenberge der Welt stünden wohl im Monument Valley in Utah, fuhr der Vater fort. Gefühlt spiele dort jeder zweite Western. Und in Deutschland natürlich der Zoller und der Hohenstaufen. Die werde Lena ja wohl kennen. Schließlich stammten zwei der drei deutschen Kaisergeschlechter von diesen beiden Zeugenbergen.

Als der Vater tatsächlich ein „Na?" an seinen letzten Satz anschloss, musste Paul lachen. Der Vater verkaufte seine Berge wie Sebastian seine Zitate.

„Was wir wissen, ist ein Tropfen; was wir nicht wissen, ist ein Ozean", sagte Lena. Und setzte ein „Na?" hinzu. Paul vermochte nicht zu sagen, ob dieses „Na?" tatsächlich dem Vater gegolten hatte. Sollte Paul einfach „Goethe" sagen, um die Situation zu entschärfen. Aber Goethe war sicher falsch und er wollte viel lieber richtigliegen.

„Na?", wiederholte Lena.

Und fügte dann, triumphierend, hinzu: „Isaac Newton."

Der Hohenstaufen sei natürlich der Stammsitz der Staufer, dozierte der Vater unbeirrt weiter. Herrscherhaus des zwölften und dreizehnten Jahrhunderts. Friedrich Barbarossa. Und der Zoller sei der Stammsitz der Hohenzollern. Wenigstens die müsse Lena doch kennen. Der letzte deutsche Kaiser sei schließlich ein Hohenzoller gewesen und der habe in Berlin gesessen und das müsse man doch wissen. Die preußischen Könige und deutschen Kaiser seien Schwaben. Und, besser noch, sie seien Schwaben von Bergen, die er sehen könne, wenn er in Göppingen in seinem Garten stehe.

Komisch, sagte Lena, komisch, dass dann nicht Göppingen von diesen Schwabenkaisern zu ihrer Hauptstadt gemacht worden sei, sondern Berlin.

Es blieb ruhig im Auto, und Lena nutzte die Stille, um ihre Rache fortzusetzen. Anscheinend hätten die Hohenzollern ihr Schwabentum überwinden müssen, um sich zu Kaisern aufschwingen zu können. In der Fremde gereift, nenne man das.

Der Vater sah stur geradeaus, ganz so, als sei aus der Bundesstraße plötzlich eine Geröllpiste geworden, die ihm als Fahrer alles abverlange.

Paul beschloss zu vermitteln. „In Berlin haben doch schon immer Zugereiste regiert", sagte er. „Aber von denen sind die Schwaben sicher nicht die schlechtesten gewesen. Das zeigt sich ja schon, wenn man sie mit den Österreichern oder den Saarländern vergleicht."

„Du bist wie dein Vater", flüsterte Lena Paul zu und sah ihn dabei zärtlich an. War das für sie etwa ein Kompliment?

„Soll ich jetzt Danke sagen?", fragte er leise und berührte dabei mit seinen Lippen ihr Ohr.

Lena zuckte die Schultern. Dann küsste sie ihn auf den Mund, so geräuschvoll, als wolle sie den Vater damit provozieren.

In diesem Augenblick wurde das Auto erschüttert. „Ein Schlagloch", schimpfte der Vater. Die Krönung sei ja, dass man hier in Baden-Württemberg jetzt über Schlaglochpisten fahren müsse, weil das Geld in Länder wie Berlin fließe. Die brächten dort keine Wirtschaft in Gang und würden sich hier im Süden die Milliarden pumpen, um sich neue Prachtflughäfen hinzustellen. Da frage man sich schon, wozu man überhaupt arbeiten gehe. Da könne man sich hier ja auch alles von den anderen bezahlen lassen.

Lena sah Paul stumm an. Hatte sie dem Vater überhaupt zugehört?

Länderfinanzausgleich, fing der Vater wieder an. Das

müsse man sich einmal vorstellen. Nehmerländer und Geberländer. Und deutlich mehr Nehmer- als Geberländer. Wenn man dieses System auf Bereiche übertrage, in denen Leistung nicht bestraft werde, würde einem die Absurdität erst bewusst. Sagen wir mal, Bayern gewinnt die Champions League und Schalke und der VfB stehen im Halbfinale. Macht Mehreinnahmen von hundertfünfzig Millionen. Und die werden dann auf Cottbus, Mainz, Rostock und all die anderen Luschen so verteilt, dass Bayern München am Ende kein Cent mehr bleibt als den anderen. Wozu sollte Bayern im nächsten Jahr überhaupt noch mitspielen? Das solle ihm mal einer erklären. Ohne Gerechtigkeit kein Wettbewerb, sage er immer.

Dann parkte er den Wagen.

Weil außer Bayern München keiner in der Lage sei, die Champions League zu gewinnen. Und weil jeder Euro, den sie dort erwirtschafteten, zusätzlich in die Bundesliga gelange. Und weil jedes Achtzehntel eines solchen Euros immer noch mehr sei, als wenn gar keine Zusatzeinnahmen in die Liga kämen.

Das alles hätte Paul sagen können. Aber er stieg lieber aus, lief um das Auto herum und öffnete Lena die Tür. Die Aufmerksamkeit jetzt auf den Ipf zu lenken, das war das Beste.

Paul sah Lena erst zum zweiten Mal aus einem Auto aussteigen. Das erste Mal war nach der Ankunft gestern gewesen. Da war ihm nicht aufgefallen, wie sehr sie sich krümmen und verrenken musste, um sich auf ihr Hinkebein zu stellen, ohne das Gleichgewicht zu verlieren.

Der Vater schien absichtlich nicht hinzusehen. Paul hätte gern gewusst, ob Lenas Behinderung im Bewusstsein des Vaters eine Rolle spielte. Er hielt ihn für einen Darwinisten. Wahrscheinlich würde der Vater genauso argumentieren, wie er, Paul, gegenüber Sebastian argumentiert hatte, bevor er sich in Lena verliebt hatte. Ihre Behinderung war erst durch seine Liebe aufgehoben worden. Nein, nicht einmal aufgehoben, nur erträglich gemacht.

Lena sah am Hang des Ipf empor bis zum Gipfel.

„Keine Angst", sagte der Vater. „Der beißt nicht." Das klang versöhnlich.

Auf dem Weg zum Gipfel duckte sich Paul immer wieder, weil der Wind offensichtlich so lau war, dass die Drachensteiger einen permanenten Sinkflug ihrer Lenkdrachen nicht verhindern konnten. Der Vater und Lena reagierten nicht auf die Drachen.

Paul ging versetzt zwischen Lena und dem Vater. Er erschrak, als er bemerkte, dass er seine Schrittgeschwindigkeit unaufhörlich so variierte, dass dem Vater der direkte Blick auf Lena verwehrt blieb. Ihm wurde eine Scham bewusst, die er so bislang nie für Lena empfunden hatte. Hatte er Angst, der Vater könnte ihm nicht mehr zutrauen als eine behinderte Freundin?

Er zwang sich, sein Tempo von Lenas Schritten zu lösen und ließ sich zurückfallen. Jetzt gingen Lena und der Vater voraus. Der Weg wurde immer steiler, schon lange hatte niemand mehr etwas gesagt. Alle drei schienen sie ihren Atem zu unterdrücken, weil niemand hören sollte, dass ein kleiner Zeugenberg der Ostalb sie anstrengte. Der Weg verlief so, dass Lena ihr rechtes

Bein immer hangabwärts aufsetzen musste. Glücklicherweise war der Weg so breit, dass beide Füße auf derselben Ebene auftraten.

Plötzlich sah er sie fallen. Ihr rechter Fuß knickte um auf einem Stein, ihr Körper fiel dem Abhang entgegen. Paul nahm alles so genau wahr wie die Wiederholung eines Foulspiels im Fernsehen. Dann lag Lena mit angewinkelten Beinen vor ihm, den Kopf und einen Arm über den Wegrand in Richtung Bopfingen gestreckt. Das Umdrehen des Vaters ließ so lange auf sich warten, dass man sein vorläufiges Weitergehen für Vorsatz halten konnte.

Paul kämpfte gegen ein Lachen an, das in ihm aufstieg, obwohl er sich nicht im Geringsten amüsierte.

Lena lag vor ihm wie eine Schildkröte. Der Vater stand hinter ihrem Kopf und schaute auf sie herab. Dieser Blick war Paul unerträglich. Er versuchte Lena aufzurichten. Stehend knipste sie ein Lächeln an wie eine Lampe, ihre Augen blieben kalt. Dann klopfte sie sich die Hosenbeine ab und entdeckte dabei eine Schürfwunde an der Handinnenseite. Beim ersten Schritt zuckte Schmerz über ihr Gesicht, das rechte Bein drohte erneut einzuknicken.

Paul sah den Vater an. „Es hilft nichts", sagte er, „wir müssen zurück zum Auto."

Der Vater sah zum Gipfel. „Das ist doch nicht mehr weit."

Direkt über ihnen schien der Weg auf die Gipfelebene zu münden.

„Gut, hilft nichts", sagte er dann.

„Kannst du allein gehen?", fragte Paul und sah Lena an.

Sie nickte, ohne den Blick zu heben, als gelte es jetzt jeden Stein zu analysieren, bevor man in seine Nähe trat. Doch schon der erste Schritt ließ ihren Körper zucken, als hätte ein Blitz in eine Birke eingeschlagen.

Paul lief um Lena herum. „Ich trage dich auf dem Rücken", sagte er. Lena sah ihn prüfend an.

„Komm schon", sagte Paul. „Man nennt mich Tenzing Norgay."

Lena sprang auf. Sie war schwerer als gedacht. Aber unten erkannte Paul schon das Auto. Abwärtslaufen, das musste doch auch mit Lena auf dem Rücken möglich sein. Unsicher begann er mit dem Abstieg. Der Vater folgte. Dass der nicht vorausgehen konnte! Warum musste der ihm jetzt von hinten zusehen, wie er schwankte und jeden Tritt kalkulieren musste aus Angst, er könnte das Gleichgewicht verlieren, wenn ein Stein unter seinem Fuß kippte. Aber vielleicht dachte der Vater auch an etwas ganz anderes. Er war doch permanent mit Faktenwissen beschäftigt. Und hätte Paul Lena nicht tragen müssen, hätte der Vater wahrscheinlich Wissensfragen zum Ipf und der keltischen Siedlung auf dem Gipfel gestellt, die nur er selbst beantworten konnte. Schließlich musste man beim Abstieg kein Atmen unterdrücken.

Immer wieder lösten sich kleinere Steine unter Pauls Sohle. Seine achtundsiebzig Kilo gepaart mit den zweiundsechzig, die Lena wahrscheinlich wog. Die Masse von einhundertvierzig Kilo, verteilt auf die Fläche von

Schuhgröße vierundvierzig. Er unterdrückte ein Stöhnen.

Dass Lena ihm zu schwer war und ihre Arme um seinen Hals ihn so einengten, dass er sie am liebsten abgeschüttelt hätte, konnte er doch unmöglich zugeben.

Wenn Lena magersüchtig wäre und keine Bulimikerin, dann hätte er jetzt nicht solche Probleme, sie den Berg hinunterzutragen. Er biss sich auf die Zunge, so sehr, dass es wehtat.

Dann sah er sich nach dem Vater um und geriet dadurch ins Straucheln. Der Lena-Paul-Turm wankte bedenklich, aber Paul fing ihn ab. Lena jauchzte auf seinem Rücken.

Ob es gehe, fragte der Vater.

„Na sicher", sagte Paul und hörte verzweifelt, wie gequetscht seine Stimme klang. Der Nacken fühlte sich taub an.

Paul fiel ein, dass Lena gar keinen Spitznamen für den Vater entworfen hatte gestern Nachmittag. Ein Spitzname für den Vater müsste auf jeden Fall dessen Dominanz ausdrücken. Noch immer hatte er sich nicht daran gewöhnt, dass er auch als Erwachsener dem Vater körperlich unterlegen war. Alle Freunde und Mitschüler hatten ihre Väter schon zu Schulzeiten zu überragen begonnen. Nur Pauls Vater war noch immer mindestens eine Handbreit größer. Und kräftiger gebaut war er obendrein.

Paul blieb stehen. Er gab vor, sich nach dem Gipfel umzusehen. Wieder wankte er. An eine Fortsetzung des Abstiegs war nicht zu denken. Er ging in die Knie. Lena stieg ab, ohne dass er etwas sagen musste. Unsicher stand sie und belastete dabei nur ihren gesunden Fuß.

„Mein tapferer Krieger." Sie sah ihn zärtlich an. In seinen tosenden Ohren klang das wie Hohn. Er brauche eine Pause, sagte er in dem Ton, mit dem man einen verlorenen Krieg bekanntgibt. In Wahrheit würde ihm auch keine Pause mehr helfen. Morgen würde er wahrscheinlich mit einem fürchterlichen Muskelkater erwachen und den Hals kaum bewegen können.

„Ich übernehme das mal", sagte der Vater und stellte sich so selbstverständlich vor Lena, als wäre undenkbar, dass sich gegen diesen Vorschlag Einwände regen könnten. Und wie selbstverständlich kletterte Lena dem Vater auf den Rücken.

Paul ballte die Fäuste. Eine Prinzessin auf dem Rücken eines Kamels. Solange Lena nicht selbst lief, konnte man sie für grazil halten. Der Vater schwankte unter Lenas Gewicht mit der Gewissheit, dass diese wenigen Kilo sein eigenes Gleichgewicht niemals gefährden würden. Sein Schwanken war eigentlich nur in der Verlängerung, in Lena, sichtbar. Es war das Schwanken eines Baumes, der fest verwurzelt steht, aber so hoch hinausragt, dass der Wind in seiner Krone spielen will.

Dass der Vater nun auch noch anfing, sich mit Lena zu unterhalten, empfand Paul als Affront gegen sich.

In den Kurven, die der Weg machte, sah er den Vater-Lena-Turm von der Seite. Sie hatte ihm die Arme um den Hals geschlungen. Der Kopf des Vaters rieb an ihren Brüsten. Paul spürte eine Eifersucht in sich aufsteigen, gegen die er nicht ankämpfte. Durch nichts hatte der Vater diese körperliche Nähe verdient, die er verbal nicht zustande brachte. Fehlte nur noch, dass Lena ihn am Auto küssen und umarmen würde.

Im Bett konnte Paul sich nicht von dem Ausdruck auf dem Gesicht des Vaters befreien, mit dem dieser Lena nach der Rückkehr über die Schwelle getragen hatte. An der staunenden Mutter vorbei. Diese Rückkehr war ihm wie ein Triumphzug des Vaters erschienen. Entsprechend hatte die Mutter ihn, Paul, wie ein Kind begrüßt.

Jetzt lag er neben Lena und suchte nach einem Weg, mit dieser Niederlage umzugehen. Ob sie seinen Vater bewundere, fragte er und hoffte, die Frage habe ironisch geklungen. „Und wie!", hauchte Lena, und diese Antwort klang eindeutig ironisch.

„Du musst noch einen Spitznamen für ihn finden", sagte Paul. Er habe an einen Helden aus der Geschichte gedacht. Vielleicht an eine Figur aus einem griechischen Epos. Er freute sich, dass Lena diesen Vorschlag mit einem spöttischen Lächeln aufnahm.

„Nein", sagte sie, „kein griechischer Held. Irgendwas Bürgerliches, etwas allzu Irdisches. Schwaben-Humboldt. Das sei der richtige Spitzname. Einer, der die Welt vermisst. Nur leider eine Welt, die längst vermessen ist. Von daher eigentlich Schwaben-Schliemann. Das gefällt mir eh besser wegen dem Stabreim. Schwaben-Schliemann." Sie kicherte.

Dieses Kichern war Paul Einladung genug. Er zog ihr Bluse, Büstenhalter und Höschen aus mit einer Heftigkeit, dass sie ein Ächzen unterdrücken musste. Als er sich seiner eigenen Kleidung entledigte, bemerkte er sein Zähnefletschen. Vielleicht war das der richtige Weg, Lena zurückzuerobern.

Er schwang sich auf Lenas Körper und begann, sich an ihr zu reiben, bis ihre Brustwarzen hart wurden. Dann versenkte er sein Gesicht in der Grube zwischen Hals und Schulter. Mit der Schulter und dem Kopf klemmte er ihren Schädel ein, bis er meinte, jeden Moment müsse er ihre Halswirbel knacken hören. Seine Zahnflächen rieben aufeinander. Er grub seine Zähne in ihren Hals. Wieder sah er das Gesicht des Vaters vor Augen, wie er Lena über die Schwelle trug.

Paul hob sich von Lenas Körper und rutschte an ihr hinab. Dann grub er die Zähne in den Schenkel ihres gelähmten Beines und schloss den Mund immer nur so weit, dass der Schmerz erträglich bleiben musste. Maulsperre. Die hatten die Wölfe. Er nicht. Er konnte in diesen Schenkel beißen und sie verletzen, bis sie weinte. Dass er es nicht tat, war eine Machtausübung. Gnade walten zu lassen, hieß Macht zu haben. Und er hatte Macht über Lena. War nicht überhaupt Sexualität diese eine Erfahrung? Macht zu haben und verschonen und bestrafen zu dürfen. Wieder und wieder fuhr er mit seinem Mund von ihrem Knie bis hinauf zum Schoß. Den Schenkel zu wechseln, dem linken Bein dieselbe Aufmerksamkeit zukommen zu lassen, das hätte die Illusion erzeugt, dass Lenas Beine ihm gleich viel bedeuteten. Darum tat er es nicht.

Sie sollte spüren, dass er ihr überlegen war und sie in den Genuss seiner Gnade kam, wenn er sich diesem gelähmten Bein überhaupt widmete. Genug. Er wollte in Lena eindringen, aber sie hielt ihn zurück. Einfach fortzufahren, das war eine der Fantasien, die niemals Wirklichkeit werden durften. Machtmissbrauch führt zu Machtentzug. Die wichtigste Lehre der Geschichte. „Hast du ein Kondom?", fragte Lena.

Aus Berlin hatte er keine mitgenommen. Und hier, in diesem Zimmer, gab es keine. Das wusste er. Er werde vorsichtig sein, versprach er. In wie vielen Filmen man das schon gehört, in wie vielen Büchern man das schon gelesen hatte. Zu seiner Verwunderung protestierte Lena nicht. Sondern ließ es geschehen. In jede seiner Bewegungen legte Paul eine solch konzentrierte Kraftanstrengung, dass ihm schon nach wenigen Stößen der Schweiß ausbrach. Jetzt nicht nachlassen. Nicht das Ipf-Erlebnis wiederholen. Lena bog sich unter seinem Auf und Ab. Am liebsten wäre er auf ihr geblieben und hätte zugleich ihren Schenkel traktiert.

Dass er ihren Körper verließ, um sie mit seinem Erguss zu verschonen, inszenierte er als zweite große Gnade des Abends. Als er schwitzend neben ihr lag und sein Samen ins Laken tropfte, musste er allerdings doch ein lächerliches Bild abgeben. Kniend wischte er mit einem Taschentuch über die Stelle, bis nur noch Feuchtigkeit zu spüren war.

Dann lagen sie nebeneinander, den Blick an die Decke.

Paul suchte nach etwas, das er zu ihr sagen könnte, ohne seine Sehnsucht nach einem Gespräch preiszugeben.

„Ich bin so glücklich mit dir", sagte er dann. Das war

ein Satz wie ein Geschenk. Für diesen Satz konnte Lena sich nur bedanken.

Sie griff nach seiner Hand, die wie sein gesamter Körper auf der Decke lag. Paul schwitzte. „Manchmal traust du dich eben mehr als ich", sagte sie. „Diesen Satz trage ich seit Wochen mit mir herum. Aber er kommt mir nicht über die Lippen vor lauter Feigheit."

Paul war zufrieden mit sich.

„Bopfingen am Ipf", sagte Lena und kicherte.

„Ipfingen am Bopf", sagte er und griff nach ihren nackten Lenden. Dann drückte er ihr Gesicht gegen seine nackte Brust und begann ihr Haar zu streicheln, bis er einschlief.

Die Abreise war zu einem Entkommen geworden und die Flughafenluft atmeten sie wie andere die Luft in den Bergen.

Nach dem Frühstück und vor der Abfahrt zum Flughafen war die Mutter in der Wohnzimmertür erschienen und hatte das Laken aus Pauls Zimmer in ihren Händen gehalten.

„Mer kennd grad moina, i wär eier Dinnschdmagd", hatte sie gerufen und dabei auf den Fleck gezeigt, dessen Bildung Paul gestern mit dem Taschentuch nicht hatte verhindern können. Den Satz hatte Lena auf Anhieb begriffen. Der Vater hatte getan, als könne er seinen Blick nicht von der Zeitung lösen und Paul hatte das Laken genommen, es ins Bad getragen und dort unter fließendem Wasser mit einer Nagelbürste abgerieben. Nicht weil er die Ansicht der Mutter teilte, dass die Säuberung dieses Lakens Lena und ihm überlassen bleiben sollte. Sondern um der Situation zu entkommen.

Jetzt, am Flughafen, lachten sie darüber.

„Auch Trudel Wulle, Wulles Trudel
wird schon mal zur sauren Nudel,"
dichtete Lena.

„Jeder hat seine Schattenseiten", sagte Paul. „Nur du hast ausschließlich Schokoladenseiten. Und wenn du einen Schatten hättest, könnte man wahrscheinlich sogar den essen. Kakaoanteil neunzig Prozent."

„Schleimer", sagte Lena und imitierte eine Ausrutschende.

Paul zog einen Schmollmund.

„Okay, kein Schleimer", sagte sie und fuhr ihm übers Haar. „Aber ein Schmeichler."

„Nein, ein Streichler", sagte er und zwang sie in seine Arme und fuhr ihr mit den bloßen Händen über Gesicht und Schultern.

Und dank der modernen Luftfahrt sei es nicht einmal zu viel versprochen, wenn er jetzt sage, er werde sie bis Berlin durchstreicheln.

„Pass lieber auf, dass die uns nicht durchstreichen", sagte Lena und zeigte auf den Kontrollpunkt für Bordkarten, der gerade vom letzten Passagier durchlaufen worden war. Sie stand auf und zog ihn zum Schalter. Dann nieste sie.

„Schnupfenschnepfe", sagte er.

„Martin Walser", sagte sie.

Und er: „Das aus deinem Mund. Schöner könnte die Reise nicht enden."

XII. Hodgkin-Lymphom

Indem Paul im Bus zum Krankenhaus *Romeo und Julia* las, wollte er sich nur ablenken. Für seine Staatsexamensarbeit half das nicht. Und doch musste er allmählich ein Thema finden.

Beginn und Abgabe der Arbeit hatte er wegen Lenas Diagnose um ein halbes Jahr verschoben. Zwei Wochen nach der Rückkehr von Göppingen nach Berlin war Lena zum Arzt gegangen, weil der braune Fleck, den Pauls Mutter an ihrem Hals entdeckt hatte, noch an Größe gewonnen und sich dunkel verfärbt hatte.

Der Arzt hatte sie zu weiteren Untersuchungen in ein Krankenhaus in Prenzlauer Berg überwiesen. Dort hatte man in einer histologischen Untersuchung, also durch Gewebeentnahme aus dem Lymphknoten und eine Analyse des Feingewebes, Lymphdrüsenkrebs diagnostiziert. Malignes Lymphom. Ein Hodgkin-Lymphom. Eine seltene, aber in etwa achtzig bis neunzig Prozent der Fälle heilbare Form des Lymphdrüsenkrebses.

Bei Lena hatte dieser Krebs, den sie wohl schon länger in sich getragen hatte, als Paul sie überhaupt kannte, Lymphgewebe, Tonsillen und Milz befallen. Ihr Knochenmark war verschont geblieben. Zehn Tage später hatten eine ambulante Chemotherapie und regelmäßige Bestrahlungen begonnen. Lena war nun dennoch zum zweiten Mal in stationärer Behandlung, weil ihr Blutbild sich so verschlechtert hatte, dass man sie im Anschluss an die Gabe der im Rahmen der Behandlung verabreichten Medikamente zur Beobachtung dabehalten hatte.

Kurz nach der Diagnose hatte Paul beschlossen, sich erst ein halbes Jahr später zur Staatsexamensarbeit anzumelden und stattdessen in diesem Semester die mündlichen Prüfungen in Pädagogik und Fachdidaktik abzulegen. Diese Prüfungen erforderten eine weitaus geringere Vorbereitung als eine Staatsexamensarbeit. Zugleich setzte er die Recherche für die Arbeit fort. Aber diese Recherche taugte nicht, um sich abzulenken. Also las er *Romeo und Julia*. Aber hier im Bus auf dem Weg zu Lena ins Krankenhaus konnte er sich noch weniger konzentrieren als sonst. Er musste immer wieder an derselben Stelle anfangen zu lesen, weil er jedes Mal nach ein paar Sätzen bemerkte, dass er überhaupt nichts wahrgenommen hatte.

Seine Kleist-Geschichte war durchgefallen. Das würde er Lena heute erzählen. Dass er mit dieser Geschichte an einem Heinrich-von-Kleist-Wettbewerb teilgenommen hatte, wusste sie nicht einmal. *Der Geist von Kleist* hatte der Wettbewerb geheißen. Es ging um Beiträge, literarische oder essayistische, die „den Spuren jener verlorenen Dichterseele nachspüren sollten in unserer Zeit, in unserem Land." So der Ausschreibungstext. „Den Spuren nachspüren." Kein Wunder, dass man seinen Text abgelehnt hatte, wenn man das dort für gutes Deutsch hielt.

Von dem Wettbewerb hatte er durch den Newsletter eines Verlags erfahren, den er abonniert hatte und der in unregelmäßigen Abständen einen Überblick über bevorstehende Wettbewerbe und öffentliche Stipendien lieferte. Seine Geschichte hatte doch eigentlich zum Wettbewerb gepasst, oder? „Den Spuren nachspüren." Genau das tat er doch in seinem Text. Und hatte darum die Geschichte in vierfacher Ausfertigung und als Worddatei auf CD-ROM an die Kleist-Gesellschaft geschickt.

Heute Morgen dann das Schreiben im Briefkasten. Ein Schreiben an alle Teilnehmer. In zwei Monaten werde eine Anthologie der Gewinnertexte in der Kleiststadt Frankfurt/Oder präsentiert. Alle Teilnehmenden seien herzlich eingeladen. Und dann eine Liste mit Siegertexten plus Autoren. Sein Name stand nicht dabei. Gern hätte er die Siegertexte gehört oder gelesen. Aber Geld bezahlen an die, die seine Kleist-Geschichte verschmäht hatten, das kam nicht infrage.

Andererseits musste man doch den Geschmack derer kennenlernen, die man von sich überzeugen wollte. Oder war das einem Dichter verboten? Wäre er, wenn er eine Jury mit einem Text überzeugte, der am Geschmack dieser Jury ausgerichtet war, gar nicht mehr er selbst und sein Erfolg als solcher dann wertlos? Andererseits war es ja vielleicht gerade eine künstlerische Leistung, die eigene Form einer fremden anzunähern.

Vielleicht sollte er Lena die Ablehnung seiner Geschichte lieber verschweigen. Zweimal durchgefallen mit einer Geschichte. Als Vortragender bei der *Zonenallee*. Und jetzt als Teilnehmer dieses Wettbewerbs.

Würde Lena ihn noch ernst nehmen, wenn sie davon erführe?

Sie selbst würde seine Niederlage nicht belasten, da war er sicher. Denn seit der Diagnose erlaubte sie sich eine Schwäche, die er ihr nicht zugetraut hatte. Und diese Schwäche hatte mit allem, was er tat, nichts zu tun. Lena erlaubte sich die Schwäche, dem Schicksal ihren Zustand zu verübeln.

Weil das Schicksal aber vollkommen unempfindlich ist gegenüber nachtragenden Krebspatienten, kehrte sich Lenas Wut doch nur gegen sie selbst.

Glaubte man an ein Schicksal, so war man Hiob. Von einer höheren Macht auserkoren, die Lasten der Welt exemplarisch zu tragen. Sehnte sich Lena heimlich nach einer solchen Teleologie? Hatte sie den Zufall durch das Schicksal ersetzt, weil der Zufall noch willkürlicher und darum noch ungerechter erschien?

Machte man statt des Schicksals den Zufall verantwortlich, so war man ein Wurm, ein Insekt. Man war das Opfer willkürlicher genetischer Transformationsprozesse, deren Wahrscheinlichkeit sich mit Angaben wie zwei auf einhunderttausend quantifizieren ließ. Zwei auf einhunderttausend, das war die von den Ärzten und Wikipedia behauptete Wahrscheinlichkeit, am Hodgkin-Lymphom zu erkranken, an Lenas Krebs.

Zwei auf einhunderttausend, das war fast nichts, fand Paul. Wie die Chance, von einem Blitz erschlagen zu werden. Und trotzdem hatte es Lena getroffen.

Er musste an seine erste Reaktion denken, als er von ihrer Diagnose erfahren hatte: Wie gut, dass es nicht mich erwischt hat!, hatte er gedacht. Natürlich hatte er diesen Gedanken verschwiegen. Wie so vieles, das er verschweigen musste seit der Diagnose. Er bemerkte, dass er die Hände vor dem Gesicht hielt, ganz so, als könnten die anderen im Bus sonst seine Gedanken erraten.

War es normal, dass seine Freundin an Krebs erkrankte und seine Gedanken vor allem ihn selbst betrafen? Gut, diese Gedanken hatten nachgelassen. Vielleicht war er anfangs einfach überfordert gewesen. Und ging es nicht wahrscheinlich allen so? Das gab nur keiner zu – wie er ja auch nie zugeben würde, dass das Schlimmste am Krebs eines anderen die Vorstellung war, man selbst könnte dieser andere sein.

Wirst du weinen, wenn ich sterbe?, so hieß eine von Annas Facebook-Gruppen. Verriet der Titel nicht, dass es den Kranken genauso ging? Sie waren nicht um das Glück der Hinterbliebenen besorgt, sondern wünschten sich gar deren Tränen!

Andererseits hatten die Kranken mehr Recht auf Egoismus als die Gesunden.

Seit der Minute, in der sie ihm die Diagnose mitgeteilt hatte, lief er mit einem inneren Bild umher, das Lena mit einer Glatze zeigte. Und vor wenigen Wochen war dieses Bild Wirklichkeit geworden. Nach Beginn der Chemotherapie hatte Lena begonnen, eine Mütze zu tragen, weil erste Haarbüschel sich lösten und kreisrunde Stellen nackter Kopfhaut zurückließen. Seit Kurzem war sie kahl und trug jetzt eine Perücke, die man ihr im Krankenhaus angepasst hatte. Die Perücke stand Lena, vielleicht sogar besser als ihre eigentliche Frisur, aber er konnte sich nicht von der Vorstellung lösen, wie Lena ohne diese Perücke aussah. Noch nie hatte er sie ohne diese Perücke gesehen. Und immer, wenn er den Raum betrat, in dem er sie vermutete, fürchtete er, sie könnte ihm mit kahlem Schädel entgegenblicken. Sicher spürte Lena seinen Abscheu, sie kahl zu sehen. Und sicher trug sie deshalb ihre Perücke mit solcher Zuverlässigkeit. Durfte er das einer Kranken zumuten? Seinetwegen die Folgen ihrer Erkrankung verstecken zu müssen? War nicht vollkommen egal, was er dachte und empfand? War sie nicht die Hauptfigur, war dieser Krebs nicht ein Einmannstück, in dem nur Lena sprechen und agieren durfte? War er nicht lediglich der Requisiteur, der für eine Bühne zu sorgen hatte, in der Lena ihren Krebs bespielen konnte? Lena ohne Perücke zu sehen. Allein schon die Vorstellung verursachte ein pochendes Herz. Das bedeutete für ihn den Moment größtmöglicher Scham. Er versuchte sich vorzustellen, ob sie seinen Blick auf ihren kahlen Schädel dulden oder ihn mit den Händen oder einem Kissen, einem Textil bedecken würde.

Ihre Augenringe ertrug er mit Müh und Not. Geschminkt hatte sie sich auch vor der Erkrankung selten. Seit der Diagnose kein einziges Mal.

„Schmink dich doch wenigstens." Wie oft hatte er diesen Satz hinunterschlucken müssen. Da begegnete sich eine Kranke jeden Tag im Spiegel und sah sich verfallen und war nicht zu der kleinsten Maskerade bereit, die den Tod hätte täuschen und eine Lebendigkeit vorgaukeln können. Aber auch das war einer seiner Egoismen. Nicht den Tod sollte Lena eigentlich täuschen, sondern ihn. Er wollte sie als Lebendige wahrnehmen und nicht als Verfallende. Und darum durfte er sie nicht um das Schminken bitten. Vielleicht waren diese Egoismen auch selbstverständlich, weil beim Kranken ein Egoismus entstand, der nur noch mit Selbstlosigkeit beantwortbar war. Und da diesen Altruismus niemand aufbringen konnte, entwickelten sich Gegenegoismen, Trotzegoismen, die im Geheimen einforderten, der Kranke möge doch das für einen bleiben, was er vor der Diagnose gewesen war. Ein Wunsch, der verborgen bleiben musste wie die ersten Christen im alten Rom. Verborgen, weil der Kranke keine Pflicht zum Stillstand hatte. An guten wie an schlechten Tagen. Er, Paul, war moralisch in der Pflicht, weiterzulieben, als sei nichts geschehen. Der Egoismus des Kranken hingegen war berechtigt. Denn der hatte nicht weniger zu verlieren als sich selbst. Und musste darum auf alles verzichten, das nicht ihn selbst betraf. Kräfte bündeln zur Genesung. Alle für einen. Und dieser eine für sich.

Krankenbesuche waren Gottesdienste. Huldigungen. In diesen Besuchen durfte nur ein Ich vorkommen. Das Ich des Kranken. Das Krankenzimmer war die größte Egokammer.

Wieder war Lena im dritten Stock untergebracht. Das hatte Paul an der Pforte erfragt. Dort oben, mit Blick auf den Park, der sich auf der Rückseite des Krankenhauses anschloss, war ihr Zimmer auch bei ihrem ersten stationären Aufenthalt gewesen.

Schon auf dem Gang hörte er die Stimme ihrer Mutter. Sein erster Reflex war die Umkehr. Warum nicht sich verstecken, sich auf dem Klo einschließen, bis die

Mutter gegangen wäre? Aber das war kindisch. Ein Egoismus, der ihn und die Mutter betraf und Lena gar nicht enthielt.

Vielleicht war der Besuch der Mutter gar nicht so schlecht. Die Mutter würde sich wahrscheinlich selbst zum Zentrum des Raumes machen und er könnte bei Lena sein, ohne ihrer Krankheit huldigen zu müssen.

Dass die Mutter, als er eintrat, nicht einmal den Kopf zur Tür bewegte, wunderte ihn nicht. Lena lag im Bett, das Kopfdrittel der Matratze aufgerichtet, so dass ihr Liegen eigentlich eine Mischung aus Liegen und Sitzen war. Paul ging um das Bett herum, berührte ihre Wange mehr mit seiner, als dass er sie küsste und drückte ihre Hand, die, bleich und an einen Tropf angeschlossen, auf der Bettdecke lag. Der Mutter nickte er zu.

„Hallo, Paul", sagte sie. „Ich habe Lena gerade erklärt, warum sie ganz schnell wieder gesund werden muss. Diese Krankheit ist nämlich unmöglich für uns alle und besonders für mich. Wie es im Leben so ist. Erst langweilt man sich und dann passiert wieder alles auf einmal. Vor zwei Monaten die Diagnose bei Lena. Und das in dem Alter. Womit kann ein Mensch das verdient haben? Kindchen, was hast du angestellt? Und dann stürzt letzte Woche meine Mutter die Treppe hinunter. Na, stellt euch das vor. Fällt runter und liegt da vier Stunden, bis Opa sie findet. Mit sechsundachtzig vier Stunden auf dem Fußboden. Ganz unterkühlt war sie. Und diese Schmerzen. Opa sagt, sie hätte kaum noch reagiert auf ihn, als er kam."

Paul sah Lenas Mutter an, dann Lena. Zum ersten Mal entdeckte er eine Ähnlichkeit zwischen diesen beiden

Gesichtern. Vielleicht, weil Lenas Gesicht so bleich und verzerrt und dunkel umrandet war wie nie zuvor.

Er musste ein Grinsen unterdrücken. Lenas Mutter hatte dieses Grinsen dennoch bemerkt. Generell bemerkte sie immer, was auf sie bezogen war. Oder, besser, sie bezog alles, was sie bemerkte, auf sich.

Was es da zu grinsen gebe, das möchte sie einmal wissen. Gerade komme sie von der Oma aus dem Krankenhaus an der Landsberger Allee. Und gleich weiter zu ihrer Tochter. Das sei doch kein Zustand. Eine Sechsundachtzigjährige im Krankenhaus, das sei noch hinnehmbar. Verdacht auf Oberschenkelhalsbruch. Nach vier Tagen immer noch keine endgültige Diagnose. Zustände seien das. Auf dem Röntgenbild sei kein eindeutiger Bruch zu erkennen, habe man ihr gesagt. Ja, Himmelherrgottnocheinmal, dann muss man eben ein zweites Bild machen. Oder eine Computertomographie oder jemanden holen, der bessere Augen hat oder wasweißich. Und sie hat nichts als Sorgen. Vom einen Krankenhaus zum nächsten. Und wer kümmert sich jetzt um Jens-Thomas? Dem koche ja keiner was, wenn sie nicht da sei. Der gammle dann den ganzen Tag vor dem Computer. Alles gehe den Bach runter. Und ein Geruch sei das hier in diesem Zimmer. Nach Putzmittel. Aber mit dem vielen Putzmittel würden die ja nur versuchen, den anderen Geruch zu übertünchen. Ihr wisst schon, welchen Geruch ich meine. Ich muss das nicht laut sagen. Mit achtundzwanzig einen Krebs, der einen so kaputtmacht. Ganz kleine Augen hast du, Lenalein. Und ganz weiß bist du. Geben sie dir überhaupt genug zu essen? Und gelüftet habe wohl auch keiner seit Tagen. Paul, sei so nett, mach doch mal ein Fenster auf. Und der Vater ist weg, da warst du sechs Jahre alt. Und kein Wort seither von ihm gehört. Wenn Lena jetzt sterbe, könne den kein Mensch benachrichtigen. Der würde weiterleben, als sei nichts geschehen. Das sage schon alles über diesen Menschen, dass er sich unerreichbar mache. Der wolle das alles gar nicht hören. Sich allem entziehen. So war er schon damals. Von dem hätte sie sich kein Kind andrehen lassen dürfen. Aber das dürfe man ja nicht sagen. Wenn Kinder einmal da waren, habe man so zu tun, als freue man sich jeden Tag über sie. Aber das stimme ja auch. Sie freue sich ja über Jens-Thomas. Der sei natürlich das schwierigere von beiden Kindern. Aber den Schwierigsten habe man ja immer am liebsten. Und jetzt sei Lena die Schwierigere. Was gebe es Schwierigeres als ein Kind mit Krebs? Wenn die Kinder vor den Eltern sterben, das sei das Schlimmste. Das dürfte nicht sein. Dagegen müsste es etwas geben, eine Versicherung, eine Klausel. Das sei eine grausame Welt, die so etwas zulasse. Aber bei der Oma sei es ja jetzt vielleicht so weit. Der müsse sie auch noch Kleider bringen. Wer außer ihr sollte das machen? Opa kann ja nicht mehr fahren in seinem Alter. Dem müsste man auch den Führerschein entziehen. Der bringt es fertig und holt das Auto aus der Garage und setzt es gegen den nächsten Baum. Nein, in dem Alter müsste man jeden zwingen, dass er den Führerschein freiwillig abgibt. Wobei, freiwillig sei das dann ja nicht.

Sie lachte, nein, eher meckerte sie wie eine Ziege, ihre Augen aber blieben starr.

Aber das heiße für sie, jetzt nach Hause, den Schlüssel

von Opa und Oma holen, falls Opa die Klingel wieder nicht hört und dann zu den Eltern fahren. Letztes Mal habe sie minutenlang dagestanden und geklingelt, bis er aufgemacht habe. Aber nicht ihretwegen aufgemacht habe er, sondern um nach der Post zu sehen. Und sie dann verwundert angeguckt und gesagt: „Birgit, was machst du denn hier?" Der hatte ihr Klingeln selbst dann nicht gehört, als er schon zur Haustür hingelaufen sei. Aber eigentlich müsse man Jens-Thomas' Vater schon verständigen. Das sei doch eine ernste Situation. Noch ernster sei ja kaum möglich. Kinder, lacht euch bloß keinen Kubaner an, das kann ich euch sagen. Ein Verantwortungsgefühl wie ein Rabe. Einfach aus dem Staub gemacht. Und da habe sie gestanden, 1986, im Winter, mit zwei Kindern in Ost-Berlin. Allein mit zwei Kindern, das eine behindert, das andere schwarz. Ihr Vater habe sie ja gewarnt. „Lass dich nicht mit einem Kubaner ein", habe der gesagt. Und die Mutter habe die Hände über dem Kopf zusammengeschlagen, als sie zum ersten Mal ihren dicken Bauch gesehen habe. Sprichwörtlich über dem Kopf zusammengeschlagen. Das sage man immer so. Aber die habe das gemacht. Und dann hat sie zu mir gesagt: „Birgit, wenn das mal kein Fehler war. Birgit, das wirst du bereuen. Ein Kind von einem Schwarzen. Bei uns in der DDR."

Damals habe sie noch gelacht. „Ob schwarz, ob weiß, ob Inder, Gott liebt alle Kinder." Das habe sie ihrer Mutter gesagt. Obwohl sie ja nie an Gott geglaubt habe. Schon damals nicht. Und heute noch weniger. Je mehr man mitmacht, desto weniger mag man an etwas glauben. Am liebsten noch an den Weihnachtsmann. Der komme wenigstens nur einmal im Jahr. Und am wenigsten an das Gute im Menschen. Und Gott sei ja nichts anderes als ein übergroßer Mensch, den die Menschen in den Himmel projizierten, weil sie ihre Einsamkeit im Weltall nicht ertrügen. Aber daran müsse man ja noch weniger glauben. Wenn schon an etwas glauben, dann doch bitte wenigstens an etwas Schönes. Und nicht an so einen Übermenschen im Himmel, der belohnt und bestraft wie ein Lehrer. „Kinder, ich halte euch auf. Ich muss zu Opa, bevor der einschläft. Der soll mir die Kleider schon mal rauslegen. Man kann ja nicht alles selber machen. Vielleicht will Opa auch mit. Das kann ich ihn gleich fragen. Und du sieh zu, dass du mal schnell gesund wirst. Eine kranke Tochter, das kann sich doch keiner erlauben, der schon eine kranke Mutter hat. Jetzt ist ja Paul da. Macht ihr zusammen was Schönes?"

Paul zögerte. War das eine Frage, auf die Lenas Mutter tatsächlich eine Antwort erwartete? Was sollte er Schönes mit einer bettlägrigen Krebskranken machen? Aber Lenas Mutter hatte sich schon zur Tür gewandt. Dann lief sie zurück, als habe sie ihren Schirm vergessen und streichelte Lena über die Wange.

„Meine Große", sagte sie. „Mit euch macht man was mit." Und beugte sich zu Lena und küsste sie auf die Wange, dass es durch den ganzen Raum schmatzte.

„Tschüss, Paul", sagte sie und ging zur Tür. Mit der Klinke in der Hand drehte sie sich noch einmal um. „Dass mir keine Klagen kommen", sagte sie in Pauls Richtung und drohte mit dem Zeigefinger. „Sieh mal zu, dass du dich gut um sie kümmerst. Das hat sie verdient. Das braucht sie jetzt."

Paul nickte. Die Tür schloss sich von außen.

Die ersten Sekunden ohne die Mutter waren immer die schwersten für Paul. Jedes Mal musste er gegen das Bedürfnis ankämpfen, diese Mutter zu beschimpfen und zu verfluchen und zu imitieren und in Lenas Namen zu einer Antimutter zu erklären, zu einer Unmutter. Aber diesen ganzen Unmut gegenüber der Unmutter hatte er zu schlucken, zu tilgen aus seinem Mund, von seiner Zunge.

An der Mutter zu verzweifeln, war immer nur dem Kind dieser Mutter vorbehalten. Das hatte er aus Beobachtung gelernt. Wie sehr auch immer jemand vor ihm die eigene Mutter gescholten hatte, seine, Pauls, Kritik war nie akzeptiert worden. Die unmöglichsten Muttereigenschaften und Mutterbegriffe wurden vor Paul in Schutz genommen, wenn er sie angriff und parodierte.

Nicht einmal einen Spitznamen für die Mutter hätte Lena akzeptiert, wenn der Vorschlag von Paul gekommen wäre, das spürte er. So sehr er grinsen musste, wenn Lena seine Mutter Trudel Wulle nannte – die Einführung eines Spitznamens für ihre Mutter war nicht denkbar. Käme er von Paul, hätte er ohnehin wüst geklungen. „Schandmaul Paul", hätte Lena ihn dann genannt. Oder kurz: „Schandpaul."

Seine Besuchszeit war Paul-und-Lena-Zeit. Wenn Lenas Mutter darin einmal vorkam, dann weil Lena sie erwähnte als eine Selbstverständlichkeit, die nicht in die Paul-und-Lena-Zeit eingriff, weil sie ein Teil von Lena war.

Paul legte Lena seine flache Hand auf die Stirn.

„Wie geht's dir?", fragte er.

Lena seufzte. „Schlecht". Dann lächelte sie. Man sah, wie gut es ihr tat, über sich selbst reden zu dürfen. Schon dieses eine Wort schien alles auszudrücken, was Lena ihm, was Lena der Welt mitteilen wollte.

Er musste ein Lächeln unterdrücken. Ihr ging es schlecht, ihm ging es gut. Dass es ihm gut ging, das machte ihn fröhlich, das machte ihn stolz.

Er war der Gesunde unter ihnen beiden, er war die Kraft und die Herrlichkeit in Ewigkeit. Durch ihn erst und durch seine Stärke wurden sie zu einem harmonischen Paar. Yin und Yang.

Jetzt strahlte er Lena an, es ging nicht anders.

„Ich bin für dich da", sagte er.

Sie nickte. Nickte wie eine Fürstin, die dem Kammerorchester den Auftakt zum Konzert bewilligt.

„Wann darfst du gehen?", fragte er.

Sie zuckte die Schultern. „Morgen vielleicht", sagte sie dann. Er überlegte, was es dazu zu sagen gab.

Lena war schneller. „Paul", sagte sie. Es geschah selten, dass sie ihn beim Vornamen nannte. „Paul, wie geht's der Olga von der Wolga?"

Worauf wollte sie hinaus? War sie etwa eifersüchtig?

Ob die Olga von der Wolga viele Freunde habe in Berlin, fragte Lena jetzt. Wenn ja, dann könne sie ja vielleicht bei einem dieser Freunde unterkommen in den nächsten Monaten. Zumindest bis ihr, Lenas, Krebs geheilt sei.

Paul bemühte sich um einen erfreuten Gesichtsausdruck. „Heißt das, du willst bei mir einziehen?", fragte er.

Lena nickte lächelnd und sah ihn dabei prüfend an.

Eine Krebskranke in der Wohnung mit sechsundzwanzig. Das ging ihm zu schnell. Fünfzig Jahre früher als gedacht. Andererseits: Wenn Lena sich außerhalb des Krankenhauses aufhalten durfte, musste das doch heißen, dass es ihr gut ging. Also keine Krebskranke in seiner Wohnung. Sondern eine Genesende. Diese Vorstellung war schon erträglicher.

Und Paul hörte sich ankündigen, dass er um Annas Verständnis werben und sie bitten werde, zumindest für die Zeit bis zu Lenas vollständiger Genesung umzuziehen, auszuziehen. Dann der rettende Einfall: Er werde Anna bitten, endgültig auszuziehen, weil er von jetzt an mit Lena zusammenwohnen wolle, bis dass der Tod sie scheide.

Lena strahlte.

„Ich habe an einem Kleistwettbewerb teilgenommen", sagte er.

Ihr Blick verriet ihm, dass es nicht in seiner Macht stand, das Thema von ihr auf sich zu lenken. Dennoch schien sie bereit, zuzuhören.

Bald sei Preisverleihung beziehungsweise öffentliche Präsentation der Anthologie mit den Siegertexten in Frankfurt/Oder, sagte er. Man habe ihn eingeladen, aber er werde nicht hingehen.

„Warum nicht?", fragte Lena.

Wer seine Texte ablehne, habe auch seine Anwesenheit nicht verdient, sagte er und fühlte seine Halsschlagader pochen.

„Sei doch nicht so streng", sagte sie und lächelte milde aus ihren violetten Augenringen heraus. Wer einmal an einem Wettbewerb teilnehme, könne nicht erwarten, gleich den ersten Platz zu belegen. Sie habe sicher schon an zehn Wettbewerben teilgenommen und nie gewonnen.

Das hatte Lena Paul noch nie erzählt. Er sah ihr an, dass sie selbst überrascht war.

„Bei welchen Wettbewerben kann man denn Lesebühnentexte einreichen?", fragte er. „Meistens werden doch ganz klassische Formen verlangt."

Lena war jetzt sichtlich verlegen. Zweimal öffnete sie den Mund und schloss ihn wieder.

„Ich schreibe eben auch manchmal klassische Geschichten."

„Nein!" Das Erstaunen in Pauls Stimme war so echt, dass es Lena beinahe zu beleidigen schien.

„Doch", sagte sie und konnte einen Anflug von Trotz nicht unterdrücken.

„Darf ich" – seine Finger liefen an ihrer Decke empor, als könnten sie Lena durch die dicken Daunen hindurch kitzeln –, „darf ich so eine Geschichte vielleicht einmal lesen?"

Lena wiegte den Kopf.

Sie habe schon vor seinem Auftritt darüber nachgedacht, ob sie Paul ihre Kleist-Geschichte zeigen sollte. Sie habe nämlich nicht nur den Lesebühnentext über den Besuch am Kleistgrab geschrieben, sondern auch eine klassische, rein belletristische Kurzgeschichte. Aber die sei dann ohnehin nicht fertig gewesen und sie habe auch nicht den Mut aufgebracht, Paul ihre Geschichte zu zeigen, nachdem sie seine so schön gefunden habe.

„Wenn der Text jetzt fertig ist, dann kannst du ihn mir doch zeigen", schlug Paul vor.

Lena zögerte.

„Gut", sagte sie schließlich und kramte in einer Mappe auf dem Tischchen am Krankenhausbett nach einigen Seiten Handgeschriebenem. „Du darfst die Kleist-Geschichte lesen. Aber vorlesen kann ich sie dir nicht."

Paul freute sich über diesen Satz, ohne sich seine Freude anmerken zu lassen. Stattdessen las er.

Henriettes Vogels fiktiver Abschiedsbrief an Heinrich von Kleist

Heinrich, du bist ein Dichter und ich ein Nichts. Heinrich, du bist ein Preuße und ich heimatlos.

Der Tod aber löst deine Größe und mein Zwergentum in Humus auf.

Du wirst mich erschießen und dann dich. Das zumindest ist angekündigt. Wirst du aber den Mut finden, die Waffe gegen dich selbst zu richten, während du mich sterben siehst? Oder ist dein Versprechen, dich nach mir zu töten, nur eine List, die mich das Leben kosten soll? Nein, das glaube ich nicht, denn mein Leben interessiert dich nicht genug, um deines dafür zu geben, und sei es nur in einem Versprechen, das du zurückzunehmen gedenkst. Wenn du dein Leben als Pfand lieferst, dann nur um deinetwillen. Das einzige, was deinen Tod erkaufen kann, ist dein eigener Wunsch zu sterben. Ich bin dir nur Mittel zum Zweck. Du benötigst mich für deine Inszenierung. Dein Tod ist komponiert als Duett. Noch im Sterben, Heinrich, bist du Dramaturg. Wohl hast du nicht erkannt, dass auch du mir Mittel zum Zweck bist. Und doch wird dieser Satz dich weder überraschen noch schockieren. Du wirst ihn hinnehmen wie eine Preiserhöhung, die den entschlossenen Käufer nicht abhalten kann. Wir sind einander Mittel zum Zweck. Ich bedarf deiner wie das Kind des Vaters bedarf, der es an der Hand führt, bis es laufen lernt. Und ich habe das Sterben nicht gelernt und bedarf deiner, damit du mich in den Tod führst. Darum bist du noch im Sterben größer als ich. Der Tod aber löst deine Größe und mein Zwergentum in Humus auf.

Ich stelle mir vor: Wir beide treten vor den Schöpfer. Das allein scheint mir eine lästerliche Vorstellung zu sein: Ein Schöpfer, der sich die Zeit nimmt, zwei Selbstmördern Audienz zu gewähren. Sterben nicht verdientere Menschen als ich in jedem Augenblick, der vergeht? Wenn wir aber vor den Schöpfer treten, Heinrich, dann kehren sich unsere Rollen um. Dir, Heinrich, wird er Vorwürfe machen. Ich aber werde ihn anklagen. Ich stelle mir vor, wie ich ihn frage, weshalb er mich so klein und einfältig gestaltet hat. Ich frage ihn, warum ich eine Frau sein muss. Henriette, wird er sagen, und dass er meinen Namen kennt, verursacht mir Gänsehaut, Henriette, nicht dass ich dich zur Frau gemacht habe, darfst du mir vorwerfen. Sondern dass in meiner irdischen Schöpfung Frauen die geringere Rolle spielen. Das aber hättest du ändern können an jedem einzelnen Tag. Den Frauen sehe ich zu, wie sie hinnehmen, der Zweite zu sein und niemals der Erste. Dies umzustürzen, ist nicht meine Aufgabe. Dies umzustürzen, überlasse ich jenen, die davon profitieren.

Dir aber, Heinrich, wird der Schöpfer Vorwürfe machen. Er wird dir vorwerfen, dass du nichts aus all dem Talent

gemacht hast, dass er bei deiner Erschaffung in dich ge-
pflanzt hat. Er wird dich eine Knolle nennen ohne Triebe.
Und feige wird er dich nennen, feige, dass du aus dem
Leben trittst, ohne es erprobt zu haben.

Auf einen solchen Schöpfer, höre ich dich sagen, auf
einen solchen Schöpfer pfeifst du, der dir vorwirft, was
er aus dir gemacht hat. Hätte er gewollt, dass du aus
deinem Talent mehr machst als einige Dramen ohne
Zuschauer und Leser, hätte er dir schon mehr schenken
müssen als nur dieses Talent. Zu jedem Talent gehört
auch die Kraft, es zu behaupten gegen andere und vor
anderen, wirst du sagen. Auf einen solchen Schöpfer
pfeifst du, der uns vorwirft, was er an uns versäumt hat.
Entweder er liebt uns bedingungslos, wenn wir in seinen
Schoß zurückkehren, oder er liebt keinen, wirst du sa-
gen. Es darf keine Hölle geben und kein Nero und kein
Brutus und kein Judas darf darin schmoren, wirst du
sagen. Sonst sind die Schöpfung und ihr Schöpfer in
nichts größer als der Mensch. Denn das ist ja, was uns
kleiner macht als Gott: Dass wir rächen und vergelten
wollen, worin man uns enttäuscht hat. Ein Gott aber, der
dieses Bedürfnis kennt, ist ein Mensch. Und einen Men-
schen zum Schöpfer zu haben, heißt, jederzeit mit
Machtmissbrauch rechnen zu müssen. Falls es einen
Schöpfer gibt, wirst du sagen, dann erträgst du ihn nur,
wenn er dich annimmt, weil dein Menschsein ihm ge-
nügt als die einzige Voraussetzung für die ewige Selig-
keit.

Ich stelle mir vor: Nicht du täuschst mich und ver-
schonst dich, nachdem du mich erschossen hast. Sondern
ich täusche dich und du stirbst, während ich lebe. Mein

Weg zum Ruhm: Dir vorzutäuschen, mit dir sterben zu wollen und hernach dich Toten zu betrauern. Allein: Du hast keinen Ruhm, der auf mich fallen könnte. Oder ich lasse dich sterben, um danach in deine Kleider und dein Bürgerleben zu schlüpfen. Vielleicht schlummert in mir die Kraft, dein Talent zu verbreiten in Preußen und auf seinen Bühnen.

Aber eine solche Kraft habe ich nicht mehr. Der Krebs zerrt an meinen Eingeweiden wie ein Wolf, der in eine Schafherde eingefallen ist. Wird er nicht erschossen, verschlingt er, was ihn umgibt. Der Tag wird kommen, an dem der Mensch den Krebs aus den Eingeweiden wird verbannen können. Diesen Tag werde ich nicht erleben. Es wird der Tag sein, an dem der Mensch sich selbst zum Schöpfer aufschwingt, indem er der Unvollkommenheit des Todes das ewige Leben in Gestalt des chirurgischen Messers entgegenhält. Diesen Tag nenne ich schon jetzt den Tag der Anmaßung. Das eigene Vergehen hinnehmen zu können, das nenne ich die Poesie des Todes. Und wir, Heinrich, werden das eigene Vergehen beschleunigen. Wir sind die Bänkelsänger des Vergehens.

Ich stelle mir vor: Du liest diesen Brief. Ich sehe nichts als dein lachendes Gesicht. Du bist geschmeichelt, das sehe ich dir an. Geschmeichelt, dass jemand deinen Tod zur Kenntnis nimmt schon im Vorhinein. Geschmeichelt, dass jemand deine Inszenierung beurteilt, deine Todesinszenierung. Aber dass dieser Urteilende nur eine kleine Frau ist, eine heimatlose Krebskranke in ihren letzten Tagen, das musst du weglachen, um dir selbst nicht zu zeigen, wie sehr du dir Goethe oder Tieck als Verfasser dieses Briefes gewünscht hättest. An der Seite

Goethes zu sterben, hättest du das ertragen? Ich weiß es nicht. Goethes Tod hätte deinen verdunkelt, Goethes Ruhm wäre wie ein Schatten auf dein Grab gefallen und hätte alle Pflanzen darauf verdorren lassen. Würde man euch nebeneinander bestatten? Auf einem Friedhof fände selbst Goethe im Freitod keinen Platz. Aber ein Goethe neben dir in der Erde, Seite an Seite in den Tod? Vielleicht würde man dich verscharren und Goethe eine Gruft bauen im Wald, die die Pracht aller Friedhöfe überstiege. Noch im Tod würde fortgesetzt, was im Leben begann: Eine Konkurrenz ohne Aussicht, vom Gegenüber als Konkurrent auch nur anerkannt zu werden. Ich weiß nicht, wie häufig vor dir ein Mensch gestorben ist, bei dem die Weite der Seele und die Bedeutung in seiner bürgerlichen Rolle so weit auseinanderklafften wie in deinem Falle. Nichts beschäftigt dich mehr als dein Nachruhm und darum wäre ein Tod an der Seite Goethes für dich unerträglich. Nichts beschäftigt dich mehr als dein Nachruhm und das ist verständlich. Männer bauen Pyramiden und erobern die Taiga, damit man ihrer gedenkt. Du hast geschrieben und bist gescheitert. Darum musst du weglachen, dass der einzige Brief zu deinem Tod aus meiner Feder stammt.

Ich stelle mir vor: Ich bin größer als du. Ich trage an Talent und an Hybris in mir, was in deiner Brust wogt. Und du hast den Krebs. Würdest du mit mir sterben, wenn ich dich darum bäte? Ich glaube nein. Du würdest lachen über meine Bitte, so wie du über diesen Brief lachen würdest, hättest du ihn gelesen.

Romeo und Julia sind einzeln gestorben. Ihr Tod setzte

den vermeintlichen Tod des anderen voraus. Das bedeutet,
sie konnten ohne den anderen nicht leben. Bei uns ist es
so: Wir können ohne den anderen nicht sterben.

Deine Henriette

Paul hielt den Kopf gesenkt, als studiere er den Text
nochmals eingehend. Er spürte ihren ungeduldigen
Blick auf seinem Gesicht.

„I love that story", sagte er dann und empfand zugleich die Lächerlichkeit dieses Satzes. Flucht in die
Fremdsprache. Amerikanisch gelobt zu werden, hieß,
gar nicht gelobt zu werden.

Paul sah Lena die Enttäuschung an. Ihr Gesicht verzog sich, als sie sich jetzt aus dem Bett zu ihm hinbeugte,
um ihm den Text zu entreißen.

Er bettete seine Hände auf den Matratzenrand und
sein Gesicht darauf. Durch das dünne Laken fühlte er
den kalten Kunststoff der Matratze, die sicher abwasch-
bar sein musste.

Hatte man diese Matratze womöglich schon einmal
wegen Lena reinigen müssen? Das Zimmer roch nach
der schweren Süße, die in allen Gängen und Zimmern
im Krankenhaus hing. Eine Lena im Krankenhaus war
ihm in der Vorstellung noch weniger als Urinierende
erträglich als eine Lena in der eigenen Wohnung.

Wieder spürte er Lenas Blick auf seinem Gesicht. Er
kannte Menschen, die einen anderen lobten, ohne rot
zu werden.

„Ich finde es unglaubwürdig, dass du deiner Henriette so einen Feminismus in den Mund legst", sagte er dann, ohne vorher Luft zu holen.

Lena verzog das Gesicht: „Wenn meine Henriette eine Feministin wäre, hätte sie doch den Rat des Schöpfers schon zu Lebzeiten befolgt und am Umsturz der Geschlechterverhältnisse gearbeitet."

Paul schüttelte den Kopf. Den Umsturz der Geschlechterverhältnisse herbeizuführen, sei ja eben nicht der Rat des Schöpfers, sondern ein Produkt von Henriettes Vorstellungskraft. Eine Frau im Jahre 1811, die sich einen männlichen Schöpfer vorstelle, der ihr den Rat erteile, für Frauenrechte einzutreten, verdiene nicht weniger als das Etikett des Feminismus. Und einen solchen Feminismus in eine Zeit zu transponieren, in dem noch nicht einmal allgemeines Männerwahlrecht bestanden habe, sei schon eine historische Anmaßung.

Lena schien nicht beleidigt. Sie ließ den Kopf ins Kissen sinken und sah an die Decke.

„Dann ist Kleists *Kohlhaas* auch eine schlechte Novelle", sagte sie dann. „Oder wie kannst du dir erklären, dass ein mickriger Rosshändler im sechzehnten Jahrhundert einen Gesellschaftsvertrag einfordert, als hätte er gerade Rousseau gelesen? Aber genau dadurch wird doch der Text erst interessant."

Paul reagierte nicht.

„Bei meiner Henriette ist es genauso", fuhr Lena fort. „Sie muss ihre Rolle infrage stellen. Und natürlich auch Kleists Rolle. Wenn sie Kleist einfach nur anhimmelt, kann man sie doch nicht ernst nehmen."

Paul ahnte, dass Lena recht hatte. „In dem Moment sind aber Kohlhaas und Henriette keine historischen

Figuren mehr, sondern nur noch literarische", sagte er dennoch.

„Eben", sagte Lena. „Das ist doch die Aufgabe der Literatur. Dass sie einem Namen aus der Geschichte Leben einhaucht. Meine Henriette ist doch zehnmal spannender als die echte."

„Und das aus deinem Mund", sagte Paul.

Lena drehte ihm das Gesicht zu und runzelte die Stirn. Jetzt musste er vorsichtig sein.

Aber nichts fiel ihm schwerer als das Verschweigen.

Es sei verwunderlich, sagte er darum, ein solches Literaturkonzept aus dem Munde von jemandem zu hören, der in seinen Lesebühnentexten das Erzähler-Ich mit dem eigenen gleichsetze und nicht einmal den Namen des eigenen Freundes ändere, wenn der in einer Geschichte vorkomme.

„Auf einer Lesebühne ist das eben anders", entgegnete Lena. „Die Leute sehen doch, dass der, der im Text ‚ich' sagt, etwas anderes tut, als der, der gerade liest. Denn der liest ja gerade. Da hast du sofort eine Distanz zwischen den beiden. Und die kann man sogar sehen. Ich kann ja niemals gleichzeitig auf der Bühne und an Kleists Grab stehen."

Paul schwieg. Warum überzeugte ihn das nicht?

Dann fragte er, wieso sie denn diese Kleist-Geschichte geschrieben habe, wenn ihr das Lesebühnengenre so gut gefalle. Sofort ärgerte er sich über seinen polemischen Unterton.

Zu seiner Überraschung wirkte Lena versöhnlich. Sie legte sogar ihre Hand auf seine. Kalt und knochig fühlte sich das an. Als wolle sie ihm eine letzte Botschaft mitgeben.

„Ich träume ja auch von einem eigenen Roman", sagte sie verschwörerisch und ihr Sprechen klang beinahe wie Flüstern. „Aber ich habe nichts, das mich über dreihundert Seiten tragen kann. Kein Thema und keine Sprache. Weiter als ein paar Seiten bin ich noch nie gekommen. Da lief immer schon alles auf ein Ende zu.

Ob ihr Ideen fehlten, könne er nicht beurteilen, sagte Paul. Aber eine Sprache habe sich doch spätestens in der Kleist-Geschichte gefunden, fügte er hinzu und war stolz auf sich, dass er sie ganz ohne inneren Widerstand gelobt hatte.

Plötzlich bäumte sich Lena auf und griff nach einer Kunststoffschale, die neben der Mappe auf dem Tischchen am Krankenhausbett stand. Sie erbrach sich ohne ein einziges Geräusch. Paul hörte nur das Plätschern des Magensafts.

Wenigstens hat sie Erfahrung mit dem Kotzen, dachte er und ärgerte sich gleich über diesen Gedanken. Langsam verbreitete sich ein stechender Geruch im Zimmer. Verzweifelt hielt Paul den Mund geschlossen, weil er befürchten musste, dass ihm jederzeit Würgegeräusche aus der Kehle kriechen könnten, die Lena beleidigen mussten.

Aber indem er an die eigenen Würgegeräusche dachte, entstanden sie nun erst recht. Er öffnete den Mund und presste die rechte Faust dagegen, um die Geräusche hinter einem künstlichen Husten zu verstecken. Dieser Husten geriet ihm aber zu hektisch und zu trocken.

Wohin mit Lenas Magensaft? Konnte er von ihr verlangen, ihn selbst im Waschbecken zu entsorgen? Nein! Aber selbst ausleeren konnte er die Schale ebenso wenig. Er würde spätestens, wenn alles ins Waschbecken rinnen würde, hineinsehen und den Anblick für immer mit Lena verbinden.

Eine Krankenschwester musste kommen und den Auswurf für sie entsorgen. Aber wenn er nach einer Krankenschwester klingelte, konnten Minuten, vielleicht eine Viertelstunde vergehen, bis sie kam. Und wenn er das Zimmer verließ, um sie zu holen, würde Lena erkennen, wie sehr er von dem von ihr Hervorgebrachten angeekelt war. So sehr, dass er lieber minutenlang eine Schwester suchte, als innerhalb weniger Sekunden den Auswurf selbst zu entfernen.

Lena stellte die Schale auf das Tischchen zurück. Als er dieser Bewegung mit seinem Blick folgte, wusste er, dass er gleich ins Innere der Schale sehen würde und trotzdem gelang es ihm nicht, sich diesen Blick zu verbieten. Im Inneren schwappte eine weiße Flüssigkeit, an deren Oberfläche sich unzählige winzige Bläschen gebildet hatten. Ungleichmäßig verteilt schwammen dunkelrote und gelbe Flecken im Weißen. Paul spürte den Würgereflex in seine Kehle zurückkehren und presste verzweifelt die Faust gegen den Mund. Ein helles, trockenes Husten erklang und Tränen stiegen ihm in die Augen. Jetzt nicht selber kotzen!

Dann sprang er auf. „Ich bring's mal ins Bad", wollte er sagen, aber auch dieser Satz ging in einem trockenen, hysterischen Husten unter. Kalter Schweiß trat ihm aus den Poren, weil er spürte, dass er sein Würgen nicht mehr kontrollieren konnte. Ohne hinzusehen, griff er nach der Schale und fürchtete, er könnte seinen Daumen in warmer Flüssigkeit versinken spüren. Aber es gelang ihm, sie so zu fassen, dass nur die Unterseite auf seiner Handfläche ruhte. Von seinem Husten begleitet, spülte er die Schale bei geschlossener Tür im Waschbecken aus und schwenkte den Strahl, von seiner Hand geleitet, so lange im Waschbecken umher, bis die klebrigen Magensaftfäden von der Keramikoberfläche verschwunden waren.

Hoffentlich würde Lena ihn nicht fragen, weshalb er die Badezimmertür geschlossen hatte, nur um eine Schale auszuspülen. Er kehrte an ihr Bett zurück.

Lena lächelte.

„Das ist doch das Tolle an dieser Chemotherapie", sagte sie dann, „dass ich endlich mal die Gelegenheit habe, in aller Ruhe öffentlich zu kotzen. Und niemand kann mir Vorwürfe machen."

Paul täuschte ein Lachen vor.

Lena lachte mit, dann nahm ihr Gesicht unvermittelt den Ausdruck großen Ernstes an.

„Willst du mit mir am Wannsee sterben?", fragte sie.

Paul hielt den Atem an. Wieso fragte sie ihn das? War diese Frage ernst gemeint? Die Chemotherapie schlug doch an. Da dachte man doch nicht ans Sterben. Da wollte man doch lebenlebenleben.

Er schüttelte den Kopf. „Nein", sagte er. „Das will ich nicht, und das kannst auch du nicht wollen." Er sah ihr in die Augen. Überhaupt verstehe er nicht, woher ihre Sehnsucht nach der Kleistzeit stamme. Ihr erstes Treffen zu zweit habe sie an einem Grab inszeniert, am

Kleistgrab. Das an sich habe schon nekrophile Züge. Und jetzt wolle sie mit ihm zusammen ein Pärchen imitieren, das vielleicht tatsächlich Grund gehabt habe, sich das Leben zu nehmen. Sie, Lena, sei doch aber auf dem Weg der Genesung. Gut, gerade habe man sie zum zweiten Mal stationär aufnehmen müssen. Aber insgesamt schlage die Therapie doch an. Ein paar Monate noch, und sie sei wieder die Alte. Und dann frage sie ihn, ob er mit ihr sterben wolle. Eine solche Sehnsucht könne er beim besten Willen nicht verstehen.

„Oh, du bist so ein Spießer", sagte Lena und seufzte milde.

Diese Antwort habe sie vorausgesehen. Deshalb habe sie längst Sebastian gefragt. Der sei bereit, mit ihr am Kleinen Wannsee zu sterben. Wenigstens der. Wenn ihr auch er, Paul, lieber gewesen wäre, so sei sie doch glücklich, dass es noch coole Typen wie Sebastian gebe, die einen Instinkt besäßen in Stilfragen. Wenn schon sterben, dann doch bitte so.

Das erste Selbstmörderpärchen, bei dem beide Vollglatze tragen, dachte Paul. Und er sah Lena vor sich und daneben Sebastian, wie sie mit ihren kahlen, spiegelnden Köpfen am Ufer des Wannsees standen und sich an den Händen hielten. Dann zoomte seine Vorstellung an Sebastians Gesicht heran, das mit dem fehlenden Haar und dem hellen, flächigen Jochbein wie ein Totenschädel aussah. Jetzt öffnete sich der viel zu rote Mund in diesem viel zu bleichen Totenschädelgesicht. „Das Leben ist nur ein Moment, der Tod ist auch nur einer", sagte dieser viel zu rote Mund und verzog sich zu einer Grimasse, die vor Lachen erbebte. Dann zoomte seine

Vorstellung so nah an dieses Gesicht heran, dass nicht zu unterscheiden war, ob die letzte Annäherung von diesem Zoomen ausging oder ob das Gesicht näherkam. Der Ausschnitt zeigte nur noch die wässrigen Augen und die helle Nase. „Na?", sagte Sebastian und legte den Kopf schief. Jetzt sah Paul beide wieder aus der Totalen. Lena zuckte die Achseln, schicksalsergeben, gleichgültig. „Schiller", sagte Sebastian und begann ins Wasser zu laufen, Lena an der Hand hinter sich herziehend.

Diese Vorstellung bedrückte Paul so sehr, dass er gegen sie nur mit Lachen ankam. Er stieß ein Lachen aus, das wie heiseres Rufen klang.

Dann erhob er sich wie ferngesteuert und ging zur Tür.

„Wenn du mit Sebastian sterben willst, dann bitte sehr." Er hielt schon die Klinke in der Hand. „Ich will dem jungen Glück nicht im Wege stehen", fügte er hinzu und ging.

XIII. Senftenberg

Lena lag im Bett. „Ist dir eigentlich klar, dass alle großen Liebesgeschichten tragisch enden?", fragte sie.

„Wieso?", fragte Paul zurück.

„Denk doch nur an Romeo und Julia, Tristan und Isolde, Faust und Gretchen."

„Faust und Gretchen haben doch keine große Liebesgeschichte", sagte er. „Ein Alchimist mit Midlife Crisis schwängert eine Unschuld vom Lande und zieht weiter. Wo ist das groß?"

Pauls Antworten waren nur Ausweichmanöver gegenüber ihrer Eingangsfrage. Er wusste, dass Lena damit versuchte, ihr Verschwinden zu thematisieren. Seit er sie gestern Abend aus dem Schrebergarten in Senftenberg in der Niederlausitz zurückgeholt hatte, hatte keiner von beiden gewagt, direkt auf das Davonstehlen aus dem Krankenhaus Bezug zu nehmen.

Nach ihrer Ankündigung, sich mit Sebastian am Kleinen Wannsee das Leben zu nehmen, hatte Paul ihr Zimmer und dann das Krankenhaus verlassen. Im Bus auf der Heimfahrt nach Kreuzberg hatte er sich über sie genauso geärgert wie über sich selbst. Ihn einen Spießer zu nennen, nur weil er vernünftig war und auf die Ärzte vertraute, die Lena zugesichert hatten, sie werde wieder gesund! Was gab es gegen sein Handeln einzuwenden?

Jeder verantwortungsbewusste Partner hätte sich verhalten wie er. Oder war er vor allem deshalb wütend, weil er sich selbst für einen Spießer hielt? Jetzt hatte er Lena Sebastian überlassen. Und der würde es fertigbringen, den Doppelselbstmord zu seinem neuen Projekt zu erklären. Andererseits: Wenn das Selbstmordprojekt genauso erfolgreich verliefe wie seine sonstigen Projekte, gab es nicht viel zu befürchten. Paul grinste. Aber ein solches Selbstmordprojekt passte natürlich zu Sebastian allein schon deshalb, weil er damit Kleist zitierte. Und diesmal nicht mit Worten, sondern mit Taten.

Als er am nächsten Nachmittag in Lenas Krankenzimmer gekommen war, um sich mit ihr auszusöhnen, hatten zwei fremde Frauen darin gelegen. Nachdem Lena seinen Anruf auf ihrem Handy weggedrückt hatte, war ihm nur der Gang zur Pforte geblieben. Dort hatte er sich erkundigt, ob man Lena entlassen habe. Der Pförtner hatte dieses Nachforschen mit der Gegenfrage beantwortet, ob er Lenas Freund Paul sei. In diesem Fall habe er ihm nämlich auszurichten, dass er sie nicht suchen solle, sie sei in den besten, nämlich in Sebastians Händen.

Paul schämte sich vor dem Pförtner. Die Trauer über Lenas Verschwinden ergriff ihn erst im Bus. Und plötzlich konnte er nicht glauben, dass er einfach in diesem Bus heimfuhr, anstatt irgendetwas gegen ihr Verschwinden zu unternehmen.

Ohne nachzudenken, stieg er an der nächsten Haltestelle aus. Märkisches Museum. Wie weiter? Er musste Sebastian erreichen, denn dass Lena einen Anruf von ihm entgegennehmen würde, war auszuschließen. Und wenn er mit unterdrückter Nummer anrief? Nein, das half nichts, denn um mit ihr zu reden, musste er sich zu erkennen geben. Und dann würde sie auflegen. Also Sebastian anrufen. Aber wenn er den anrief, wären beide gewarnt.

Ob er an das Kleistgrab fahren sollte?

Vor wenigen Wochen hatte Paul Sebastians Mitbewohner kennengelernt. Hilmar war einer der Idioten, die gemeinsam mit Sebastian das KKK, das Künstlerkombinat Kaulsdorf, betrieben. Warum teilten sich Sebastian und Hilmar die Plattenbauwohnung in Marzahn überhaupt? Als ob die Preise dort nicht niedrig genug wären, um allein zu wohnen.

Hilmar sah aus wie eine verstörte Fledermaus, die man mittags geweckt hatte und die das Tageslicht nicht vertrug. Über seiner schwarzen Kleidung trug er einen schwarzen Umhang, den er automatisch nach oben zog, sobald er die Hände benutzen musste. Die blonden Haare hatte er schwarz gefärbt und die Augen mit Kajal und Wimperntusche in schwarzen Höhlen verschwinden lassen. Man musste sich wundern, dass Hilmar auf dem Weg zur S-Bahn in Kaulsdorf nicht regelmäßig von rechten Schlägern vermöbelt wurde.

Genau wie Sebastian stammte Hilmar aus der Niederlausitz. Nach dem Abitur war er nach Köln gegangen, um Requisiten für RTL-Serien zu entwerfen. Bühnenbauer für *Unter uns* oder so. Aber natürlich hatte er Berlin so schrecklich, schrecklich vermisst, dass er Köln nach einem Jahr schon wieder verlassen hatte.

Paul schüttelte den Kopf. Dass man, nachdem man

ein Jahr in Köln gewohnt hatte, ernsthaft bereit sein konnte, nach Marzahn zu ziehen! In Berlin hatte Hilmar ein Kunststudium an der UdK begonnen, in Mitte den Sorbischen Kulturverein gegründet und an der HU einen Sorbisch-Sprachkurs belegt.

Paul hatte Hilmar gefragt, weshalb er einen Verein zur Erhaltung der Kultur einer Volksgruppe betreibe, deren Sprache er noch nicht einmal spreche. Daraufhin hatte Hilmar geschnaubt wie ein Pferd und geantwortet, dass die Tatsache, dass er diese Sprache nicht spreche, eben der beste Beweis dafür sei, dass man die dazugehörige Kultur seit Jahrhunderten unterdrückt habe und sie seiner Hilfe bedürfe, um zu überleben. Im KKK versuchte Hilmar immer wieder Projekte anzuschieben, die sorbischen Künstlern zu Publicity verhelfen sollten. Bei der letzten Lesung eines sorbischen Dichters im Veranstaltungsraum des Sorbischen Kulturvereins waren allerdings nur sechs Leute erschienen. Hilmar, Sebastian und vier weitere Mitglieder des KKK. Außer Hilmar hatte keiner der Anwesenden ein einziges Wort vom Vortrag verstanden. Das hatte Sebastian Paul erzählt. Allerdings nicht belustigt, sondern bedauernd. Pauls Argument, dass eine Kultur, die offenkundig niemanden mehr interessiere, vielleicht auch keinen Schutz mehr benötige, hatten weder Hilmar noch Sebastian gelten lassen. Am Ende des Abends hatte Paul dennoch Hilmars Telefonnummer in seinem Handy gespeichert.

Paul rief Hilmar an und erklärte, er wolle Sebastian etwas Wichtiges fragen, erreiche ihn aber nicht. Ob er,

Hilmar, ihm sagen könne, wo Sebastian aufzutreiben sei.

Hilmar teilte ihm ohne jedes Zögern mit, dass Sebastian noch gestern Abend ganz überstürzt in die Stadt und danach zu seinen Eltern gefahren sei. Paul erkundigte sich nach der Adresse. Hilmar konnte sie aus dem Gedächtnis aufsagen. Niederlausitzer unter sich.

„Wozu brauchst du die Adresse eigentlich?", fragte er plötzlich mit langsam erwachender Stimme. „Willst du echt nach Senftenberg fahren, nur weil du Sebastian was fragen musst?" Er klang amüsiert.

Paul legte auf. Im selben Moment ärgerte er sich. Jetzt musste Hilmar doch Verdacht schöpfen! Sicher würde er Sebastian anrufen und von dem seltsamen Telefonat berichten. Andererseits war Hilmar eher der Typ, der genug eigene Probleme hatte.

Im Zug von Berlin-Ostbahnhof nach Senftenberg beschloss Paul, einfach bei Sebastians Eltern zu klingeln und nach ihm zu fragen. Wenn Sebastian nichts von seinem Kommen wusste, konnten seine Eltern erst recht nichts davon wissen.

Das Haus der Eltern in Senftenberg war schnell zu finden gewesen, zweimal hatte er sich bei Passanten erkundigt. Als er vor dem Grundstück stand, war Mitleid mit Sebastian in ihm aufgestiegen. Das Haus von dessen Eltern war eines dieser ostdeutschen Einfamilienhäuser, die zwar zweistöckig waren, aber zugleich so niedrig, dass man sie für einstöckig halten konnte, wenn man nicht genau hinsah. Fassade und Dach waren von einem Grau, das Paul an die Farbe eines Trabi-Modells erinnerte. Gegen das hier wirkte das Haus seiner Eltern in Göppingen wie eine herzogliche Sommerresidenz!

Aber es war nicht der Anblick, der das Mitleid in Paul auslöste. Vielmehr ein beklemmendes Gefühl, das in ihm aufstieg, wenn er sich vorstellte, er hätte in dieser Gegend, in dieser grauen Kleinstadt seine Kindheit verbringen müssen. Hier war das Leben doch ein einziger Schwarzweißfilm. Hier konnten keine glücklichen Menschen wohnen. Jeder, der hier aufwachsen oder leben musste, tat ihm aufrichtig Leid. Sicher, man konnte wegziehen. Aber dann musste man die Heimat zurücklassen, deren Verlust in der Brust stechen würde wie der Verlust jeder anderen Heimat. Kam man von hier, konnte man niemals beides haben: glückliche Lebensumstände und die Heimat.

Nur dass Lena hier glücklicher war als in ihrem Krankenhausbett in Prenzlauer Berg, das konnte er sich vorstellen.

Sollte er einfach klingeln? Wie wollte er überhaupt vorgehen, wenn beispielsweise Sebastian aufmachte? Er konnte ihn schlecht beiseitestoßen und im Haus nach Lena suchen. War Sebastians Vater da, würde ein einziges Wort genügen und er hätte zwei ausgewachsene Männer gegen sich. Aber was blieb ihm anderes übrig?

Paul klingelte. Nach kurzer Zeit wurden Schritte hörbar. Diese Schritte waren so dumpf und gleichmäßig, dass zu ihnen kein Mensch gehören konnte, der viel nachdachte. Jeden Tag ging dieser Mensch mit denselben dumpfen, gleichmäßigen Schritten zur Tür, egal ob der Postbote oder die eigene Schwester klingelte. Paul bewunderte Menschen, die immer die Tür öffneten. Er selbst reagierte auf ein Klingeln höchstens, indem er den Fernseher leiser drehte, damit die Person vor der Tür nicht hören konnte, dass jemand da war. Die Olga von der Wolga war da anders.

Jetzt öffnete eine Frau in einer Kittelschürze. Ihr graues Haar war zu einer Dauerwelle aufgedreht und ihr Gesicht so massig und formlos, dass Paul keinen Ausdruck daran ablesen konnte.

„Ist Sebastian da?", erkundigte er sich betont gleichgültig.

Das konturlose Gesicht geriet in Bewegung und nahm schließlich den Ausdruck großen Misstrauens an. Hoffentlich hatte er nicht allzu westdeutsch geklungen. Am Ende hielt ihn die Frau für einen Versicherungsvertreter.

„Wer sind Sie denn überhaupt?"

„Hilmar", sagte Paul ohne nachzudenken und ärgerte sich im selben Moment, denn sicher kannte Sebastians Mutter Hilmar und würde ihm von jetzt an kein Wort mehr glauben. Aber wieder verschoben sich Hautmassen in ihrem flächigen Gesicht und plötzlich hellte es sich auf. „Hilmar", wiederholte sie und kniff die Augen zusammen, als wäre sie bemüht, ihn jetzt zu identifizieren. „Mensch, Junge, warum hast du denn nicht Bescheid gesagt, dass du kommst? Sebastian ist mit seiner neuen Freundin ins Gartenhaus gefahren."

Paul kämpfte gegen aufsteigende Empörung an. Anscheinend hatte Sebastian Lena als seine neue Freundin vorgestellt. Und die Art, wie Sebastians Mutter vom Gartenhaus sprach, deutete darauf hin, dass Hilmar wissen musste, wo es sich befand. Sicher in einer Schrebergartensiedlung am Ortsrand von Senftenberg. Aber wahllos durch den Ort zu laufen und nach einer Schrebergartensiedlung Ausschau zu halten, kam nicht infrage.

„Wenn ich fahren würde, wüsste ich, wie ich hinkomme", sagte Paul. „Aber zu Fuß habe ich keine Ahnung."

„Komisch", sagte die Mutter. „Ihr seid doch als Kinder immer gelaufen." Aber sie erklärte bereitwillig den Weg mit einigen Abkürzungen und Eckpunkten, die er nicht verfehlen könne.

Paul dankte ihr und ärgerte sich im selben Augenblick, dass sein Dank wie der Dank eines Fremden geklungen haben musste, der sich in einer fremden Stadt nach dem Museum erkundigt.

Dass es so einfach gewesen war, Lena aus der Gartenhütte mit nach Berlin zu nehmen, wunderte ihn noch jetzt.

Durch das Fenster der Laube hatte er beobachtet, wie sie kahlköpfig neben dem kahlköpfigen Sebastian auf einem alten, braunen Sofa saß. Zum ersten Mal sah er sie ohne Perücke und war erleichtert, wie leicht es ihm fiel, diesen Anblick zu akzeptieren. Wer wohl die Idee gehabt hatte, ihr die Perücke abzusetzen?

Kahlsein neben Sebastian war zweifellos leichter möglich als Kahlsein neben Paul. Sebastians knochiger Schädel mit den wässrigen Augen milderte den Anblick von Lenas Glatze ab. Obwohl er der Mann war, stand ihr der Kahlkopf besser als ihm.

Dass Paul plötzlich in der Laube auftauchte, schien nur Sebastian zu überraschen. Ganz selbstverständlich griff Lena nach ihrer Perücke und setzte sie ohne Hast auf. Dann lief sie auf Paul zu und umarmte ihn wie einen guten Freund, den man seit einigen Tagen nicht gesehen und auf den man eine Weile am Bahnhof gewartet hat. Sebastian blieb einfach mit seinem kahlen Schädel auf dem Sofa sitzen.

„Gehen wir?", fragte Lena und sah Paul an, als sei nichts selbstverständlicher als diese Frage. Paul war so überrascht, dass er nichts als nicken konnte. Seine Energie hatte nur der Überlegung gegolten, wo Lena war, nicht aber, wie er sie zurückholen sollte. Dass jetzt sie es war, die die Rückkehr anbot, zeigte doch vor allem eines: Wie sehr sie zusammengehörten.

Paul blinzelte Lena zu und sie nickte zurück und nieste dabei.

„Schnupfenschnepfe", wollte Paul sagen, verkniff sich das Walserzitat aber. Er wollte es vor Sebastian schützen. Keine Zitate mehr vor Sebastian.

Durch das Niesen war eine Röte in Lenas Augen getreten und Paul erkannte plötzlich, wie schwach sie aussah, selbst jetzt, da sie die Perücke wieder trug und Aufbruchsstimmung signalisierte. Womöglich hatte sie die Nacht in dieser Gartenlaube verbracht, dabei gefroren und ihren eigenen Zustand verschlimmert.

Paul griff sich Lenas Tasche. Sebastian ließen sie sitzen wie einen losen Bekannten, den man zufällig auf dem Weg zu einem gemeinsamen Ziel getroffen hat. In der Tür drehte Lena sich nach ihm um und winkte mit der Hand, ohne den Arm dabei zu bewegen.

Und jetzt lag Lena im Bett und wollte ihm weismachen, dass ihre Geschichte tragisch enden würde. Noch weniger als sonst konnte er das gelten lassen, nachdem er sie so mühelos zurückerobert und die Ärzte eine so günstige Prognose gestellt hatten.

Die Olga von der Wolga war längst darüber verständigt, dass Lena bei ihm einziehen wollte und dass sie jetzt, nach ihrem Ausbruch aus der Klinik, bei ihm blieb, verstand sich von selbst. Wohin hätte sie auch sollen, solange die Chemotherapie andauerte? Dass ihre Mutter als Pflegerin nicht infrage kam, bedurfte keiner Erläuterung. Weder er noch Lena hatten diese Möglichkeit überhaupt angesprochen.

Vor einigen Tagen hatte Lena ihre Mutter darauf hingewiesen, dass sie keinerlei Geld durch Auftritte auf ihren beiden Lesebühnen verdienen könne, solange der Krebs nicht überwunden beziehungsweise Chemotherapie und Bestrahlung nicht erfolgreich beendet waren. Da hatte die Mutter zu jammern begonnen. Ihre Kinder fräßen ihr die Haare vom Kopf, hatte sie gesagt. Woher sie all das Geld nehmen solle, um Jens-Thomas und Lena durchzufüttern. Deren Väter kümmerten sich ja um nichts. Wer Kinder bekomme, müsse wissen, worauf er sich einlasse. Das sei schon schwer genug gewesen damals in der DDR mit zwei Kindern ohne Vater, eines behindert, das andere schwarz. „Ob schwarz, ob weiß, ob Inder, Gott liebt alle Kinder", habe sie damals zu ihrer Mutter gesagt. Aber die habe Recht behalten. Kinder seien eine Belastung. Mehr als alles andere. Dazu die Oma im Krankenhaus und der Opa, um den sich niemand kümmere außer ihr. Und jetzt noch diese

Bittstellerei. Jeder wolle Geld von ihr. Woher sie das, bitteschön, nehmen solle? All diese Belastungen gleichzeitig. Und immer die Angst, dass die eigenen Kinder vor einem sterben. Was sie denn, bitteschön, ohne Lena machen solle? Die sei doch schließlich ihre Große und jetzt habe sie Krebs, und wie Krebsgeschichten endeten, das wisse man ja. Erst wird einem Hoffnung gemacht und dann fallen die Haare aus und dann wuchert die Krankheit im ganzen Körper und dann wird die Lunge punktiert und dann kommt der Anruf und man hat sein Kind überlebt. Wenigstens, dreimal auf Holz geklopft, sei Jens-Thomas gesund. Der habe schon immer die stabilere Konstitution gehabt. Das müsse man den Kubanern ja lassen, den Kubanern und also allen Schwarzen, die Gene sind einwandfrei, das werden gesunde Kinder.

Paul hatte Lena signalisiert, dass es sinnlos sei, die Mutter weiter um Geld zu bitten. Am besten kündigten sie Lenas Wohnung und er würde die Kosten für seine WG allein tragen, bis Lena wieder lesebühnentauglich wäre. Von der Olga von der Wolga zu verlangen, dass sie weiterhin ihre Hälfte der Miete zahlte, obwohl sie zugleich ein neues Zimmer finanzieren musste, kam nicht infrage. Genau wie Lena musste sie sich selbst über Wasser halten mit einem kleinen Nebenerwerb hier und dort.

Am liebsten hätte Paul Lenas Mutter verklagt und bis auf den letzten Pfennig ausgequetscht vor Gericht. Aber dazu hätte er Lenas Einverständnis gebraucht und das würde er niemals bekommen. Und solche Prozesse waren langwierig und Lena sicher längst geheilt, bis das

Gericht eine Zahlungsverpflichtung aussprechen würde.

Lena atmen zu hören, nachdem sie die Nacht in der Senftenberger Gartenhütte verbracht hatte, machte ihn noch unruhiger als sonst. Ob sie tatsächlich die Nacht über dort gewesen war, wusste er noch immer nicht. Keiner von beiden sprach Lenas Verschwinden an und dabei beließ er es, weil ihm schien, dass dieses Verschwinden im Verschweigen schon überwunden war. Aber in ihrem Atmen setzte sich das Verschwinden fort, denn mit jedem Atemzug, den er von ihr vernahm, sah er eine kleine, gerötete Lunge vor sich, in die Luft eindrang wie eine Gefahr. Am liebsten hätte er ihr das Atmen verboten. Dass sie aber tatsächlich einmal nicht mehr atmen würde, das konnte, das durfte er sich nicht vorstellen.

„Versprich mir, dass du unsere Geschichte aufschreibst", sagte Lena zum Fenster hin. Ihre Stimme klang wie aus dem Off.

Er ahnte, worauf sie hinauswollte. „Wieso, die kannst du doch aufschreiben", sagte er darum.

Lena schwieg.

„Versprich mir, dass du unsere Geschichte aufschreibst, wenn ich nicht mehr da bin", sagte sie dann.

Paul spürte einen Kloß im Hals. Diese Traurigkeit ließ er zu. Sie vereinte ihn mit Lena.

Wieder drehte er sie zu sich. „Das kann ich nicht", sagte er. „Und das muss ich auch nicht. Unsere Geschichte ist noch lange nicht zu Ende."

Lena weinte.

Paul legte seine flache Hand auf ihr Gesicht.

Die Rollen waren klar verteilt. Er hatte stark zu sein.

„Unsere Geschichte ist noch lange nicht zu Ende", wiederholte er. Und die Überzeugung, die in diesem Satz mitschwang, musste er nicht spielen.

XIV. Comeback

Paul spürte vor allem Neid, als der Beifall aufbrandete. Lena stand auf der Bühne der *Letzten Bastion* inmitten ihrer *Zonenallee*-Kollegen und schien gerührt. Gerade hatte Lutz Feigenbaum Lenas Genesung und Rückkehr verkündet und dabei richtig feierlich geklungen. Paul sah neben sich: Auch in Sebastians und Tizianas Augen glitzerten Tränen der Rührung. Nur die Olga von der Wolga auf der anderen Seite sah stur geradeaus. Als Lena an das Mikrofon trat, ließ der Beifall etwas nach.

„Es war ooch allerhöchste Zeit, wieder hier zu sein", rief sie in die applaudierende Menge hinein. Ihr Dispo sei ausjereizt, nu müssten paar Euronen her. Nach diesem Satz sah sie hastig zu Boden.

Endlich ebbte der Applaus ab.

Drei Monate waren seit Lenas Verschwinden mit Sebastian nach Senftenberg vergangen. Die letzte Bestrahlung lag zwei Monate zurück. Ihr Haar war schon wieder fingernagellang, aber noch wuchs es ungleichmäßig und so stand sie mit ihrer Perücke auf der Bühne.

Gurke, Distel und Lutz Feigenbaum setzten sich an den Bühnenrand. Der einzige Scheinwerfer war auf Lena gerichtet. Es breitete sich eine gespannte Stille aus.

In der folgenden Geschichte werde sie den Grund ihrer langen Abstinenz und zugleich den Grund ihrer Rückkehr verraten. Sie senkte die Stimme: „Mein Krebs, wie es wirklich war." Im Publikum kicherte es.

Dann begann Lena zu lesen.

Dieter, mein Krebs

Seit einigen Jahrhunderten weiß der Mensch, dass es Tumoren gibt. Erkrankt er an einem Tumor, sagt er: Ich habe Krebs. Bis vor wenigen Jahrzehnten war „Ich habe Krebs" gleichbedeutend mit dem eigenen Todesurteil. In letzter Zeit gelingt es immer häufiger, den Kampf mit dem Krebs zu gewinnen.

Und trotzdem klingt das niederschmetternd: Ich habe Krebs.

Warum sieht man das Ganze nicht positiver, einfach amerikanisch? Man könnte doch sagen: Ein Krebs hat mich.

Ihr wisst, dass das hier mein erster Auftritt seit Längerem ist. Der Grund: Ein Krebs hatte mich. Ein Krebs hatte Lena.

Es war mein erster Krebs, deswegen habe ich mir für den Anfang einem kleineren Exemplar anvertraut. Ein Hodgkin-Lymphom hatte mich. Das ist ein verhältnismäßig bescheidener Krebs. Ich nannte ihn Dieter.

Ich habe mir Dieter ausgesucht, weil ich ihn niedlich fand. Dieter ist kein brachiales Vier-Kilo-Ei, das man sich in Magen oder Darm hält. Dieter ist ein charmanter kleiner Kerl, der es am liebsten warm und übersichtlich hat. Und dann bekam er es mit mir zu tun.

Distanzkämpfe sind aufreibend. Deswegen lud ich ihn

ein, für die Zeit unserer Auseinandersetzung bei mir zu wohnen. Er zog in meine Lymphknoten beiderseits des Halses.

Und obwohl ich Dieter niedlich fand, musste ich ihn bekämpfen. Das ist eben meine Aufgabe als Lena. Wenn sich ein Krebs eine Lena einfängt, hat er nichts zu lachen. Es beginnt ein Kampf auf Leben und Tod. Die erste Schlacht hatte ich allerdings wenig durchdacht. Für eine Hausarbeit hatte ich ein Überblickswerk über die griechischen Sagen und Mythen gelesen und verfiel so der Idee, die Medusamethode könnte mir dienlich sein. Also begann ich, Dieter mit meinem Haar zu bekämpfen. Es zeigte sich allerdings schnell, dass Dieter mit diesem Kampfgebaren vertraut war oder sich zumindest rasch daran gewöhnte. So ging die erste Runde an ihn und ich stand plötzlich ohne Haupthaar da. Dieter hatte eine kahle Lena zur Herausforderin.

Wenn ich Dieter besiegen wollte, so sagte ich mir, müsste ich mehr über ihn herausfinden. Welche Art von Krebs war er? Eher Genusskrebs oder Choleriker? Punker oder Rockabilly? Stand er auf Frauen und schnelle Autos oder war er eher ein Künstlerkrebs, den man mit einem Atelier im Dachgeschoss einlullen konnte? Ich versuchte sein Privatleben zu überwachen, aber so recht wollte es mir nicht gelingen.

Von einer Lena aus meiner Nachbarschaft, die schon viele Krebse gehabt hatten, hörte ich, dass Krankenhausärzte erfahren in der Erforschung des Krebsprivatlebens und insbesondere des Lymphomprivatlebens seien. Dieter sagte ich, er solle sich nicht wundern, wir würden die Wohnung für einige Tage verlassen und Freunde besu-

chen. Dann ließ ich mir ein Zimmer in einer Klinik zuweisen. Das Zimmer teilte Dieter mit drei weiteren Krebsen, die alle Lenas hatten. Und ich teilte das Zimmer natürlich mit diesen Lenas.

Eine Schwester kam und verkabelte mich möglichst unauffällig, um mehr über Dieters Privatleben herauszufinden. Glücklicherweise bemerkte Dieter von dieser Verkabelung nichts. Leider ließen brauchbare Ergebnisse auf sich warten.

Dann endlich kam mir eine Idee: Ich stellte mich schlafend. Dieter schien sich gefragt zu haben, ob ich tatsächlich schliefe und als er sich sicher war, wurde er munter.

Er begann sich lautstark mit den anderen drei Krebsen zu unterhalten. Zunächst gab er sich heldenhaft und behauptete, die Lena, die er habe, bereite ihm keine Schwierigkeiten, er werde sie sicher besiegen. Sie habe ihn zwar aus dem Nichts überfallen, aber bisher könne sie ihm nichts anhaben. Erst als klar wurde, dass keiner der anderen drei Krebse ihm glaubte, redete er Tacheles. Seine Lena mache ihn total fertig, stöhnte er. Er wisse ja nicht, wie die Lenas seien, mit denen die anderen sich herumschlagen müssten. Seine aber sei äußerst hartnäckig. Manchmal weine er nachts und frage sich, weshalb ausgerechnet er sich mit einer solchen Lena herumschlagen müsse. Und noch dazu in seinem Alter. Hätten sein Vater Karl Zienohm oder seine Großmutter Tumoma eine Lena abgekriegt, dann könnte man das ja verstehen. Aber er mit achtundzwanzig! Das sei doch ungerecht. Die Tumoma sei putzmunter und sein Vater genauso und er liege hier in dieser Klinik und drohe von seiner Lena vernichtet zu werden. Noch nie habe in seiner Familie jemand eine

Lena gehabt. Gut, er wolle den Kopf noch nicht in den Sand stecken. Vor fünfzig Jahren wäre eine Lena ein Todesurteil gewesen, das sei ja mittlerweile glücklicherweise anders. Er hoffe auf die moderne Medizin. Vielleicht müssten künftige Krebsgenerationen sich nicht mehr mit Lenas herumschlagen, oder noch besser, nicht einmal mehr mit Adolfs und Josefs. Die Humanologie, die von führenden Krebsen betrieben werde, sei auf einem guten Weg und insbesondere die Lenaforschung habe entscheidende Fortschritte erzielt.

Dieter sprach noch weiter, aber irgendwann bin ich dann tatsächlich eingeschlafen. Am nächsten Morgen tat er mir Leid. Ich spürte, dass er noch in meinen Lymphknoten lag und schlief und frühstückte möglichst leise, um ihn nicht zu wecken. Ein hübsches Lungenkarzinom, das die Lena neben mir hatte, blinzelte häufiger herüber. Anscheinend hatte es Gefallen an Dieter gefunden. Dann aber sagte ich mir, dass es nun einmal die Aufgabe jeder Lena sei, ihren Krebs zu besiegen, selbst wenn er so sympathisch wie Dieter war. Ich ließ einen Arzt kommen und schrieb ihm auf einen Zettel, was Dieter gestern den anderen Krebsen erzählt hatte. Laut sagen wollte ich es nicht, damit weder Dieter noch die anderen Krebse, falls sie lauschen sollten, erführen, dass ich in alles eingeweiht war. Der Arzt schrieb als Antwort, was ich ihm mitteile, bestätige nur seinen Verdacht. Er habe nämlich längst vermutet, dass Dieter zu den sogenannten Wehmutkrebsen gehöre. Die seien besonders anfällig für Selbstmitleid, das sei ihre schwache Seite. Griffe ich über diese Flanke an, würde ich ihn schnell besiegen.

Am selben Tag besorgte ich mir einen Bildband, der

glückliche Krebse zeigte. Vor Dieters Augen blätterte ich immer wieder langsam alle Seiten durch und gewährte ihm so freien Einblick in die Vergnügungen der abgebildeten Krebse. Zugleich fragte ich ihn, ob er nicht auch einmal gern in einer Südseehängematte liegen wolle wie beispielsweise ein abgebildeter Hodenkrebs, der in der untergehenden Tahitisonne so richtig die Seele baumeln ließ. Und ich fuhr fort: Ob er sich nicht selbst bedauere, weil er niemals in den Genuss kommen werde, eine der abgebildeten Situationen zu erleben. Hätte er ein glücklicher Krebs werden wollen, hätte er sich eben nicht in so jungen Jahren eine Lena einhandeln dürfen. Daraufhin brach Dieter in Tränen aus.

Nach wenigen Tagen hatte sich sein Zustand derartig verschlechtert, dass er nahezu immer dämmerte und döste. An einem Abend, als man mich eingeschlafen wähnte, hörte ich, wie das hübsche Lungenkarzinom, das die Lena nebenan hatte, Dieters Namen flüsterte. Mit matter Stimme antwortete er, dass sie sich heute wohl das letzte Mal unterhielten, denn er spüre sein Ende nahen. Da begann das hübsche Lungenkarzinom zu schluchzen und Dieter stimmte mit ein. Sie gestanden einander ihre Liebe und Dieter erzählte, er träume davon, mit dem hübschen Lungenkarzinom viele kleine Lymphome zu haben, schon seit dem Tag seiner Einlieferung in dieses Krankenhaus.

Mich überkam ein solches Mitleid, dass ich zu erkennen gab, wach zu sein. Dieter und das hübsche Lungenkarzinom erschraken. Normalerweise, sagte ich, zählten Lenas ja zu den unnachgiebigsten Menschensorten überhaupt. Aber weil mich die Liebe der beiden anrührte, schlug ich vor, am nächsten Tag die Lena, die das Lungenkarzinom hatte, zu überreden, beiden operativ die Freiheit zu schenken.

Und was soll dann aus uns werden?, fragte Dieter schluchzend.

Ihr könntet euch doch auf einer unbewohnten Pazifikinsel ansiedeln, sagte ich. Ich spendiere euch zwei Hängematten und dort seid ihr vor Menschen im Allgemeinen und vor Lenas im Besonderen sicher.

Freudig willigten beide ein und ich spürte Dieters Lebensgeister zurückkehren. Mit einiger Mühe gelang es mir am nächsten Tag, die Lena, deren Opfer das hübsche Lungenkarzinom war, zu überzeugen, die beiden von Dr. Klingmann freischnippeln zu lassen.

Die Kosten für den One-Way-Flug in die Nähe von Tahiti trugen die andere Lena und ich jeweils hälftig.

Endlich einmal eine Krebsgeschichte, die gut ausgegangen ist. Und wenn Dieter und das hübsche Lungenkarzinom nicht gestorben sind, so liegen sie noch heute in ihren Pazifikhängematten.

Eine Sekunde verging, ohne dass irgendetwas geschah. Dann plötzlich erhoben sich alle wie an einer unsichtbaren Schnur gezogen. Sogar Paul fühlte sich aufstehen. Er hatte Lenas Geschichte so wenig gekannt wie alle anderen hier. Immer wieder hatte er erst sich selbst und dann mehrmals Lena gefragt, mit welchem Text sie auf die Berliner Lesebühnenlandschaft zurückkehren werde. Lena hatte ein Geheimnis daraus gemacht.

Jetzt war er enttäuscht von ihrer Geschichte. Aber gerührt von ihrer Rückkehr. Am meisten rührte ihn, dass er ihr diese Rückkehr nun plötzlich doch gönnen konnte.

Vielleicht war er von ihrer Geschichte so enttäuscht, weil er seit ihrem Henriette-Vogel-Brief ein Geheimnis mit Lena teilte, das er allen im Saal voraushatte. Das Geheimnis, dass sie schreiben konnte.

Wer hatte eigentlich das Klatschen erfunden? Aufrecht gehende Säugetiere, die die hohlen Handflächen im Takt gegeneinanderschlugen. Sobald man darüber nachdachte, war es schwer, weiter zu applaudieren. Glücklicherweise hatten sich die Ersten wieder gesetzt, auch die Olga von der Wolga. Tiziana stand noch und applaudierte ungebremst, Sebastian natürlich ebenso. Paul ließ sich auf das harte Holz seines Stuhles fallen.

Jetzt trat Lutz Feigenbaum ans Mikrofon, Lena zog sich auf Lutz' frei gewordenen Platz zurück. Eine solche Rückkehr sei bewegend, sagte Lutz Feigenbaum und sah dabei weder Lena noch einen der Zuschauer an. Er wolle aber den Abend nicht enden lassen, ohne die Mitglieder der *Zonenallee* und das Publikum noch stärker zusammenzuschweißen. Zusammenhalt entstehe und gelinge immer dort, wo gemeinsame Feindbilder herrschten. Und Zusammenhalt lasse sich immer am besten und profiliertesten in Ritualen ausdrücken. Er machte eine bedeutungssschwere Pause. Und darum wolle er jetzt mit allen gemeinsam das *Gebet gegen die Arbeit* sprechen, sagte er dann. Alle um Paul lachten, die Olga von der Wolga sah amüsiert zu ihm herüber. Paul verzog den Mund. Dann wandte er seinen Blick von ihr ab.

Eigentlich habe er sich gerade überlegt, ob er das Publikum bitten solle, stehen zu bleiben, nachdem es sich schon wegen des Beifalls für Lenas Comeback erhoben habe, fuhr Lutz Feigenbaum fort. So ein Gebet im Stehen sei doch viel wirkungsvoller als ein Gebet im Sitzen. Aber dann habe er Angst gehabt, dass niemand sich an seinen Wunsch halten und er sich bis auf die Knochen blamieren würde. Wenn der Richter den Sitzungssaal betrete, müssten Angeklagte, Antragssteller, Verteidiger und Publikum ja aufstehen und schon als Kind habe er sich gefragt, was der Richter wohl machen würde, wenn jemand einfach sitzen bliebe. Vielleicht würde er ihn von einem Saaldiener entfernen lassen. Aber er, Lutz, frage sich, ob das überhaupt möglich sei. Ob die Macht eines Richters so weit reiche, dass er aus einem nichtigen Grund wie dem Sitzenbleiben bei der Begrüßung einen Menschen eines Saales verweisen könne, der aus Steuergeldern finanziert werde. Oder in der Schule: Was macht der Lehrer, wenn ein Schüler nicht zur Begrüßung aufsteht? Im Klassenzimmer gebe es ja nicht einmal Saaldiener.

„Komm, wir stehen auf", rief auf einmal Sebastian und schnellte in die Höhe. Im selben Augenblick zog er Tiziana am Ärmel, die ihrerseits nach Paul griff, dessen Arm aber verfehlte. Wie die Erdmännchen sah Paul jetzt ringsum Körper in die Senkrechte gehen und es blieb ihm nichts übrig, als sich ebenfalls hinzustellen. Wahrscheinlich hatte ein Lehrer darum keinen Saaldiener nötig – wer wollte schon der Einzige sein, der saß, wenn alle anderen standen? Noch dazu war er der Freund der Comeback-Autorin des Abends und darum sozusagen moralisch verpflichtet, das *Gebet gegen die Arbeit* im Stehen zu empfangen und mitzusprechen.

„Arbeit", begann Lutz Feigenbaum und gab dem Publikum das Signal zur Wiederholung.

„Arbeit", grollte es aus allen Kehlen, die Paul umgaben und zwischen all diesen Stimmen war seine eigene nicht zu überhören, die zögerlich und arhythmisch ebenfalls „Arbeit" intonierte.

Und so beteten Lutz Feigenbaum und seine etwa sechzig Jünger gegen die Arbeit.

Arbeit,
Joch des Menschen,
verdammt seiest du bis ans Ende deiner Tage,
du, die du uns Mühsal schaffst und Not,
uns zu Sklaven machst und zu Invaliden,
uns unsere Tage wandelst in ewige Nacht und Qual,
verdammt seiest du,
verdammt.
Amen.

Lutz Feigenbaum hatte Recht behalten. Paul kam sich lächerlich vor, wie er so zwischen Anna, Tiziana, Sebastian und all den Fremden stand und gegen die Arbeit anbetete. Und doch gehörten sie plötzlich zusammen, mehr als vorher.

Nicht eine Sekunde hatte Paul das Bedürfnis gehabt, sich Leuten wie Lutz Feigenbaum, Gurke, Distel oder Sebastian zugehörig zu fühlen. Und jetzt war es doch so weit gekommen und er konnte nichts dagegen tun.

Die Lesung war zu Ende, und die Töne, mit denen die

Zuschauer sich einander zuwandten und um die Hälse fielen, bewiesen, dass es Lutz Feigenbaum gelungen war, ein abschließendes Hochgefühl zu erzeugen. Auch Lena hatte dazu beigetragen. Weniger vielleicht durch ihren Text als durch ihre bloße Rückkehr. Was war der Mensch doch für eine zähe Spezies! Von so etwas Lapidarem wie einer Zellwucherung ließ unsere Gattung sich nicht aufhalten, oder? Und noch dazu in so jungen Jahren! Man musste nur ein bisschen zusammenhalten, dann ging das schon alles. Und sie hielten hier doch zusammen, oder etwa nicht? So ein Krebsüberlebender auf der Bühne half ja auch jedem Einzelnen, die eigene Unsterblichkeitsillusion wieder ein bisschen länger aufrechtzuerhalten.

Jeden Tag dachte Paul daran, dass er eines Tages sterben würde. Aber noch nie war es ihm gelungen, tatsächlich daran zu glauben. Sterben, ja, das gab es. Aber er? Weil er sich eine Welt, in der er selbst nicht vorkam, nicht vorstellen konnte, konnte er sich auch den eigenen Tod nicht vorstellen.

Dass Sebastian ihn, Paul, jetzt aufforderte, für alle fünf Bier zu besorgen, empfand er als Provokation. Zu genau wusste Sebastian doch, dass Paul derzeit allein für seine und Lenas Wohnung aufzukommen hatte. Der Auftritt heute war Lenas erste Gelegenheit seit dem Beginn der Bestrahlung vor über fünf Monaten gewesen, überhaupt wieder Geld zu verdienen. Paul tat einfach so, als habe er Sebastians Aufforderung nicht gehört.

Offensichtlich hatte Sebastian tatsächlich nur provozieren wollen, denn als Paul sich nicht rührte, besorgte er fünf Bier an der Theke. Dann saßen sie zu fünft auf den Bierbänken vor der Tür. Einer der Kellner der *Letzten Bastion* hatte die Markisen heruntergelassen, so dass der Regen erst jenseits des Biertisches auf den Gehsteig tropfte. Lena und Tiziana schienen schon beim Hinsetzen zu frösteln. Dass ausgerechnet die Olga von der Wolga nicht fror, entlockte Paul ein Lächeln.

„Was ist?", fragte sie und strahlte ihn an.

„Was macht dein Heimweh nach dem Land, in dem es jetzt noch kälter ist als hier?", fragte er und prostete ihr zu. Das war die erste Frage, die er ihr seit ihrem Auszug vor über drei Monaten stellte. Und im selben Moment wurde ihm bewusst, was das Besondere an Anna war: Sie gehörte zu den seltenen Menschen, die einem, egal wie lange man sie nicht gesehen hat, immer auf dieselbe Weise vertraut sind. Wenn er Anna nicht sah, vermisste er sie auch nicht. Aber wenn sie bei ihm war, gehörte sie zu ihm mit der Selbstverständlichkeit einer Mutter.

Anna trank. „Heimweh muss man sich leisten können", sagte sie dann und ihr schleppender russischer Akzent machte den Satz zur Ouvertüre einer traurigen Kantate. Heimweh schien Paul das Lebensthema aller Russen zu sein. Das Land war ohnehin so groß, dass man, selbst wenn man sich in ihm befand, immer zugleich alle anderen Teile vermissen musste. Selbst er hatte Heimweh nach Russland, ohne jemals dort gewesen zu sein.

Schon oft hatte er sich im Internet die wunderbar wehmütige Nationalhymne der Russen angehört. Den Text hatte er nie in der Übersetzung nachgelesen und doch bestand für ihn kein Zweifel daran, dass er von Birken und schwarzen Flüssen und Traurigkeit handelte.

Paul nippte an seinem Bier.

Erst als Sebastian jetzt Anna fragte, ob sie aus Russland komme, wurde Paul bewusst, dass die beiden einander noch nie begegnet waren. Sofort drehte Anna Sebastian ihren Oberkörper zu. Paul wandte sich zu Tiziana und Lena hin.

„Leider muss ich zur Zeit wahnsinnig viel arbeiten", sagte Tiziana gerade. Kellnern, korrigierte Paul in Gedanken.

Aber sobald sie etwas Luft habe, müsse das Projekt losgehen. Und das sei eben nur mit Lena möglich. Ein Kindertheaterstück, das werde Lena ja wohl schnell hinkriegen. Am besten etwas mit Seeräubern oder Seeungeheuern.

„Ach nee", sagte Lena. Alles, was auf See spiele, sei auf der Bühne so schlecht umzusetzen.

Tiziana schnappte nach Luft. „Dann eben ohne See", sagte sie.

Na ja, ein Stück mit normalen Räubern gebe es ihres Wissens ja schon, sagte Lena und lächelte Tiziana an. Als die keine Miene verzog, wandte sie sich Paul zu.

Er hatte keinerlei Lust, sich an diesem Gespräch zu beteiligen. Solange Tiziana und Lena miteinander stritten, würden sie ihn in Ruhe lassen. Also nahm er nur Lenas Hand und schob sie zwischen seine Knie, als wolle er sie wärmen. Die Temperatur von Lenas Händen war ihm egal, ihn interessierte nur die Geste. Ein Mann, der seiner Freundin im Winter die Finger wärmt, während sie berufliche Verhandlungen führt. Das war Emanzipation.

Sie habe nur Privatschulen angeschrieben, ob sie an der Durchführung eines Kindertheaters in Zusammenarbeit mit ihr und Lena interessiert seien, sagte Tiziana. Privatschulen in Mitte, Friedrichshain, Pankow und Wedding. Bei den staatlichen Schulen seien die Mittel sicher zweckgebunden budgetiert, da könne man kaum auf Bezahlung hoffen. Aber bei den Privatschulen könne sie sich vorstellen, dass es einen Topf gebe, über den die vielleicht frei verfügten. Wenn man davon ausgehe, dass etwa dreißig Proben à neunzig Minuten nötig seien, um ein Kindertheaterstück vorstellungsreif einzuüben und sowohl Lena als auch sie, Tiziana, beispielsweise vierhundert Euro erhielten, dann sei das bei den logischerweise fünfundvierzig Stunden Arbeit ein Stundenlohn von etwas unter neun Euro. Das sei doch ordentlich! Mehr verdiene sie, Tiziana, beim Kellnern auch nicht. Bleibe nur die Frage, ob vierhundert Euro pro Nase realistisch seien. Mit etwas Pech könnte es am Ende auch auf dreihundert Euro für beide zusammen hinauslaufen.

„Da kann ich ja gleich umsonst arbeiten", sagte Lena. „Bei mir bleibt es nicht bei den fünfundvierzig Stunden. Allein eine Idee für ein Kindertheaterstück zu entwickeln – das kostet mich locker einige Tage. Und dann ist ja noch kein Wort geschrieben. Da kannst du locker noch mal fünfundvierzig Stunden draufrechnen. Und dann liege ich bei vier Euro Stundenlohn. Und wenn wir dreihundert Euro zusammen kriegen, dann bin ich bei einem Euro pro Stunde."

Tiziana kratzte sich am Kopf.

„Andererseits hast du hinterher ein neues Stück in der Schublade", sagte sie dann mit hochgezogenen Augenbrauen. „Das ist auch eine Investition in die Zukunft."

Sie sah Paul an: Was er denn als Mann vom Fach dazu sage? Wie viel eine Schule für ein Theaterstück ausgeben könne? Und ob ihre Vermutung richtig sei, dass Privatschulen eher als staatliche Schulen frei über ihre Mittel verfügen könnten?

Paul zuckte mit den Schultern. „Ich bin gar kein Mann vom Fach", sagte er. Tiziana war enttäuscht. „Aber deine Idee ist auf jeden Fall total originell", schob er hastig nach. „An Lenas Stelle würde ich mit dem Text so lange warten, bis ihr eine Schule gefunden habt. Die sollen euch dann gleich sagen, was sie erwarten. Sonst schreibt ihr doch für den Papierkorb."

„Eine staatliche Auftragsarbeit", sagte Lena spöttisch und zog ihre Hand zwischen Pauls Schenkeln hervor.

Die Olga von der Wolga hatte sich inzwischen so weit Sebastian zugeneigt, dass es schien, als säße sie auf seinem Schoß. Sebastian blieb aufrecht sitzen und sah immer wieder zu Lena hinüber. Er solle ihr endlich von seinen Projekten erzählen, bat Anna jetzt, offensichtlich nicht zum ersten Mal. Paul knirschte mit den Zähnen, bis der Kiefer schmerzte.

Mit einem Schlag wurde ihm bewusst, dass er die Olga von der Wolga nie wieder morgens nackt durch seine Wohnung laufen sehen würde. Während der Jahre ihres Zusammenlebens war diese allmorgendliche Nacktheit eine Selbstverständlichkeit gewesen, die er vom ersten Tag an nicht hinterfragt hatte. Jetzt aber wurde ihm bewusst, dass diese Nacktheit nicht das Geringste mit ihm, sondern nur etwas mit Anna zu tun gehabt hatte. Er hatte keinerlei Anrecht auf ihr Lever. Ihre Nacktheit gehörte jetzt einem anderen.

Paul fiel auf, dass er Anna noch nicht einmal in ihrer neuen Wohnung besucht hatte. Nur Annas neuen Mitbewohner hatte er kurz gesehen, als er in Pauls Wohnung aufgetaucht war, um mit Anna zusammen ihre Umzugskartons zu verladen. Dieser neue Mitbewohner war zwischen ihm und Anna hin- und hergelaufen wie ein aufgescheuchtes Huhn und hatte sich Kisten in die Hand drücken lassen, die Paul zu schwer waren.

Paul spürte ein Stechen in der Brust. Hatte er etwa Heimweh nach Anna, so wie sie Heimweh nach Russland hatte?

Lena berührte ihn am Arm. „Komm, wir gehen", wisperte sie ihm ins Ohr in einer Zartheit, die unwidersprochen bleiben musste. Er antwortete nur, um ihr dabei mit der Nasenspitze über die Wange streichen zu können. „Ja, wir gehen", sagte er, so leise, dass er nicht einmal sicher sein konnte, ob Lena es gehört hatte. Dass er fror, bemerkte er erst im Aufstehen.

Das Verführerische war die Geste gewesen, mit der Paul Lena die Perücke vom Kopf gezogen hatte. Zum ersten Mal, seit sie neben Sebastian gesessen hatte auf dem Sofa in der Senftenberger Schrebergartenhütte, Kahlkopf neben Kahlkopf, sah er ihren nackten Schädel. Er hatte ihr die Perücke vom Kopf gezogen, wie man einer kreischenden Frau das Handtuch vom Körper zieht.

Dann kniete er über der nackten Lena und der Verlust der Perücke potenzierte ihre Entblößung. Mit dem verschämten Lächeln einer frisch Verliebten im Moment der ersten Nacktheit griff sie nach ihrem Kopf. Sie hielt das kurze, borstige Haar zwischen den Fingern verborgen und gab damit die Weite ihrer hellen Haut am ganzen Körper preis. Paul senkte seinen Kopf auf ihre Brust und Lena wand sich unter seinen Lippen, die immer weiter nach unten glitten. Dabei stieß sie helle Laute aus, die Finger in ihr kurzes Haar gekrampft. Durch den Haarausfall hatte ihr Kopf das Hinkebein als schamhafteste Zone des gesamten Körpers abgelöst. Die Spannung aus Scham und Lust, die sonst entstand, wenn er sein Gesicht in den magereren der beiden Schenkel grub, war so gar nicht erst aufgekommen. Lena hielt, bis er aufhörte, ihren Schoß zu küssen, mit beiden Händen das nachwachsende Haupthaar bedeckt. Jetzt erst, als sie die Ruhe spürte, mit der er neben ihr unter der Decke lag, löste sich die Verkrampfung und ihr Kopf lag ruhig auf dem Kissen.

„Ich möchte mal wissen, woher die Zeitungen wussten, dass ich mein Comeback feiere", sagte sie. Gestern, einen Tag nach ihrem Auftritt bei der *Zonenallee*, waren sowohl in der *taz* als auch im *Tagesspiegel* Artikel erschienen, die Lenas ersten Auftritt nach überstandener Erkrankung thematisierten. „Rückkehr der Regentin" hatte die *taz*-Journalistin ihren halb als Rezension, halb als Bericht verfassten Beitrag überschrieben und Lena „die ungekrönte Königin der Berliner Lesebühnen" genannt. Eine Rezension war der Artikel insofern, als er eine Hymne auf Lenas Krebsgeschichte enthielt, die als

„selbstironisches Bekenntnis zu menschlicher Schwäche und als Abkehr von der Larmoyanz und der Selbstbespiegelungsprosa der Egogesellschaft" gefeiert wurde. Auch der *Tagesspiegel*-Redakteur wollte in Lenas Geschichte ein „fein gewobenes Humorvlies" erkannt haben, nahm aber ihr Comeback nur zum Anlass für eine pauschale Schilderung der Lesebühnenlandschaft. Die Reaktion des Publikums auf Lenas Rückkehr habe gezeigt, welche Geltung die *Performing Literature* und im Speziellen die *Zonenallee* in der Berliner Kulturszene inzwischen habe. Dass Lena noch bei einer zweiten Lesebühne Mitglied war, schien dieser Redakteur gar nicht zu wissen.

„Ja, woher wussten die Zeitungen das?", wiederholte Paul.

„Bei nur einem Artikel wäre denkbar, dass der Journalist durch Zufall dabei war. Aber wenn zwei kommen, muss sie einer informiert haben." Dann nahm er ihr Gesicht in seine Hände und presste es zwischen Kopf und Schulter, damit sie seinen Blick nicht sehen konnte: „Und dass beide gekommen sind, zeigt deinen Stellenwert."

Seine Freundin war Gegenstand journalistischer Berichterstattung, darauf hatte er stolz zu sein, verdammt noch mal! Und Lena brauchte diese Berichterstattung. Erstens, weil sie ihr gut tat. Und zweitens, weil sie von diesen Auftritten lebte.

Wer selbst Kartoffeln pflanzt, darf sich nicht über die Rosen in Nachbars Garten ärgern. Also reiß dich zusammen, verdammt noch mal!

Wenn Lena die ungekrönte Königin der Berliner Lesebühnen war, war er dann Prinz Philip? Der Mann, der immer danebenstand, wenn etwas Wichtiges geschah? Er, Paul, lag mit Lena im Bett, von der die Zeitungen berichteten, während sie von ihm noch nicht einmal wussten. Dass eine Zeitung Daniel Kehlmann lobte oder Haruki Murakami, ohne ihn, Paul Pinglinger, zu erwähnen, das ließ sich noch verschmerzen. Aber Lena!

„Glaubst du, dass Sebastian die Zeitungen angerufen hat?", fragte sie plötzlich.

Wenn, dann hätte er das wohl kaum für sich behalten, wollte Paul sagen, aber er bremste sich.

„Kann schon sein", brummte er stattdessen. „Oder Gurke oder Distel oder Lutz Feigenbaum."

Die Vorstellung, dass einer ihrer drei Kollegen dafür verantwortlich sein könnte, war ihm wesentlich angenehmer. Schon mehrfach waren Artikel über Lenas zwei Lesebühnen erschienen, aber noch keiner, der sich nur auf sie konzentriert hatte.

Nur in der *Zitty* und der *030* war Lena schon mehrfach gesondert erwähnt worden, aber ein Artikel im Feuilleton einer Tageszeitung – das adelte *die ungekrönte Königin* auf ganz andere Weise.

Plötzlich reckte Lena den Hals so, dass Paul nichts übrigblieb, als ihr in die Augen zu sehen.

„Bist du stolz auf mich?", fragte sie dann und er wusste, dass Stolz war, was er am wenigsten empfand und am meisten hätte empfinden müssen. Er küsste ihre Stirn, bis ihr borstiges Haar seine Nase so kitzelte, dass er aufhören musste.

„Ja", sagte er so gedehnt wie möglich.

Es war eine Schande, dass das Loben eine seiner

größten Schwächen war. Lena war ohne Vater aufge-
wachsen und eigentlich auch ohne Mutter. Wie gern
hätte er das Loben in Lenas Leben übernommen!

Mehr als sein „Ja" schien Lena nicht erwartet zu haben, sie kuschelte sich so an seine Brust und unter die
Decke, dass sein Kinn auf ihrem borstigen Haar lag.

„Ich habe mich beim Goethe-Institut um ein Prakti-
kum beworben", sagte er in die Stille hinein. Schon die
Geschwindigkeit, mit der sie ihren Kopf hob, um ihn
anzusehen, verriet ihre Verwunderung.

„Mein Lehrer wird jetzt Goethe-Mensch?", fragte sie
mit großen Augen.

„Ich weiß nicht, ob ich in den Schuldienst will. Aus
Göppingen nach Berlin zu kommen, das hat mir ein Tor
aufgestoßen. Im Schuldienst sein, das heißt, dass ich
dieses Tor gleich wieder schließe hinter mir."

Lena runzelte die Stirn.

Ein Leben lang in der Schule, fuhr er fort, das sei, als
wolle man nie erwachsen werden. Lutz Feigenbaum,
Distel und Gurke, aber auch Sebastian und Tom und
Tiziana und die Olga von der Wolga, die seien alle so
frei. Ein Leben im Schuldienst, das komme ihm vor, als
ließe er sich an ein Mühlrad binden, das ihn immer
wieder untertauche und dann aus dem Wasser befreie.
Aber sinnlos befreie, weil es ihn ja nach einer halben
Umdrehung, nach einer kurzen Freiheitsillusion, wieder untertauche. Im immergleichen Rhythmus.

Lena sah ihn an. Ob denn dieses Mühlrad nicht genau
das sei, wonach er sich sehne, fragte sie. Ob er nicht
genau diese Beständigkeit brauche, deren Preis eben die
Unterdrückung sei.

„Beständigkeit gibt's auch im Goethe-Institut", sagte er.

Lena stand auf. Die Art, wie sie zur Tür ging, verriet Paul, dass sie sich im Bad übergeben würde. Seit sie sich im Krankenhausbett neben ihm erbrochen hatte, verbarg sie ihre Bulimie-Attacken nicht mehr vor ihm.

Jetzt war ein Plätschern in der Kloschüssel zu hören.

Warum hatten weder die *taz* noch der *Tagesspiegel* Lenas Behinderung erwähnt? Hatten sie sie gar nicht bemerkt? Je länger Paul mit Lena zusammen war, desto weniger konnte er einschätzen, was andere über sie und ihr Bein dachten. Er jedenfalls war den beiden Journalisten dankbar. Wenn schon über seine Freundin berichtet wurde und nicht über ihn, dann doch bitte in den höchsten Tönen. Und wie waren diese beiden Artikel, bitteschön, geschrieben, wenn nicht in den höchsten Tönen?

Aus dem Badezimmer hörte man die Spülung. Was war das, das immerfort aus Lena hinauswollte und das sie im Klo hinunterspülte? Warum konnte sie sich nicht bei ihm auskotzen? Warum musste eine Toilette, ein lebloser Keramikhaufen, dafür herhalten?

Als Lena ins Bett zurückstieg, rückte er unwillkürlich zur Seite. Obwohl er wusste, dass sie sich immer die Zähne putzte danach, blieb ein Misstrauen gegenüber ihrem Mund erhalten. Er wandte seinen Blick von ihrem Gesicht ab, weil er sich sonst hätte vorstellen müssen, wie sie ihn zu einem Kuss zwang und die Säure von ihrem in seinen Mund tropfte und der bittere Geruch nach erbrochenem Magensaft sich im Kopfkissen festsetzte und ihn die ganze Nacht nicht losließ.

Seit sie ihren Krebs überwunden hatte, verzieh er ihr die Bulimie noch weniger als zuvor.

Selbst wenn er verhinderte, dass sie sich übergab, während er dabei war, würde sie es tun, sobald er sie allein ließ. Und gegen ein Verhindern, das nicht absolut sein konnte, sträubte er sich. Wenn er Lena beschützen sollte, dann vor allem und gegen alles und nicht nur montags bis freitags von neun bis achtzehn Uhr. „Leider rufen Sie außerhalb unserer Geschäftszeiten an. Sie können gern ein wenig Verantwortung nach dem Signalton hinterlassen." Und war Lena nicht sogar ein besonders schwieriger Fall? Hieß Bulimie nicht normalerweise, dass man aß, in der Regel zu viel aß, und dieses Zuviel an Gegessenem danach erbrach? Lena aber konnte einfach aufstehen und Magensäure erbrechen, die ihr die Speiseröhre aufschmirgelte und das Zahnfleisch verätzte.

In seiner Vorstellung war Lenas Mundhöhle eine isländische Geysirlandschaft, in die fontänenartig Schwefel und Säure einschossen und die öde und verkrustet dalag und alles Organische nicht mehr zuließ.

Vermutlich konnte man trotz dieser lebensfeindlichen Angriffe auf den eigenen Organismus jahrzehntelang überleben. Aber Lena war ein Sonderfall. Sie war eine Krebspatientin. Und je weniger sie leben wollte, desto leichter machte sie es dem Tod. Ihr borstiges Haar voller kahler Stellen und die violetten Augenränder. Waren das nicht die Siedlungen, die der Tod auf ihr zurückgelassen hatte und jederzeit wieder beziehen konnte?

Lena schien zu spüren, dass er sich quälte.

Sie schlang ihm von hinten den Arm um die Brust und begann wie eine Katze zu schnurren. Paul musste ihr Schnurren nur beantworten, indem er seine Hand auf ihre legte.

Ob er noch vor der Staatsexamensarbeit ans Goethe-Institut wolle, fragte Lena.

„Nein", sagte er. „Vor der Staatsexamensarbeit, das hieße ja jetzt. In drei Monaten ist Anmeldeschluss, wenn man nächsten November mit den Fachprüfungen fertig werden will. Also in drei Monaten anmelden, dann drei Monate schreiben, dann Vorbereitung auf die Klausuren im Juli, dann Vorbereitung auf die mündlichen Prüfungen im November. In einem Jahr habe ich mein erstes Staatsexamen. Ans Goethe-Institut kann ich frühestens danach. Die Vorlaufzeit bei Bewerbungen ist mindestens ein Jahr."

Lena nickte, als hätte sie all das gewusst.

Einen Platz habe er sicher, sagte Paul. Gestern habe er mit dem Institutsleiter telefoniert und daraufhin drei Fragen per E-Mail zugeschickt bekommen, für deren schriftliche Beantwortung man ihm vierzig Minuten Zeit gegeben habe. Anscheinend sei der Andrang an Praktikanten so groß, dass man sogar eine Art Aufnahmeprüfung durchführe. Und das in Riga.

„Was denn für Fragen?", wollte Lena wissen.

Paul wälzte sich über Lena, genau in der Höhe, dass sein Oberkörper über die Spitzen ihrer Brust strich, und stand auf. Stehend wandte er sich mit einem Lächeln zu ihr um, dann ging er zum Rechner und rief die E-Mail auf, die er vom Institutsleiter erhalten hatte.

Die Mail beginne, nach den üblichen Floskeln, mit

einem Link zu einer Ausstellung, die das Goethe-Institut Riga im eigenen Gebäude durchführe, sagte er. Dann las er vor:

„Aufgabe A: Setzen Sie bitte ein kurzes Schreiben an Schulen auf, in dem Sie die Ausstellung bewerben und laden Sie zu geführten Besuchen für die Klassen ein.

Aufgabe B: Ein verkrachter Musiker wendet sich mit einem Tourneeprogramm an Sie als Institutsleiter. Sie haben den Mann schon einmal gesehen, mögen ihn und seine Musik nicht und wollen auf keinen Fall ein Konzert mit ihm durchführen. Dreizeiler."

Lena lachte. Dieses Lachen war ansteckend. Paul lachte mit, ohne zu wissen, worüber.

Er ging zum Bett zurück, schlug die Decke zur Seite, so dass Lena ganz nackt vor ihm lag und er aus Kopfhöhe auf ihren Körper sah. Sie schlang ihre Arme um Brust und Schoß, lachte dabei aber weiter, bis Paul auf ihr lag und seine Zunge ihr Lachen erstickte.

XV. Was bleibt

Als Lena erneut verlegt worden war, hatte Paul verstanden, dass sie sterben würde. Es war so offensichtlich und doch sprach es keiner aus. Aber warum sollte er den Ärzten vorwerfen, dass sie Lenas bevorstehenden Tod verschwiegen? Genauso hätte er dann sich selbst vorwerfen müssen, nie offen nach ihrem Tod gefragt zu haben. Die Ärzte beschränkten sich auf technische Auskünfte zu medizinischen Maßnahmen, so wie er sich auf seine Rolle als laienhafter Zuhörer beschränkte.

Drei Monate nach Lenas Comeback bei der *Zonenallee*, bei der zweiten Nachuntersuchung, waren Auffälligkeiten in ihrem Blutbild festgestellt worden. Die Ärztin hatte Lena direkt dabehalten und ihr ein Krankenhausbett zuweisen lassen. Bereits am nächsten Tag hatte festgestanden: Das Knochenmark war befallen, Lena musste stationär behandelt werden. Das war mittlerweile zwei Monate her und bis gestern hatte sie auf einer Station gelegen, in der Patienten kamen und gingen, weil ihre Behandlungen erfolgreich verlaufen waren oder anderswo fortgesetzt werden mussten. Gestern aber hatte man Lena auf eine Station verlegt, auf der keine Behandlungen stattzufinden schienen. Fast alle Patienten waren alt und schliefen den ganzen Tag.

Wenn man in ihre Zimmer sah, unterschied sich die Farbe ihres Haares und ihrer Gesichter kaum vom Weiß der Bettdecken und Zimmerwände. Der Geruch im Flur war so beißend, dass Paul gestern durch die Zähne geatmet und sich in Lenas Zimmer zuerst ans Fenster gestellt hatte, als wäre die Luft dort besser. Das Fenster zu öffnen, hatte er nicht gewagt. Das wäre ihm vorgekommen, als hätte er Lena Eiswürfel ins Nachthemd gestopft.

Heute der zweite Besuch auf der Station der Schlafenden. Seinen Eltern hatte Paul noch immer nicht gesagt, dass Lenas Krebs zurückgekehrt war. Schon von der ersten Diagnose hatte er ihnen erst wenige Tage vor Lenas Lesebühnencomeback erzählt, als die Krankheit längst überwunden war. Die Zeitangaben hatte er dabei so vage gehalten, dass man ihm kaum vorwerfen konnte, er habe den Eltern diese wichtige Information monatelang vorenthalten.

Obwohl ihm erst seit gestern bewusst war, dass Lena sterben würde, konnte er sich schon jetzt nicht mehr erinnern, was er vorgestern geglaubt hatte. Das war auch gleichgültig. Jedenfalls würde der Vater nicht erfahren, dass Lena sterben musste. Zumindest nicht von ihm.

Lenas Tod würde wie eine Niederlage ausfallen, die er für sich behalten musste. Aufs falsche Pferd gesetzt, würde der Vater sonst denken. „Das ist die Evolution, das ist der Darwinismus, es überleben die Starken. Wer sich fortpflanzen will, braucht den besten Träger für das eigene Erbgut. Es ist noch keiner in einem Fiat zum Mond geflogen."

Eher als dem Vater von Lenas Tod zu erzählen, würde er behaupten, sie habe ihn verlassen. Nein, auch das käme einer Niederlage gleich. Er habe sie verlassen, ja, das würde er sagen. Das klang nach Darwinismus.

Dass er auch die Mutter würde anlügen müssen, tat weh. Trudel Wulle. Er dachte an ihren Spitznamen mit Zärtlichkeit.

Anna wusste, dass Lena sterben würde. Er hatte es ihr gestern gesagt. Sie war die erste und bislang einzige, die es von ihm erfahren hatte. Anna gegenüber hatte er nicht einmal erwähnt, dass der bevorstehende Tod nur seine Vermutung war, die kein Arzt bestätigt hatte.

Anna hatte zwei Gläser Wein eingeschenkt und sie hatten wie immer Bruderschaft getrunken, als wäre dieser Wein ihr erstes gemeinsames Glas und da erst war Paul aufgefallen, dass Anna nach Lenas Comebacklesung darauf verzichtet hatte, Bruderschaft zu trinken. Seine Lippen auf Annas, das hatte sich gut angefühlt und wie ein Verrat zugleich. Trotzdem hätte er Anna am liebsten aufs Bett gelegt und sich selbst darauf, so wie man einen Säugling nach der Geburt auf die Brust der Mutter bettete.

Schon von der Tür her erkannte Paul, wie mager Lena geworden war, die gegen das Licht saß. Sicher war sie nicht dünner als gestern, aber im Profil sah man das Krankenhaushemd an ihrem Körper ohne die leichteste Krümmung herabfallen, als hinge es über einer Stange. Einzig das helle, erste Frühlingslicht verlieh der Szenerie einen gewissen Trost. Die alte Frau im zweiten Bett des Zimmers schnarchte. Dieses Schnarchen ließ jedes Grunzen und Röcheln vermissen, das sonst manchem

Schnarchen den Anschein gab, als ringe der Schnar-
chende mit dem Aufwachen, als kämpfe er um die Fortsetzung seines Schlafes. Dieses Schnarchen klang so
leblos, als würde es von einer Beatmungsmaschine erzeugt und dem zähen Grau im Gesicht der alten Frau
sah man an, dass kein Arzt es jemals würde vertreiben
können.

Lena zu küssen, fiel Paul in diesem Zimmer schwer.
Der Geruch aus Putzmittel und süßer Verwesung lag
über allem und umgab Lenas Bett auf eine Weise, als sei
sie selbst ein Teil davon. Ihre Lippen schmeckten nach
trockener Luft. Das Krankenhaushemd war an den
Achseln so weit ausgeschnitten, dass Lenas Brust in
vollem Umfang zu erkennen war. Eine magere Brust auf
schmalen Rippen. Paul würde diese Brust streicheln,
damit würde er ihr eine Freude machen. Aber einfach
durch die Achselöffnung ins Hemd greifen, das ging
nicht. Also legte er ihr eine Hand auf die Wange und
strich mit der anderen über die Nahtstelle aus Ohr und
Perücke, die Lena jetzt wieder trug. Dann erst ließ er
die rechte Hand den Hals und die Schulter hinabgleiten
und schob sie schließlich in die Öffnung des hellen, ge-
punkteten Hemdes. Die erste Berührung an der weichen Haut der Brust: Lena atmete hastig ein und zuckte.
Paul spürte ihre Brustwarze sich aufrichten. Mit dem
Arm spreizte er das Hemd so weit von ihrer Schulter,
dass er zwischen Arm und Naht hindurchsehen und die
eigene Hand auf ihrer Brust beobachten konnte. Lena
wandte ihren Kopf seiner linken Hand zu und rieb ihre
Lippen am Daumen und am Fleisch zwischen Daumen
und Zeigefinger. So musste sie ihn nicht ansehen. Wo-

her kam dieses stille Einverständnis, dass man Krankenhauspatienten ein Hemd gab, das ihren Körper mehr entblößte als verbarg? Nie hatte er jemanden gegen diese Hemden protestieren hören. Auch die Patientinnen schienen einverstanden, dass jeder Pfleger, jeder Besucher ihre Brust sah, wenn sie sich bewegten. Es war, als führten die Krankheit und der Tod einen wieder näher an den Geburtszustand, den Urzustand der Nacktheit zurück. Die Pfleger sahen Lenas Brust. Eine Brust, die höchstens noch die Hälfte ihres früheren Umfangs erreichte. Lena gewährte ihnen Einblick. Diese Vorstellung erregte Paul. Am liebsten hätte er sich zu Lena ins Bett gelegt, obwohl sie an einen Tropf angeschlossen war. Unwillkürlich sah er auf ihre Hand, die um die Einstichstelle der Infusionsnadel herum tiefblau angelaufen war.

Lena folgte seinem Blick und zog ihre Hand unter die Decke, soweit der schmale Schlauch zwischen Tropf und Infusionsnadel es zuließ.

„Warum muss der Mensch eine so dünne Haut haben?", fragte sie. Es vergingen kaum einmal drei Tage, ohne dass sie sich irgendwo den Handrücken aufschürfe oder sich an etwas blutig stoße. Jedes Öffnen einer Konservendose sei ein Wagnis. Und wenn man ihr einen Tropf lege, schwelle die ganze Hand an und sei blutunterlaufen. Ob Paul sich einen Elefanten vorstellen könne, der beim Blätterfressen zu bluten beginne, nur weil er an einen Ast gestoßen sei? Warum habe der Elefant dicke Haut und der Mensch nicht?

Paul sah ihr ins Gesicht, in dem die Adern blau schimmerten. War Lenas Haut womöglich noch dünner als die Haut anderer Leute? Oder sah man die Adern deutlicher, weil sie so blass war? Lena schien ihm die dünnhäutigste Frau der Welt zu sein und er hatte Lust, sie in ein Seidentuch zu falten und in Sicherheit zu bringen in ihrer Wohnung.

Dennoch sagte er: „Das würde dem Elefanten doch genauso gehen. Wenn du ihm einen Tropf legen willst, musst du seine Haut durchbohren, egal wie dick sie ist. Und dann wird der Bereich darum genauso anschwellen und wer weiß, vielleicht braucht eine so dicke Haut auch viel länger, um zu verheilen. Wenn du dich stößt, hat sich die Wunde am nächsten Tag geschlossen."

Dann schwiegen sie. Lena sah geradeaus und Paul an ihr vorbei.

„Wenn es irgendwo eine dickere Haut zu kaufen gäbe, ich würde sie dir besorgen", sagte er dann. Lena sah ihn an. Die Augen schimmerten von Tränen.

„Danke", sagte sie. Paul näherte seinen Kopf und sie verharrten, Stirn an Stirn. Er hörte eine Träne auf der Bettdecke aufschlagen und spürte, dass er die Zähne fletschen musste. Dann nahm er ihr Gesicht in seine flachen Hände, wie man es bei jungen Hunden tut, und schüttelte sie sanft.

„Ich liebe dich", sagte er und er sagte es so sanft, wie er sie geschüttelt hatte und sah ihr dabei so offen ins Gesicht, dass ihr nichts übrig blieb, als zu nicken und es ihm zu glauben.

Dann sah sie zu Boden und sagte: „Es wird wohl nicht mehr reichen, Tschechisch zu lernen."

Paul spürte sein Herz klopfen. Wie reagierte man auf einen solchen Satz? Durfte er einräumen, dass er, genau wie sie, ihren Tod voraussah? Für alles gab es doch Rechte und Pflichten. Jeder Polizist musste einen bei der Verhaftung über diese Rechte und Pflichten aufklären. Nur über seine Rechte und Pflichten im Umgang mit einer Kranken, mit einer Todkranken, hatte ihn niemand aufgeklärt. Ließ man Todkranke sterben, ohne einander einzuweihen, dass alle über dieses Sterben Bescheid wussten? Und wie überhaupt sollte er sicher sein, dass Lena tatsächlich sterben würde? Schließlich hatte kein Arzt ihm bestätigt, dass ihr Tod unausweichlich sei. Was, wenn er ihr verriet, dass er sie für todkrank hielt und sie erst dadurch starb, dass er die Hoffnung aufgegeben hatte? War es nicht seine Pflicht, ihre Hoffnung zu schüren?

Jetzt erst begriff er, warum ihn die gestrige Erkenntnis, dass Lena sterben würde, nicht erschüttert hatte: Er konnte sich ihren Tod genauso wenig vorstellen wie seinen eigenen. Dass ein Mensch einfach verging, das war einerseits unvorstellbar, andererseits der gewöhnlichste aller biologischen Prozesse. So wie Bananenschalen braun wurden und allmählich verrotteten, so starben die Zellen im menschlichen Organismus. Eine Rückkehr morgen in dieses Zimmer und die alte Frau wäre tot – keine besondere Herausforderung für Pauls Fantasie. Aber eine Welt ohne Lena, ein Bett, in dem sie mit all ihren Milliarden Zellen läge, nur dass diese Zellen zu keinem Leben mehr fähig wären und keine Sprache, keine Geste, kein Zucken auf ihn mehr antworten würde, das war nicht vorstellbar. Nein, Lena würde nicht sterben, denn in seiner Welt kam sie so natürlich vor wie Sonnenauf- und Sonnenuntergang.

„Wer braucht schon Tschechisch?", sagte er und war sicher, dass das ganz besonders tapfer geklungen hatte.

„Weißt du noch, als wir in meiner Küche standen und ich am Fenster geraucht und dir erzählt habe, dass ich immer Tschechisch lernen wollte, um Kundera im Original zu lesen?", fragte sie und wartete seine Antwort nicht ab.

„Da habe ich schon gewusst, dass ich niemals Tschechisch lernen würde. Aber da hatte ich noch das Gefühl, es dennoch tun zu können, weil ich die Zeit und die Freiheit dazu hätte. Dieses Gefühl vermisse ich jetzt." Paul sah sie schlucken.

Ihr sei es damals kalt den Rücken hinuntergelaufen, als sie den Satz gesagt habe. Sätze wie der drückten so viel mehr aus, als sie auf den ersten Blick zu enthalten schienen. Was der Satz eigentlich sage, sei doch, wie groß, wie kühn, wie mächtig die Welt ist, die Kundera in der *Unerträglichen Leichtigkeit* erschaffen habe. So groß, dass man den Code von Millionen Büchern lernen wolle, das Tschechische, nur um ein einziges Buch zu decodieren. Das sei doch das Faszinierende an der Literatur, dass allein die Vorstellung, man könnte sie begreifen, einem Schauer den Rücken hinunterjage.

Lena sah aus dem Fenster.

Während der Zeit mit dem Lymphom habe sie einen Roman über eine junge Frau schreiben wollen, die an Krebs erkranke und ihn überwinde. Nach ihrer Genesung sei dieses Anliegen nicht mehr so dringlich gewesen. Und dafür aber jetzt in seiner vollen Dringlichkeit zurückgekehrt. Jetzt, wo sie die Literatur am dringendsten brauche, habe sie nicht mehr die Kraft dazu.

Dabei sei doch die Fiktion das einzige, was sie jetzt noch über dieses Jammertal erheben könnte. Von einer Frau zu erzählen, die die Krankheit überwinde. Das wäre ihr einziger Trost, wenn sie die Kraft dazu hätte.

„Meine Muse ist der Mangel", sagte Paul und legte die Hände auf den Kopf, um Sebastians Glatze zu imitieren. „Na?", fragte er.

Lena sah ihn missbilligend an.

„Walser", sagte er. „Martin Walser."

Lena verdrehte die Augen.

„Ich will doch nur sagen, dass du damit erklärt hast, warum es Literatur gibt", schickte Paul eilig hinterher. Weil man selbst kein Indianer mit einem stolzen Pferd und einer schönen Schwester sei, müsse man eben Winnetou lesen. Und umgekehrt sei Karl May ebenso wenig ein Indianer mit einem stolzen Pferd und einer schönen Schwester gewesen und habe darum Winnetou schreiben müssen. Man könne tausende solcher Beweise anführen.

Wieder legte er die Hände auf den Kopf, ärgerte sich aber augenblicklich über sich selbst und ließ sie wieder sinken.

„Madame Bovary, c'est moi", zitierte er.

„Flaubert", sagte Lena und bemühte sich um ein Lächeln.

Paul nickte. Oder Bernhard Schlink. Der habe gesagt, er schreibe aus demselben Grund, aus dem andere lesen: Man will nicht nur ein Leben leben.

Dann schwiegen beide. Paul kämpfte gegen eine bleierne Traurigkeit, die sich immer heftiger auf sein ganzes Inneres senkte.

Wahrscheinlich sei das der Hauptgrund, warum sie beide zueinandergefunden hätten, sagte er dann mit erstickter Stimme: Damit sie einander die Daseinsmöglichkeiten multiplizieren könnten. Alles, was du nicht bist, kann ich dir erfinden. Und alles, was ich nicht bin, werde ich durch dich.

Dann legte er seinen Kopf neben Lenas auf ihr Kissen.

Sie würde ihm ja so gern Recht geben, sagte Lena plötzlich. Und nichts sei schöner als diese Vorstellung. Aber letztlich seien sie doch beide immer genau daran gescheitert. Nichts hätten sie mehr gewollt und nichts hätten sie weniger erreicht als das Schreiben. Kleist sei vielleicht ein Versager gewesen, aber er habe geschrieben, geschrieben, geschrieben. Und als alles Schreiben nicht geholfen habe, da habe er das Scheitern beendet durch seinen Selbstmord. Sie aber hätten bei beidem versagt. Kleist sei beim Schreiben viel tragischer gescheitert, weil er es mit viel größerer Macht versucht habe. Und Kleist sei als Mensch viel schöner gescheitert, weil er sich umgebracht habe.

Paul hatte Lena zugesehen, wie sie, den Blick an die Zimmerdecke gerichtet, redete.

Etwas habe er aber doch geschrieben, sagte er jetzt, bückte sich nach seinem Rucksack und zog einen Eckspanner hervor, dem er einige bedruckte Seiten entnahm.

„Die Einleitung zu meiner Staatsexamensarbeit", sagte er in Lenas fragendes Gesicht.

Dann begann er laut zu lesen:

Eros und Thanatos – Zur Narratologie des Todes im deutschen Liebesroman

In der am 24. Mai 1995 ausgestrahlten ZDF-Sendung Literarisches Quartett *behauptete der Literaturkritiker Marcel Reich-Ranicki im Rahmen der Besprechung von Theodor Fontanes Roman* Irrungen, Wirrungen: „*Ein großer Teil der Liebesgeschichten dieser Welt zeigen nicht die Liebe, sondern sie zeigen, dass die Welt schlecht ist. Und die Welt ist schlecht, weil sie diese Liebe unmöglich macht. In* Romeo und Julia *geht es um diese zwei schauderhaften Familien in Verona.* Kabale und Liebe *ist nichts anderes als eine Kritik der Welt, die die Liebe von Ferdinand und Luise unmöglich macht.*"

In einer Fortführung dieser These ließe sich behaupten, dass die von Reich-Ranicki erhobene Behauptung einer genuinen Schlechtigkeit der Welt, die gewiss in erster Linie moralisch zu denken ist, in gleichem Maße, in dem sie den Liebenden Schaden zufügt, der Literatur Gewinn bringt. Anders formuliert: Literarische Texte über Liebesbeziehungen in einer guten, einer moralisch intakten Welt sind dem Anliegen eines souveränen Erzählers nicht gewachsen. Oder, noch knapper: Nur in einer schlechten Welt entgehen Liebesgeschichten der Banalität.

Inwiefern sich diese These im Textkorpus der deutschen Liebesnarration seit 1750 belegen lässt, soll Gegenstand der vorliegenden Arbeit sein.

Eine derart komplex gefasste These bedarf freilich einer mehrfachen Zuspitzung, um sich als philologisches Untersuchungsinstrument zu eignen. Dementsprechend sollen die folgenden Leitgedanken das semantische Para-

digma des Begriffs ‚Liebesbeziehung' in denotativer Weise vereindeutigen:

1. Die Liebe muss gegenseitig füreinander empfunden werden. Diese Einschränkung lässt sich mit der These rechtfertigen, dass alle in diachroner Betrachtung als klassisch empfundenen epischen Liebesfabeln die Unmöglichkeit (oder, seltener: die Möglichkeit) der beiden Liebenden thematisieren, den jeweiligen Liebesaffekt im Rahmen der ‚schlechten Welt' auszuleben. Exemplarisch sei das Gedankenexperiment angeführt, Julia liebte Romeo, dieser würde ihre Liebe aber nicht erwidern. Eine derart simple Gegenimagination zur literarischen Fiktion Shakespeares macht deutlich, welche Implikationen die Reziprozität der Liebe beider zueinander mit sich bringt. Erst indem *Romeo Julias Liebe erwidert, gewinnt das Narrationsmuster, dessen Teil sie sind, einen literarischen Wert. Eine Julia, die von Romeo nicht geliebt wird, hätte Shakespeare keinesfalls als Tragödienstoff intendieren können. Eher bewegte sich ein solcher Text im Bereich der unfreiwilligen Komik, wie sie Racines* Andromaque, *wenngleich in diesem Falle notwendigerweise übersteigert durch die hierarchische Stellung des unglücklich verliebten Pyrrhus, eignet.*

2. Die Liebe muss den Tod zumindest eines der Liebenden bewirken. Die von Reich-Ranicki zur Begründung seiner oben zitierten These gewählten Beispiele illustrieren auf nachgerade musterhafte Weise die Notwendigkeit des Todes als Konstruktionsprinzip der im tradierten Kanon als klassisch empfundenen Liebesfabeln. Die dramatische Spannung sowohl in Romeo und Julia *als auch in* Kabale und Liebe *erwächst aus der Einfühlung des Zu-*

schauers in den Herzenskonflikt der Protagonisten: So-
lange die Liebenden auf eine Erfüllung ihrer Zusammen-
gehörigkeitssehnsucht hoffen, hofft der Zuschauer mit
ihnen. Erst der fiktive Tod beraubt auch den empirischen
Zuschauer seiner Hoffnung. Diese Hoffnung speist sich
aus dem Wunsch, dass sich die Macht der Liebe zwischen
den Figuren als größer erweisen möge als die Macht der
‚schlechten Welt', die sich dieser Liebe entgegenstellt. Wo-
möglich sind gerade die Liebesfabeln, an deren Ende der
Tod steht, darum als klassisch kanonisiert, weil der Tod
Ausweis der größeren Macht der Liebenden ist: Indem
Romeo und Julia sterben, beweisen sie, dass ihre Macht
die Macht der äußeren Feinde ihrer Liebe übersteigt: Sie
ziehen die Vereinigung im Tod der Trennung im Leben
vor.

3. Die im tradierten Kanon als klassisch empfundenen
Liebespaare sind stets als unschuldig stigmatisiert und
diese Unschuld ist körperlich zu denken. Milan Kundera,
Autor zahlreicher essayistischer Romane, in die häufig
philologische Reflexionen eingewoben sind, formuliert
diese These in Die Unsterblichkeit *folgendermaßen: „Alle*
großen europäischen Liebesgeschichten spielen sich im
nicht-koitalen Bereich ab: die Geschichte der Prinzessin
von Clèves, die Geschichte von Paul und Virginie, Fro-
mentins Geschichte von Dominique, der sein Leben lang
eine einzige Frau liebte, die er niemals küsste, und vor
allem natürlich die Geschichte Werthers [...]. [W]ir ge-
langen stets zu demselben Schluss: nach der prä-koitalen
Liebe gab es keine andere große Liebe mehr, es konnte sie
nicht mehr geben. [...] Der europäische Begriff der Liebe
ist tief im nicht-koitalen Bereich verwurzelt. Das 20. Jahr-

hundert, das sich rühmt, die Sexualität befreit zu haben und romantische Gefühle gern belächelt, war nicht in der Lage, dem Begriff der Liebe einen neuen Sinn zu verleihen (das ist einer der Punkte, wo es versagt hat), so dass ein junger Europäer, der dieses große Wort im Geiste ausspricht, wohl oder übel auf den Schwingen der Begeisterung genau dorthin zurückkehrt, wo Werther seine Liebe zu Lotte erlebt hatte und Dominique [in Fromentins Roman] beinahe vom Pferd gestürzt wäre."

Dergestalt wäre das Untersuchungsinstrumentarium der Arbeit dreifach geschärft. Dreierlei soll nun mithilfe dieses Instrumentariums im Hauptteil der vorliegenden Untersuchung herausgearbeitet werden: In einem ersten Schritt gilt es, Beispiele aus der Geschichte des deutschen Liebesromans ab 1750 heranzuziehen, die die Eingangsthese belegen und wissenschaftlich saturieren. Zugleich soll eine kultursoziologisch-historisierende Kontextualisierung vorgenommen werden, die letztlich zu der globalen Frage führen muss: Gibt es eine DNA der Liebesnarration? Sind soziokulturelle Gemengelagen vorstellbar, die die mutmaßliche Zwillingsfunktion von Eros und Thanatos in der Literatur aufbrächen? Sind Liebe und Tod lediglich als Inkunabeln der Erosnarration zu denken, oder offenbart sich in ihnen eine unverbrüchliche Dialektik? Aus der Beantwortung dieser nachgerade anthropologisch aufreibenden Fragen wird sich zudem unweigerlich eine Überlegung ergeben, die in einem dritten Teil der Untersuchung fortgeschrieben werden soll: Wie ist zu erklären, dass andere Traditionsmuster der Liebesnarration, etwa das Motiv der unerwiderten Liebe, in Philologie und Konsumentenrezeption gleichermaßen als weniger ,klassisch' empfunden werden?"

Erschöpft vom Lesen sah Paul von den Blättern auf. Lena war eingeschlafen. Er vermochte nicht zu sagen, ab wann sie, was er las, nicht mehr verfolgt hatte. Gern hätte er von ihr gehört, ob sie mit dieser Einleitung, deren erste Hälfte er zumindest vorerst als abgeschlossen betrachtete, einverstanden war und was sie über seine Thesen dachte.

Plötzlich der Gedanke: Was, wenn Lena tot war? Er legte ihr die Hand auf die Brust und spürte ein leichtes Heben und Senken. Beruhigt bündelte er die Blätter und steckte sie in den Eckspanner zurück.

Dann fiel ihm ein, dass er irgendwo von einem Mann gelesen hatte, der einen Toten für lebendig hielt, weil er das Zittern der eigenen Hand mit den Bewegungen von dessen Brustkorb verwechselte. Hastig streckte er die Hände nach Lenas Gesicht aus. Wie aber sollte er herausfinden, ob sie lebte? Er wollte sie nicht wecken. Am Ende würde sie noch erraten, dass er sie schon für tot gehalten hatte. Also hielt er ihr zwei Finger unter die Nase. Erst als er warme Luft bemerkte, die an ihnen entlangströmte, war er endgültig besänftigt.

Wann war mit Lenas Tod zu rechnen? Konnte es jetzt jeden Tag so weit sein? Oder hatte sie noch Wochen, womöglich Monate zu leben? Noch war sie an keine Maschinen angeschlossen, nur der Tropf ernährte sie.

Er überlegte, worin sich Lenas Gesicht noch von dem einer Toten unterschied. Ihre Jochbeine wirkten wie Masten, an denen ein plastischer Chirurg die schlaffe, weiße Gesichtshaut aufgehängt hatte. Die Lippen waren so leer wie zwei tote Regenwürmer. Das Lebendigste an ihr schien die Perücke zu sein.

Und wenn er nie mehr wiederkam? Wenn er Lena so in Erinnerung behalten wollte, wie sie als Lebende gewesen war? Niemand konnte ihm den Wunsch verwehren, diesem Todesbett fernzubleiben. Andererseits hatte Lena ein Recht auf den Egoismus, ihn sehen zu wollen, egal, wie schwer er ihren Anblick ertrug. Natürlich würde er wiederkommen. Er wollte sie ja sehen. Wie gut, dass es diese Perücke gab. Wie gut, dass es Lena gab. Er strich die Decke zurecht und zupfte an ihrem Krankenhaushemd, bis es ihre Brust ganz bedeckte. Dann hielt er ihr den Handrücken gegen beide Wangen, als könnte so Wärme übertragen werden, die in Lena eindringe. Die Tür, als er ging, zog er so leise zu, als könnte er damit eine Stille erzeugen, in der Lena geborgen lag. Erst als er aus der Krankenhauspforte ins Freie trat, merkte er, wie müde er war und wie gut es tat, müde zu sein.

Am nächsten Tag traf Paul auf Sebastian, als er das Krankenhaus betreten wollte. Kam der von Lena?

„Gut, dass ich dich sehe", rief Sebastian und breitete die Arme aus, als wolle er den Heiland begrüßen. Paul blieb verdutzt stehen und ließ sich von Sebastian an die Brust drücken. Mit einer Hand griff Sebastian Pauls Hals, mit der anderen tätschelte er ihm den Rücken. Paul musste ihn mit der flachen Hand von sich schieben.

„Lena sieht gar nicht gut aus, oder?", fragte Sebastian

und setzte, ohne eine Antwort abzuwarten, hinzu: „Schade, so eine tolle Frau. Es trifft immer die Besten."

Paul sah zu Boden.

„Aber gut, dass ich dich sehe", wiederholte Sebastian. „Dann kann ich's dir auch gleich sagen, Lena weiß es schon." Er strahlte über das ganze Gesicht.

Fragend sah Paul ihn an.

„Wir gehen nach Köln", platzte es aus Sebastian heraus. „Morgen geht's los. Krass, oder?"

Paul zögerte. „Wer ist denn ‚wir'?"

„Na, Tiziana und ich. Wir haben dort so ein Projekt. Das beginnt schon am Montag. Deswegen müssen wir ja morgen los. Freu dich doch mal für uns!"

Sebastian schlug ihm auf die Schulter.

Paul verkniff sich ein Stirnrunzeln.

„Was denn für ein Projekt schon wieder?"

Sebastian rieb sich die Hände. Diesmal sei das ganz was Feines. Paul kenne doch Hilmar, oder? Seinen Mitbewohner in Marzahn. Das heimliche Genie im KKK. Im Künstlerkombinat Kaulsdorf. Der habe doch mal in Köln gewohnt, das wisse Paul doch sicher. „Und der hat da noch Connections, verstehst du? Vitamin B und so."

Paul nickte.

„Eben. Ja, und RTL macht da so eine neue Doku. Oder RTL 2, besser gesagt. Und die suchen da Leute, die sie begleiten können. Leute, die sich engagieren mit Projekten und so." Und er und Tiziana hätten da eben so ein Projekt entwickelt. Für eine Kinderkrebsstation in einem Kölner Krankenhaus. „Wir spielen Theater. Das heißt, Tiziana spielt und ich mache die Regie. Soundeffekte und so. Und weißt du, was wir spielen?"

Wieder schlug er Paul auf die Schulter, die schon zu schmerzen begann.

„Wir spielen *Dieter, mein Krebs*, die Geschichte von Lena, weißt du ja."

„Hast du ihr die Rechte abgekauft?", fragte Paul.

Sebastian tippte sich an die Stirn. „Rechte", höhnte er. „Nee, Lena macht das gern, die ist nicht so wie du. Die will Menschen helfen."

Paul verzog keine Miene.

„Lenas Geschichte spielen wir für die Kleinen. Für die Großen haben wir was ganz anderes vor." Sebastian sah sich nach allen Seiten um, als werde er Paul gleich in die Weltformel einweihen. Mit dem Zeigefinger bedeutete er Paul, etwas näher zu kommen.

„Du kennst doch *The Dreamers*, den französischen Film. Und da gibt es doch die Szene, wo Eva Green als Venus von Milo tanzt. Das spielen wir nach. Alles in Schwarz-Weiß natürlich. Der Raum wird komplett abgedunkelt. Tiziana ist nackt und trägt schwarze Stulpen an den Armen. Und dann strahle ich sie mit Schwarzlicht an und sie tanzt wie Eva Green."

Paul versuchte sich Tiziana vorzustellen, wie sie in Schwarz-Weiß vor Krebskranken tanzte.

Wieder rieb Sebastian sich die Hände.

„Na, was sagst du? Wenn wir da mal nicht die Heilungschancen rapide steigern, oder? Du weißt ja: Dem Gesunden fehlt viel, dem Kranken nur eins." Er lachte dröhnend. „Na?", machte er dann und sah Paul tief in die Augen. Der zuckte mit den Schultern.

„Unbekannter Verfasser", sagte Sebastian und lachte wie über einen guten Witz.

Auch Paul musste jetzt schmunzeln.

„Und was wird aus deinen Projekten hier, wenn du in Köln bist? Was wird aus den Neuköllner Hauptschulen und aus der Lesebühne in Cottbus?"

„Aus der BBC?", fragte Sebastian und winkte ab. „Das sind schon zwei tolle Projekte, keine Frage. Gerade die BBC liegt mir natürlich am Herzen. Ist ja meine Heimatstadt. Aber das ist grade eh so schwierig, weil mein Genosse nicht dazukommt, die Gelder einzusammeln. Und unsere beste Künstlerin fällt auch noch aus." Mit dem Finger deutete Sebastian dorthin, wo Lenas Zimmer lag.

„Die Krebskranken gehen erst mal vor", fügte er hinzu.

Ob RTL 2 denn schon zugesichert habe, dass sie Tizianas und sein Projekt in ihrer Doku zeigen würden, fragte Paul.

Sebastian verzog den Mund. „Dass du immer gleich so spießig denken musst", sagte er. Natürlich hätten die noch nicht zugesagt. Die würden ja auch nicht die Katze im Sack kaufen. Jetzt müsse das Projekt erst mal anlaufen, dann sehe man weiter.

Er sah auf sein Handy. „Aber hey, ich muss los. Sachen packen. Morgen geht's los, du weißt ja."

Paul nickte. „Gib Tiziana einen Kuss von mir", sagte er schelmisch.

„So weit kommt's noch", protestierte Sebastian und drohte mit dem Finger. Dann ging er.

Als Paul vor Lenas Krankenzimmer stand, hörte er ihre Mutter schon durch die geschlossene Tür.

Glücklicherweise saß auch Tom an Lenas Bett. Paul überlegte einen kurzen Moment, ob er Lenas Bruder mit „Jens-Thomas" begrüßen sollte, einfach nur, um sich an dessen unwirscher Reaktion zu erfreuen. Dann beschränkte er sich aber auf ein Schulterklopfen, das ihm wie eine anmaßende Geste vorkam. Obwohl Paul älter war und, wenn man das von einem Studenten sagen durfte, erfolgreicher, empfand Tom sich als überlegen, das war eindeutig.

An Lenas Bett allerdings saß er schweigend. Lena sah müde aus. Auf ihrem Gesicht lag der Ernst, den sie immer zur Schau stellte, wenn die Mutter mit ihr sprach.

Bei der Oma sei eine Sepsis aufgetreten, sagte die Mutter. Dass Paul hereingekommen war, hatte sie nicht unterbrochen. Man habe die Oma am Bein operiert, zum vierten Mal schon, weil die Gefäße kaputt seien, die Blutgefäße. Und da müsse was schief gelaufen sein und darum die Sepsis, und die habe man so spät bemerkt, dass man gleich wieder habe operieren müssen, jetzt eben zum vierten Mal. Das müsst ihr euch vorstellen, viermal operiert in dem Alter. Und dann sei die Oma bei der Operation fast gestorben, klar, bei so vielen Operationen in so wenigen Wochen, da mache der Kreislauf eben nicht mehr mit. Und dann habe man während der Operation sozusagen mit einer zweiten Operation beginnen und einen Bypass legen müssen, damit die Oma nicht stirbt. Jetzt hat sie einen Bypass und ein offenes Bein. „Kinder, ihr müsst das dem Opa ja nicht sagen, der weiß gar nichts von den ganzen Operationen, der denkt, sie kommt bald wieder." Jetzt sei sie ganz verwirrt, die Oma. Wisse nicht, welcher Tag ist. Sicher, sie, ihre Tochter, habe die Oma noch erkannt. Blut ist eben dicker als Wasser. Unkraut vergeht nicht. Und das, obwohl sie ja so schlecht sieht. „Birgit" habe sie gesagt und dann nichts mehr. Man habe gedacht, jetzt komme etwas, aber dann habe sie eben nur „Birgit" gesagt und ihre Hand gehalten. „Kinder, ich will nicht immer vom Sterben reden. Da wird man ganz meschugge. Paul, ein paar Blumen hättest du deiner Freundin ja schon mitbringen können."

Paul holte Luft. „Tut mir Leid", wollte er sagen. Aber er bremste sich. Bei der Mutter würde er sich für nichts entschuldigen. Dass er die Mutter ertrug, okay. Das sollten sie ihm hoch anrechnen. Aber sich bei ihr zu entschuldigen für etwas, das nicht einmal Lena ihm vorwarf, nein!

„Ich habe mich selbst mitgebracht", sagte er dann. Die Mutter zog die Augenbrauen hoch. Tom lachte.

„Ich mich auch", sagte er dann, und dieser Satz war noch deplazierter als Pauls Satz und versöhnte ihn darum mit Tom.

„Jens-Thomas, du könntest auch mal was für deine Schwester tun", sagte die Mutter. Tom zuckte mit den Achseln.

„Doch, doch, nach allem, was deine Schwester für dich getan hat. Wenn ich früher arbeiten gehen musste, wo hätte ich dich denn hingeben sollen? Oma hatte, weiß Gott, nicht immer Zeit, die musste ja Opa helfen. Da hat Lena sich um dich gekümmert. So klein warst du da noch." Sie hob die Hand in Hüfthöhe über den Boden.

„Da hat Lena dir vorgelesen und den Brei aufgewärmt

oder die Suppe. Das hätte ich ohne Lena nicht geschafft. Da kannst du auch mal ein bisschen Dankbarkeit zeigen. Das war nicht einfach damals, so als alleinerziehende Mutter in den achtziger Jahren."

Tom seufzte.

Die anderen Familien hätten Vater und Mutter gehabt, da könne immer einer. Wenn einer nicht da sei, sei eben der andere da. Aber sie habe allein dagestanden mit zwei Kindern, so mirnichtsdirnichts ohne Vater. Der habe sich einen schlauen Lenz gemacht, einfach weg war der. Noch heute frage sie sich, wie sie das geschafft habe damals, zwei Kinder, eins schwarz, eins behindert, ohne Vater, und dann noch im Osten. Obwohl – das Betreuungsangebot sei ja gut gewesen damals, besser als heute jedenfalls, in Süddeutschland stünden sie jetzt noch alle am Herd. Aber was helfe das beste Betreuungsangebot, wenn man mal eine halbe Stunde wegmüsse und zwei Kinder habe. Wenn da nicht eins aufs andere aufpasse, was macht man dann?

„Mein Gott", sagte Tom. „Andere haben's doch auch geschafft."

Paul zuckte zusammen.

Die Mutter wandte sich an Lena: „Hast du das gehört? Hast du den gehört? Wohnt bei mir, zahlt keine Miete, kriegt einen Computer geschenkt für über tausend Euro, einfach so, nicht mal Geburtstag hat er gehabt, und dann heißt es: Stell dich nicht so an, Mutti! Hat keinen Tag in seinem Leben gearbeitet, weiß gar nicht, wie das ist, und dann so ein Satz, als ob er die Weisheit mit Löffeln gefressen hat."

Tom stand auf und ging um Lenas Bett herum. Von

der Seite nahm er die Mutter in den Arm, die unverändert auf ihrem weißen Hocker sitzen blieb.

„Mutti ist doch die Beste", sagte er und küsste sie seitlich und drückte dann seine Wange an ihre.

Die Mutter hielt still. „Ja, ja", sagte sie dann. „Auf einmal bin ich wieder die Beste. Wenn man einmal die Wahrheit sagt, dann will sie keiner hören. Dann wird der Mutti geschmeichelt und dann kriegt sie einen Kuss, damit sie ruhig ist."

Sie strahlte, während sie das sagte. Geradezu euphorisiert wirkte sie. So hatte Paul die Mutter noch nicht gesehen. Ein Kunststück, das Tom da gelungen war! Diese Mutter zum Schweigen zu bringen. Gut, nicht zum Schweigen, aber zum Strahlen. Tom war ein Manipulationstalent. Der hätte seiner Mutter die Miete für Lenas Wohnung aus dem Kreuz geleiert, während sie zur Zeit des Lymphoms nicht hatte auftreten können. Er, Paul, hätte das nicht gekonnt. So würde Tom immer auf Kosten der Mutter leben können. Wahrscheinlich würde er noch in zehn Jahren bei ihr wohnen und abends die ewig gleichen jungen Mädchen aus den Clubs anschleppen, während er selbst zum alternden Muttersöhnchen-Casanova wurde.

„Mutti, du musst doch noch nach Opa gucken", sagte Tom jetzt.

„Was ist los?", fragte sie. „Bist du verabredet?"

In ihrer Stimme lag aber kein Ärger, eher Belustigung. Ob Tom nicht meine, dass seine Schwester sich freuen würde, wenn sie beide etwas länger blieben.

„Die will doch sicher auch mal mit Paul allein sein", sagte Tom.

Die Mutter warf Paul einen Blick zu, als wäre er ein Arzt, der die Angehörigen aus dem Zimmer schickt.

„Also gut", sagte sie. „Aber pass auf dich auf, Lenalein. Du siehst ganz blass aus. Oma geht es auch nicht besser. Immer noch zwei Patienten in der Familie." Ob das denn nie aufhöre? „Womit habe ich das verdient? Schon von Anfang an das kaputte Bein, und jetzt noch dieses Knochenmark." Dass die Medizin da nichts tun könne. Was da Gelder flössen in der Pharmaindustrie und dann müsse man hier liegen mit kaputtem Knochenmark. Da müsse man sich schon fragen, wo diese Gelder eigentlich versickerten. In den eigenen Taschen wahrscheinlich. Das könne doch nicht sein, so ein junger Mensch und dann so eine schlimme Krankheit. „Jens-Thomas, guck mal, wie deine Schwester aussieht. Wie der wandelnde Tod. Und keiner tut was. Kommt denn hier überhaupt mal ein Arzt, Kindchen? Einen Arzt sieht man hier nie. Wahrscheinlich unterbesetzt wie alle Krankenhäuser. Nicht einmal ein Arzt. Der Geruch, na gut, wenn sie dann wenigstens einen Arzt schicken würden." Das sei doch kein Zustand. „So eine junge Frau, ein junges Mädchen, möchte man immer noch sagen. Und dann so eine scheußliche Krankheit. Und kein Arzt und nichts. Ich verbringe mein Leben nur noch in Krankenhäusern. Nachher werde ich noch mal bei Oma vorbeigucken." Nicht mal nach Opa gefragt habe die. Da sehe man doch, wie weit es sei mit ihr. Alles kaputt. „Aber man ändert ja nichts dran. Jammern hat noch nie geholfen. Jetzt gehen wir aber, Jens-Thomas, komm doch endlich. Lena braucht ihre Ruhe."

„Tschüss", sagte Paul.

Jetzt war es Tom, der ihm auf die Schulter klopfte. Das war vertraut. „Tschüss", sagte die Mutter, ohne Paul anzusehen.

Dann waren er und Lena allein. Nur das maschinelle Schnarchen der alten Frau rhythmisierte die Stille.

Sie atmeten gleichzeitig auf. Gern hätte Paul darüber gelacht. Aber das durfte er nicht.

Sie griff nach einer violetten Pappschachtel auf dem Tischchen an ihrem Bett. „Milka-Pralinés", sagte sie. „Von Mutti. Willst du?"

Paul zog die Plastikhülle ab, dann aß er.

„Ich habe Sebastian getroffen, unten", sagte er.

Lena hob die Augenbrauen. „Meinst du, da läuft was zwischen ihm und Tiziana?"

Daran hatte er noch gar nicht gedacht. Aber wenn Lena es nicht wusste, woher sollte er es dann wissen? Er zuckte die Achseln.

„Weißt du noch gestern?", fragte er dann. „Meine Muse ist der Mangel. Man will nicht nur ein Leben leben."

Lena nickte.

„Ich habe dir eine Geschichte mitgebracht, eine Antikrankenhausgeschichte. Gestern Abend entstanden."

Er räusperte sich. Dann las er laut vor.

Henry und Henriette

Das war ein Stadtteil wie aus der Vorschinkelzeit. Keine Bogen, keine Säulen, das Berlin des achtzehnten Jahrhunderts. Über Pferdeäpfel auf der Straße oder eine Holzhütte hätte Henry sich hier nicht gewundert. Nach der

Diagnosebekanntgabe war er einfach losgelaufen, blindlings. Knochenmarkkrebs, Heilungschance bei null Prozent. Er wusste, dass er Henriette nach dieser Diagnose nicht hätte allein lassen dürfen. Gut, sie hatte ihre Mutter bei sich. Und das war kein schlechter Trost. Eine Mutter, gegen die Henry die eigene gern eingetauscht hätte. Alle Gesten und alle Stimmlagen, die er an Henriettes Mutter beobachtet hatte, strotzten nur so vor Mütterlichkeit. Henriettes Mutter war so alt, dass man auf ihre Erfahrung vertrauen und sich auch als erwachsene Frau auf selbstverständlichste Weise in die Tochterrolle fügen konnte. Und zugleich war Henriettes Mutter so jung, dass man nicht in die Verlegenheit kam, ihr etwas nicht zumuten zu wollen, weil es ihre Kräfte übersteigen könnte. Wenn man Mutter und Tochter am Krankenhausbett nebeneinander sah und vernünftig war, musste man eigentlich die Mutter wählen, so kernig und frisch und rotbäckig schien sie all das Leben in sich zu versammeln, das aus Henriettes krebsgeschwächtem Körper gewichen war. Aber Henry liebte Henriette. Schon immer. Oder zumindest seit dem ersten Semester. Seit dem ersten Tag des ersten Semesters, genauer gesagt. Seit er sie gesehen hatte. Nicht einen Ton hatte er aus ihrem Mund hören müssen, um sie zu lieben. Seither teilten sie alles – Wohnung, Zeit und Freude. Dass sie auch den Namen teilten, hatte von Anfang an als Schicksal gegolten zwischen ihnen, zuerst unausgesprochen und dann, seit Henriettes Erkrankung, auch immer öfter als von beiden beschworene Beziehungsformel.

Das Bücherantiquariat in diesem unbekannten Berliner Stadtteil betrat Henry ohne nachzudenken. Antiquariate waren die einzigen Orte, an denen er Chaos ertrug.

Während er an einem Schreibtisch ohne Ordnung nicht arbeiten konnte, gestand er Antiquariaten eine Unübersichtlichkeit zu, ja, er gestand sich sogar ein, dass diese Unübersichtlichkeit ihren besonderen Reiz ausmachte. Bücher waren das einzige, das sich für ihn einer lebenspraktischen Nützlichkeit entzog und darum auch das einzige, das keiner Ordnung bedurfte. Er begann, den Finger über die Buchrücken in einem Regal gleiten zu lassen, dessen Bretter sich bogen in einem so ungeheuerlichen Winkel, als habe der Buchhändler absichtlich ein Regal aus gebogenen Brettern gebaut, um der Ware den Anschein von noch mehr Gewicht zu verleihen.

Plötzlich stand ein Männlein neben Henry mit spiegelnder Nickelbrille und einem weißen Bart, als wäre es von den Brüdern Grimm erdacht worden. Als das Männlein, das niemand anderes als der Buchhändler sein konnte, zu sprechen begann, erkannte Henry, dass er mit einer krächzenden Rabenstimme gerechnet hatte. Der Antiquar aber sprach mit der Behutsamkeit eines dozierenden Professors.

Was dem jungen Mann denn so schwer auf dem Herzen laste, fragte der Antiquar und Henry verspürte Lust, ihn mit Lindhorst anzureden, so sehr erinnerte ihn das Männlein an Hoffmanns Archivarius, da es jetzt um ihn herumhuschte wie ein gutmütiger Salamander. Wiewohl Henry wusste, dass er bereit war, dem Archivarius von Henriettes Diagnose zu erzählen, fragte er zunächst, wie sein Gegenüber erraten habe, dass ihn etwas bedrücke.

Oh, sagte der Archivarius. Wer in so vielen Büchern gelesen habe wie er und dann nicht auch in Gesichtern lesen könne, der sei ein armer Mann. Dass aber unser junger Mann hier eine Trauer, eine tiefe Trauer in sich trage, das sehe man, das stehe ihm sozusagen ins Gesicht geschrieben. Bei dem Wort ,ins' drückte er sich den eigenen Zeigefinger gegen die Stirn und wiederholte die Bewegung bei jedem der folgenden Wörter.

Ohne zu zögern, begann Henry dem Archivarius jetzt von Henriette und ihrem unheilbaren Knochenmarkkrebs zu erzählen und spürte dabei Tränen seine Wangen hinunterlaufen. Zum ersten Mal störte ihn nicht, dass er, ohne allein zu sein, weinte. Nein, zum ersten Mal weinte er, ohne allein zu sein und es störte ihn nicht.

Wozu der Mensch überhaupt Knochen brauche, fragte Henry dann. Schließlich gebe es Wirbeltiere, aber genauso ja auch Wirbellose.

Das sei nun doch eine reichlich kindische Frage, entgegnete der Archivarius und klopfte Henry tröstlich gegen die Schulter. Wenn er sich medizinischen Rat erhoffe, sei er hier, im Antiquariat, obendrein falsch. Selbst wenn er hier Fachbücher fände, seien die sicher so alt, dass nichts darin der heutigen medizinischen Praxis entsprechen würde. Wer moderne Ratgeber wolle, müsse in eine moderne Buchhandlung gehen.

Er suche kein Buch über Krebs, sagte Henry, sondern Trost. Und den finde er in Büchern oder auch schon in der Nähe von Büchern. Wozu ein Fachbuch lesen, wenn Fachmänner ihm bereits gesagt hätten, dass Henriette ohnehin nicht zu helfen sei.

Ja, Bücher hätten etwas Tröstliches, brummte der Archivarius und blickte dabei auf seinen weißen Bart hinab, als suche er darin die Antwort auf eine ganz andere Frage.

Wo die Fachmänner versagten, bleibe nur noch eine

Möglichkeit, einen Kranken vor dem Tod zu bewahren, sagte er dann.

Henry neigte den Kopf so, dass der Spiegeleffekt der Brille nachließ und versuchte in den Augen des Archivarius zu erkennen, ob dieser seinen Satz ernst gemeint hatte.

Er werde ihm eine Adresse geben, an der man seiner Freundin das ewige Leben verleihen könne. Natürlich müsse sie dazu bereit sein und auch er solle sich überlegen, ob er nicht das ewige Leben annehmen wolle, sonst entwickle sich schnell eine gewisse Asymmetrie in einer solchen Verbindung mit einem Sterblichen.

Obwohl Henry nichts von all dem, was der Archivarius sagte, glauben konnte, zweifelte er nicht daran, dass dieses Männlein die Wahrheit sagte. Und noch bevor Henry weitere Fragen zu stellen vermochte, hatte der Archivarius eine Adresse auf einen faltigen Zettel aus der Brusttasche seines Kittels geschrieben und überreichte ihn Henry mit der Bemerkung, er solle nicht erschrecken, wenn ein Vampir die Tür öffne. Wer das ewige Leben wolle, müsse sich eben mit Vampiren einlassen.

Dabei legte er den Zettel auf Henrys flache Hand und krümmte dessen Finger so, dass sie ihn umschlossen.

Als Henry auf der Straße vor dem Antiquariat stand, fiel ihm auf, dass er sich nicht einmal bedankt hatte. Und fragen hätte er noch sollen, ob der Besuch bei dem Vampir kostenlos war. Andernfalls hätte er bei der Bank vorbeigehen müssen oder zumindest einen Geldautomaten suchen. Andererseits: Seit wann verlangten Vampire Geld dafür, dass sie einen Menschen bissen? Moment: Seit wann ging er, Henry, überhaupt davon aus, dass es Vampire

gab? Und weiter: Wenn er bis vor wenigen Augenblicken
noch geglaubt hatte, dass sie nicht einmal existierten, wie
konnte er dann plötzlich sicher sein, dass sie kein Geld
von ihm verlangen würden?

Dass er, wenn unter der angegebenen Adresse tatsäch-
lich ein Vampir wohnte, diesen bitten würde, ihn unster-
lich werden zu lassen, stand fest. Dennoch schreckte ihn
– mehr als die Vorstellung, als Untoter nur nachts wach
sein zu können – das Bild zweier riesiger, weißer Zähne,
das sich in seinem Kopf breitmachte. Mit weichen Knien
stieg er in die U3 in Richtung Krumme Lanke, fuhr bis
Dahlem-Dorf und ging den restlichen Teil des Weges zu
Fuß bis zu der Villa, die unter der angegebenen Adresse
stand. Das Haus, wiewohl in gepflegtem Zustand, wirkte
merkwürdig unbewohnt. Auf dem Klingelschild war kein
Name zu lesen. Der Schall der Glocke, den Henry auch
draußen hörte, schien sich drin in vollkommen unmöb-
lierten Räumen auszubreiten.

Der Mann, der ihm öffnete, war kaum größer als der
Archivarius im Antiquariat und auf dieselbe Weise ver-
trauenserweckend und freundlich. Hätte er nicht volles,
schwarzes Haar gehabt und einen violett ausgefütterten
Mantel getragen, hätte man die beiden für Zwillinge hal-
ten können. Warum trug dieser Mann einen Mantel im
Haus? Und warum war das Haus tatsächlich unmöbliert?
Nur in dem Zimmer, in das der Mann Henry führte, stan-
den ein weißer Tisch und ein weißer Stuhl. Der Mann griff
sich eine der Broschüren, die auf dem Tisch lagen, reichte
sie Henry und bedeutete ihm, sich zu setzen. Dann ver-
schwand er, ohne die Tür zu schließen.

Ratgeber zur Vampirisierung, *las Henry. Das stand*

dort als Überschrift in mittelgroßen, weiß gedruckten Buchstaben auf grünem Glanzpapier. *Henry las weiter.*

Sie denken über eine fachmännisch durchgeführte Vampirisierung nach? Mit ihrer Entscheidung für das Dahlemer Vampirisierungsinstitut haben sie mit Sicherheit die richtige Wahl getroffen.

Sie wägen noch Nutzen und Risiken gegeneinander ab? Diese Broschüre will Sie kompetent informieren. Bei Rückfragen kommen Sie gern auf unser fachkundiges Institutsteam zu.

Jetzt kehrte der Mann zurück. Henry ließ die Broschüre sinken. Er habe keine Fragen, sagte er. Er sei zur Durchführung gekommen, nicht zur Beratung.

Dann benötige er noch eine Unterschrift, sagte der Mann und zog aus seinem Mantel ein Klemmbrett hervor, auf das ein Formular gespannt war. Henry unterschrieb, ohne ein einziges Wort zu lesen und gab dem Mann das Klemmbrett zurück, der es achtlos auf den Tisch legte.

Ob die Vampirisierung ambulant oder stationär durchgeführt werden solle, fragte der Bemantelte dann. Ambulant, sagte Henry und fügte hinzu: So schnell wie möglich.

Gut, sagte der Mann. Dann darf ich Sie bitten, den Oberkörper freizumachen. Als Henry, nachdem er seine Kleidung über die Stuhllehne gehängt hatte, stehen blieb, forderte der Mann ihn auf, sich zu setzen und beugte sich sogleich mit herab. Sofort spürte Henry zwei Stiche am Hals und den kalten Atem des Mannes, der aus der Nähe auffällig nach Haargel roch. Im Stehen hätte der Bemantelte gar nicht zu dieser Stelle hingereicht, dachte Henry. Dann schlief er ein. Als er erwachte, war es vollkommen dunkel und vollkommen still im Haus. Von dem Mann keine Spur. Henry zog Hemd und Pullover über und tastete sich an den Wänden entlang zur Haustür.

Dass man ihn um diese Zeit vielleicht nicht mehr in Henriettes Zimmer lassen würde, fiel ihm erst auf dem Weg von der U-Bahn zum Krankenhaus ein. Das Gehen fiel ihm leichter, das spürte er. Ob das eine Nebenwirkung der Unsterblichkeit war? Wahrscheinlich schon, denn wie sollten sich die unsterblichen Vampire Jahrmillionen durch die Zeitläuften schleppen, wenn ihnen schon das Gehen schwerfiel? Er war jetzt ein Vampir! Und das hieß doch nichts anderes, als dass Henriette gerettet war. Als er das dachte, ließ er beim Gehen jeden zweiten Schritt zum Sprung werden.

Dann der Schock! Henriettes Zimmer war leer. Alles umsonst! Er war jetzt ein Vampir und Henriette tot. Um sie zu retten, war er Vampir geworden, und jetzt hatte er sie verloren und musste unendlich fortleben ohne sie. Wie leer war die Welt, wenn sie unendlich dauerte und jeder Tag bis zur Unendlichkeit ohne Henriette verlaufen musste. Wer weiß, wie lange er geschlafen hatte. Womöglich Monate. Vielleicht hielt man ihn schon ebenfalls für tot, weil er nicht zu Henriettes Beerdigung erschienen war.

Plötzlich öffnete sich die Tür zu einem anderen Zimmer und er sah Henriette darin liegen, schlafend zwar, aber tot konnte sie nicht sein, sonst hätte man sie nicht auf der Station belassen.

Ohne zu zögern trat er an ihr Bett, streichelte ihr Haar, bettete es zur Seite und grub dann seine Zähne in ihren Hals. Henriette stöhnte im Schlaf. Dass er eine Gier entwickelte, überraschte ihn, aber immer schneller musste er ihr das Blut aussaugen. Es schmeckte schwer, nach Erde

und Eisen, und es lastete auf seiner Zunge, da half alles
Schlürfen nichts. Er musste nicht saugen, bis nichts mehr
kam, um zu wissen, dass seine Aufgabe erledigt war. Man
spürt, wenn ein Mensch leergetrunken ist. Zufrieden legte
er sich neben die schlafende Henriette und schloss die Au-
gen.

Sieh an, sagte jemand am nächsten Morgen. Ein Bild
für die Götter. Als hätten die beiden ewig geschlafen.

Am Bett standen Henriettes Mutter und eine Kranken-
schwester.

Du siehst viel besser aus, sagte die Mutter zur Tochter
und Henry erkannte in Henriettes Augen, dass dieser Satz
sie an die Krankheit erinnerte. Das war der schlimmste
Moment an jedem Morgen: der Augenblick, in dem die
Erinnerung zurückkehrte. Der Augenblick, der die weni-
gen Sekunden der wachen Seligkeit unterbrach.

Henry drehte sich auf die Seite, um sein Gesicht zu ver-
bergen. Er küsste Henriettes Ohr. Dann flüsterte er: Hab
keine Angst. Uns kann nichts mehr geschehen. Nie wieder.

„Oh", sagte Lena und hatte dabei Augen wie ein Kaninchen. „Mein bürgerlicher Schriftsteller." Das lispelte sie.

Sie richtete sich auf und er kam ihr entgegen, damit
sie ihn küssen konnte.

Das müsse ihn doch sicher Überwindung gekostet
haben, sagte Lena. Eine Geschichte mit Vampiren für
sie zu erfinden. Ein bürgerlicher Schriftsteller und Vampire. „Stell dir vor: Theodor Fontane liest aus seiner
neuen Novelle *Der Werwolf kam um Mitternacht*. Meine
Damen und Herren, verpassen Sie bitte nicht die Urle-

sung des neuen Romans von Thomas Mann: *Die grünen Marsianer.*"

Paul lachte. Das war das Beste, was er jetzt tun konnte. Lena lachte mit. Das erschöpfte sie. Bestürzt nahm Paul wahr, welche Selbstverständlichkeiten für Lena zur Belastung geworden waren.

Ob er ihr jetzt immer eine Antikrankenhausgeschichte mitbringen werde, fragte sie.

Paul nickte.

Die könne er dann ja hinterher veröffentlichen, sagte sie. Ein Sammelband mit Antikrankenhausgeschichten. Dann sei, dass sie hier liege, wenigstens zu irgendetwas nütze. Das sei doch überhaupt die Idee: Wann lese man am meisten? Wenn man die Zeit dafür habe. Und wer habe die meiste Zeit? Krankenhauspatienten. Das werde ein Verkaufsschlager. Antikrankenhausgeschichten. Kurzprosa von Paul gegen die Langeweile und Mutlosigkeit im Patientenalltag. Das müsse er hinterher auf jeden Fall machen. Lena lächelte.

Eigentlich hatte er, um ihr eine Freude zu machen, sagen wollen: „Paul Pinglinger: *Antikrankenhausgeschichten. Vierundvierzig Wege aus der Klinik. Hoffmann und Campe, 176 Seiten, 14,95 Euro.*" Aber Lenas ‚Hinterher‘ nahm ihm fast den Atem. Je offener sie beide ihren Tod ansprachen, desto näher rückte dieser Tod. Noch immer konnte er sich keine tote Lena vorstellen. Aber jetzt erst wurde ihm klar, weshalb er eigentlich gezögert hatte, mit ihr darüber zu sprechen: Dass sie wusste, was er wusste, nahm ihm das Recht, den Tod zu verdrängen. Er musste schon mit ihm leben, bevor er geschehen sein würde, und das konnte er nicht. Raus aus diesem Zimmer. Jetzt. Den Tod zurücklassen in diesem Raum, ihn verdrängen, bis man bei der Tür war und dann einfach vergessen, für immer vergessen. Am liebsten hätte er angefangen, Lena mit einem Gespräch über Fußball abzulenken, während er langsam zur Tür ginge. Aber das war ja nicht möglich! Also doch den Titel dieses Fantasiebuchs nennen.

Lena lachte pflichtgemäß. „Hoffmann und Campe", sagte sie. „Schön wär's."

Paul beugte sich über das Bett und nahm ihren Kopf in beide Hände. Die Künstlichkeit der Perückenhaare tat jetzt gut. Das war, was er brauchte. Plastikästhetik, die man über die Wirklichkeit stülpte. Am liebsten hätte er Lenas Gesicht genommen und ihr eine Maske aufgesetzt, eine Maske mit roten Backen und vollen Lippen und fröhlichen Augen. Und dann eine Haut über den ganzen Körper gezogen, die ausgestopft war mit Kunststoffmasse von der Konsistenz menschlichen Fleisches. Und dann hätte er sich mit dieser maskierten Lena auf die Krankenhausterrasse gesetzt und ihre Hand gehalten. Ihre Hand, die er vorher zwischen Wärmflaschen gelegt hätte, damit ihre Kälte nicht bemerkbar wäre. Und er hätte diese Hand gehalten und daran geglaubt, dass alles in Ordnung sei, bis er einschliefe.

Oh, alles war erträglicher als diese Wirklichkeit. Vielleicht waren Schriftsteller die labilsten Persönlichkeiten. Vielleicht war ihr Schreibzwang keinem Talent und keiner Berufung geschuldet, sondern einzig der Tatsache, dass sie das Leben am wenigsten ertrugen, wie es war und am heftigsten darum kämpfen mussten, es erträglich zu machen durch ihre Fantasie.

Viele Menschen ertrugen die Wirklichkeit schlecht. Das sah man schon daran, dass es Perücken gab. Aber keiner schien sie schlechter zu bewältigen als er. Ihm genügte Lenas Perücke nicht. Lena ein paar zusammengeleimte Haare überziehen, mehr konnten die Ärzte für ihn nicht tun. Den Rest musste er selbst erledigen.

„Ich komme morgen wieder", sagte er und küsste sie. „Du musst schlafen, schlafen. Du bist so müde, so müde wie ein kleines Kaninchen. Guck, deine Löffel hängen schon vor Müdigkeit", sagte er und klappte ihr dabei die Ohren herunter, gerade so schroff, dass es noch nicht wehtun konnte. Dann küsste er ihre Stirn, dann die Nase, beide Wangen, den Mund, das Brustbein, die linke Brust und die rechte und wieder den Mund. Und dann ging er und lehnte sich draußen gegen die Wand, wie man das in Filmen sieht, denen man nicht glaubt, dass Menschen es nötig haben, sich gegen eine Wand zu lehnen, anstatt einfach weiterzugehen. Er wollte hinaus aus diesem Krankenhaus und doch musste er jetzt an dieser Wand lehnen und atmen und atmen. Dann erst konnte er gehen.

Es sei sinnlos, gegen Nietzsche anzudilettieren, darum habe er Lena das Original mitgebracht, sagte Paul, als er am nächsten Nachmittag wieder an ihrem Bett saß. Was er habe sagen wollen, sei eben schon vor ihm von Nietzsche gesagt worden. Und zwar schöner und besser, als er es jemals vermöchte. Das sei doch überhaupt Nietzsches Qualität: die Ästhetik. Wenn schon ein Nobelpreis für Nietzsche, dann einer für Literatur. Wie der den Zarathustra singen lasse, das sei doch eine Oper aus Buchstaben. Wahrscheinlich habe Kant allein mit seinen vier Fragen mehr für die Philosophie getan als Nietzsche mit allen Schriften zusammen. Aber der hohe Ton in diesen Schriften, den habe außer Nietzsche doch wohl keiner erreicht.

Lena nickte nur, so müde schien sie heute.

„Gut", sagte Paul. „Jetzt also der Nietzschetext. Aus dem Aufsatz *Über Wahrheit und Lüge im außermoralischen Sinne* von 1873.

In irgendeinem abgelegenen Winkel des in zahllosen Sonnensystemen flimmernd ausgegossenen Weltalls gab es einmal ein Gestirn, auf dem kluge Tiere das Erkennen erfanden. Es war die hochmütigste und verlogenste Minute der ›Weltgeschichte‹: aber doch nur eine Minute. Nach wenigen Atemzügen der Natur erstarrte das Gestirn, und die klugen Tiere mussten sterben. – So könnte jemand eine Fabel erfinden und würde doch nicht genügend illustriert haben, wie kläglich, wie schattenhaft und flüchtig, wie zwecklos und beliebig sich der menschliche Intellekt innerhalb der Natur ausnimmt; es gab Ewigkeiten, in denen er nicht war; wenn es wieder mit ihm vorbei ist, wird sich nichts begeben haben. Denn es gibt für jenen Intellekt keine weitere Mission, die über das Menschenleben hinausführte. Sondern menschlich ist er, und nur sein Besitzer und Erzeuger nimmt ihn so pathetisch, als ob die Angeln der Welt sich in ihm drehten. Könnten wir uns aber mit der Mücke verständigen, so würden wir vernehmen, dass auch sie mit diesem Pathos durch die Luft

*schwimmt und in sich das fliegende Zentrum dieser Welt
fühlt.*

Lena schwieg und Paul war bereit, sich ihrem Schweigen anzuschließen. Hatte er sie am Ende mit Nietzsche noch mehr betrübt?

„Die meisten Leute würden diesen Text sicher als traurig empfinden", sagte er schließlich. „Für mich sind es aber die tröstlichsten Sätze, die ich überhaupt kenne. Wenn schon einer wie Nietzsche den menschlichen Intellekt für nichtig erklärt, dann ist das doch beruhigend, oder? Was heißt das denn anderes als: Wir sind nicht wichtig! So eine Erleichterung! Ob du lebst, stirbst oder nicht vorkommst, bewirkt dasselbe."

Er sah Lena an und streichelte dabei ihre Hand.

Das sei doch tröstlich, wiederholte er. Für ihn zumindest. Denn alle Angst vor dem Tod entstehe bei ihm daraus, dass er fürchte, sein Ich könnte mit seinem Untergang in Vergessenheit geraten. Er könnte leben, ohne sich eingraviert zu haben in das Weltgedächtnis. Dass aber dieses Weltgedächtnis nach wenigen Atemzügen der Natur ohnehin erstarre, nehme ihm alle Last von den Schultern. Wo nichts erhalten bleibe, müsse man auch den eigenen Untergang nicht mehr fürchten.

Lena schwieg.

Und Paul schwieg auch. Was er gesagt hatte, musste als Rechtfertigung reichen.

Sie seufzte. Wie gern würde sie an Gott glauben, sagte sie dann. Wem es vergönnt sei, an Gott zu glauben, der könne seine Ich-Besessenheit bei ihm abladen und dann in Ruhe sterben. Der habe den zuverlässigsten Nachlassverwalter der Welt. Die letzten Tage habe sie versucht, einen Glauben in sich zu entfachen. Aber das sei ihr das ganze Leben nicht gelungen und es gelinge ihr auch jetzt nicht. Dafür sei sie einfach zu vernünftig.

„Mir gelingt das genauso wenig, das weißt du", sagte Paul. „Wie soll man auch an etwas glauben, das nur aus Widersprüchen besteht?"

Lena nickte.

Man müsse sich ja nur überlegen, wie lange es die monotheistischen Religionen schon gebe, fuhr Paul fort. Das Judentum am längsten, seit vielleicht knapp viertausend Jahren. Und alle drei Religionen verträten den Anspruch, den einzig wahren Gott zu kennen. Und wer an diesen Gott nicht glaube, dem sei der Eintritt in das Himmelreich verwehrt. Kein Wort aber darüber, was mit den Abertausenden von Generationen geschehen ist, die lebten, bevor die drei monotheistischen Religionen entstanden sind. Was ist mit den Steinzeitmenschen passiert? Schmoren sie in der Hölle, weil sie diese Götter nicht kannten? Wie hätten sie sie kennen sollen? Oder wurden sie ins Paradies eingelassen, weil sie von diesem Gott ja nichts wissen konnten, sondern Schlangen und Berge anbeten mussten? Wenn aber jeder ins Paradies darf, der vom einzigen Gott nicht erfahren hat, weshalb hat er sich dann überhaupt den Menschen offenbart?

Erst indem er zeigt, dass es ihn gibt, eröffnet er die Möglichkeit, in die Hölle verbannt zu werden, weil man nicht an ihn glaubt. Ist das nicht ein heimtückischer Gott, der seinen Untertanen diese Falle stellt? Und wenn er sie stellt, warum nicht schon von Anfang an?

Warum erst vor viertausend Jahren? Was haben wir verbrochen, dass wir nach seiner Enthüllung leben müssen und darum in die Hölle kommen können, während die Neandertaler mühelos ins Paradies einziehen konnten?

„Gott ist so leicht zu widerlegen, dass man sich direkt ärgert, wie viele an ihn glauben", sagte Lena. Und doch würde sie diese Glaubensbegabung jetzt gern teilen. Wahrscheinlich sei das überhaupt der Grund, warum an Gott geglaubt werde: Jeder, der es schaffe, die eigene Vernunft zu überwinden, tue das auch. Denn dann könne er die Verantwortung abwälzen.

Paul nickte.

„Meine liebste Gotteswiderlegung stammt von Milan Kundera aus der *Unerträglichen Leichtigkeit des* Seins", sagte Lena dann. In der Genesis stehe, dass Gott den Menschen geschaffen habe, damit er über die anderen Lebewesen herrsche. Jetzt sei die Genesis aber von einem Menschen geschrieben und nicht von einem Pferd. Man könne nicht sicher sein, ob Gott dem Menschen vielleicht tatsächlich die Herrschaft über die Tierwelt anvertraut habe. Aber es sei doch viel wahrscheinlicher, dass der Mensch sich Gott ausgedacht habe, um die eigene Machtausübung zu rechtfertigen. Nein, heiligzusprechen. Das Recht, über die Lebewesen zu herrschen, werde von der gesamten Menschheit anerkannt. „Aber jetzt stell dir mal vor, es kommen Außerirdische zu uns und sagen: ‚Also, in unserer Heiligen Schrift steht, dass wir uns die Bewohner der anderen Planeten Untertan machen sollen.' Und dann versklaven sie den Menschen, wie der Mensch die Tiere versklavt hat."

Paul lachte: „Ich stelle mir gerade vor, wie ein Pferd die Genesis schreibt."

„Ja", sagte Lena und dieses ‚Ja' blieb ihre einzige Reaktion. Dass niemand merke, wie sehr die Bibel dem menschlichen Bewusstsein gleiche, sagte sie dann. „Dabei ist es doch so einfach: Warum ist Gott in fast allen Religionen und Kulturen ein Mann? Ganz einfach, weil Menschen sich diesen Gott ausgedacht haben. Und Menschen sind daran gewohnt, dass Männer herrschen. Auf der Erde herrscht ein Mann und im Himmel eine Frau? Der Papst ist ein Mann und Gott eine Frau? Völlig undenkbar. Zu weit von allem weg, was diejenigen kennen, die an ihn glauben."

Paul nickte.

Und wo es mehrere Götter gebe, dort sei doch immer der oberste ein Mann, fuhr sie fort. „Eigentlich müsste doch jeder, der das erkennt, sofort zum Atheisten werden! Immerhin haben die Bibelautoren die Ähnlichkeit zwischen Mensch und Gott bemerkt. Nur haben sie den Spieß einfach umgedreht. ‚Gott schuf den Menschen nach seinem Ebenbild.' Und wenn der Mensch wie Gott ist, hat man auch gleich die Begründung, wieso er über die Tiere herrschen darf."

Der Gesichtsausdruck, mit dem Lena in ihr Kissen sank, zeigte Paul, dass ihre Kraft schon nachließ. Sie schien noch schneller erschöpft als gestern. Jetzt musste er sie schlafen lassen. Aber er wollte noch so viel sagen.

Er holte tief Luft: Das Schlimmste sei doch der Anspruch jeder Religion, die Wahrheit zu verkünden. Und zwar allein. Damit hätten alle anderen automatisch Unrecht. Ein gutes Beispiel sei Australien. Das sei erst vor hundertfünfzig Jahren besiedelt worden und man bekomme fast das Gefühl, davor sei es ein menschenleerer Kontinent gewesen. „Aber dort haben vierzigtausend Jahre lang die Aborigines gelebt. Vom christlichen Gott wissen diese Aborigines erst seit hundertfünfzig Jahren. Was war davor? Warum ist er ihnen nie erschienen? Warum hat er seinen Sohn nach Israel geschickt und nicht zum Ayers Rock? Das ist doch unfair. Aber jetzt kommt das Schlimme: Wer hat ihnen denn von Jesus und vom christlichen Gott erzählt? Die Engländer. Also haben die Engländer die Wahrheit ins Land gebracht. Und wer die Wahrheit verkündet, der ist im Recht. Damit lässt sich der gesamte Kolonialismus rechtfertigen. Irgendeiner musste den Halbwilden ja die Wahrheit vorbeibringen. Dass er zugleich noch ihr Land und ihre Bodenschätze raubt und ihre Kultur vernichtet, ist eben der Preis, den man für die Wahrheit zahlt. Aber den zahlt man doch gern, oder? Damit ist das Christentum die wohl erfolgreichste Strategie aller Zeiten zur Imperialismusverbrämung."

Lena seufzte. Das sei alles so wahr und darum so traurig. Wie gern würde sie einfach nur an Gott glauben wie ein kleines Mädchen, das sich am Abend vor das Bett knie und die Hände falte. Dann könnte sie wieder wach liegen, ohne Angst vor dem Einschlafen, ohne befürchten zu müssen, dass jedes Einschlafen das letzte sei.

Paul erschrak. Rechnete Lena jeden Tag mit dem Tod? Musste sich der Tod nicht auch körperlich ankündigen?

„Hast du Schmerzen?", fragte er.

Lena deutete mit dem Kinn zum Tropf. „Die haben mir ein Mittel gegeben. Das nimmt die Schmerzen und bringt die Müdigkeit."

Paul schluckte. Wenn Lena bei jedem Einschlafen damit rechnete, nicht mehr aufzuwachen, dann musste er jetzt auch bei jedem Abschied damit rechnen, sie nicht mehr lebend wiederzusehen.

Gestern Abend hatte er mit Tom telefoniert. Zum ersten Mal überhaupt. Lenas Mutter hatte sich beim Arzt erkundigt, bevor sie zum Opa gefahren war. Im Auto hatte sie Tom mitgeteilt, was der Arzt gesagt hatte. Lena werde nicht am Knochenmarkkrebs an sich sterben. Daran könne man im eigentlichen Sinne nicht sterben. Der Krebs sorge nur dafür, dass ihr Blut so schlecht werde, dass die Organe nicht mehr genügend Nährstoffe herausfiltern könnten. Der Tod werde also durch Organversagen eintreten. Organversagen kündige sich aber mit Schmerzen an, die nicht zu ertragen seien. Darum werde man Lena so starke Schmerzmittel verabreichen, dass sie auf jeden Fall schlafe, wenn der Tod eintrete. Es sei also ein Tod ohne Bewusstsein und ohne Schmerzen.

Dann hatten beide, Tom und Paul, geschwiegen. Schließlich hatte Paul sich bedankt und aufgelegt. Lena würde er von dem, was er wusste, nichts sagen. Wahrscheinlich wusste sie es selbst.

„Ich will nicht, dass du Schmerzen hast", sagte Paul.

Lena schüttelte den Kopf. Sie habe keine. Die wüssten die Schmerzmittel hier anscheinend schon zu dosieren.

Die schlimmste Vorstellung sei für ihn, dass sie hier

liege und Schmerzen habe und er nichts für sie tun könne. Das halte er nicht aus. Er wisse nicht, woran er denken solle, um nicht daran denken zu müssen.

„Stell dir einen riesigen Bottich vor", sagte Lena. „Dieser Bottich ist gefüllt mit Schmerzmittel. Und bei Bedarf muss nur jemand kommen und Schmerzmittel aus diesem Bottich schöpfen und es in meinen Tropf schütten. Und dann stellst du dir mein Gesicht vor, friedlich."

„Ich stelle mir Miraculix vor", sagte Paul. „Miraculix mit dem langen weißen Bart und der goldenen Sichel, wie er am Bottich steht und ihn umrührt. Einer Comicfigur vertraue ich mehr als jedem Arzt."

Lena nickte. Am besten gehe er jetzt und setze sich in der Wohnung an den Schreibtisch und versuche, am Tod in der Literatur weiterzuarbeiten. Eros und Thanatos, das sei doch ein brandaktuelles Thema.

Pauls Brust schnürte sich zusammen.

Wie lange würde es dauern, bis er jemanden fände, der ihn so gut verstand wie Lena? Falls es so jemanden überhaupt gab. Er schämte sich, dass er an Lenas Bett saß und schon an die Nächste dachte. So blieb jeder allein, wie eng man auch zusammensaß. Obwohl sie in seinen Gedanken war, waren diese Gedanken doch nur für ihn. Das Denken war an das Ich geknüpft. Wer denkt, denkt an sich. Und wenn er, Paul, an Lena dachte, dann doch nur daran, was sie für ihn war und was er an ihr verlor.

So schwer wie heute war ihm das Aufstehen an ihrem Bett noch nie gefallen. Seine Beine wie in Beton gegossen. Die Stimme belegt, die Arme lahm. Er brachte kaum die Kraft auf, Lena zu berühren. Müde legte er die Hände auf ihre Wangen und küsste ihr die Stirn, ohne seine Lippen zu schürzen. Wie gehen und Lena hier zurücklassen? Dass man sich nicht wenigstens einmal abwechseln konnte. Dass nicht er heute bleiben und sie gehen durfte.

Die Nähe zu ihr lähmte ihn. Je näher er ihr war, desto weniger frei kam er sich vor.

„Bis morgen", sagte er zu ihr. Und dann zu sich, dass das Wort ‚morgen' noch nie so ironisch geklungen habe wie jetzt.

„Bis morgen", sagte sie und es war nicht auszumachen, ob sie daran glaubte.

Während er das Zimmer verließ und die Gänge hinunterging bis zur Außentür, kam er sich vor, als habe er seit Tagen kaum geschlafen.

Er stelle sich vor, Lena sei eine Indianerin, sagte Paul. Genauer: Ein Indiomädchen aus dem Stamm der Amundawa.

Heute blieb das Reden ihm überlassen, das war eindeutig. Er war diesmal früher ins Krankenhaus gekommen als sonst, schon am späten Vormittag. Der Versuch, sich am Schreibtisch mit der Examensarbeit abzulenken, war gescheitert. Und dann hatte ihn nichts mehr in der Wohnung gehalten. Bislang war Lena das Reden nicht schwergefallen, aber heute war ihre Artikulation undeutlich. Sie hielt die Augen die ganze Zeit über halb geschlossen und ihre Pupillen bewegten sich so träge, dass man kaum sicher sein konnte, ob sie einen überhaupt sah. Ihr Gesicht war aufgedunsen, als hätte man ihr Wasser unter die Haut gespritzt. An Wangen und Hals schimmerte sie durchsichtig wie ein Insekt, das niemals dem Licht begegnet. Termitenkönigin, dachte Paul und schämte sich.

Schon am Morgen hatte man Lenas Lunge punktieren müssen. Sie hatte es wie eine Bagatelle erzählt und er nicht nachgefragt, obwohl er nicht genau wusste, was das bedeutete.

Ob das Punktieren Spuren auf der Brust hinterließ, wollte Paul nicht wissen. Kurz hatte er überlegt, ob er Lena bitten sollte, ihm ihre Brust zu zeigen. Aber vielleicht hätte er sie dann zum letzten Mal gesehen, übersät von Stichen oder Wunden. Am liebsten hätte er Lena in Erinnerung behalten, wie sie außerhalb des Krankenhauses gewesen war. Nur dass er sich diese Lena gar nicht mehr vorstellen konnte.

Lena reagierte nicht auf seine Einladung, sie sich als Indiomädchen aus dem Stamm der Amundawa vorzustellen. Vielleicht hieß das, er solle fortfahren.

Also redete er weiter.

Die Amundawa lebten im brasilianischen Regenwald, sagte er. Und vor allem lebten sie ganz ohne Zeitgefühl. In ihrer Sprache und ihren Vorstellungen unterschieden sie lediglich zwischen Tag und Nacht. Der Tag heiße Ara. Wie die Nacht heiße, habe er vergessen. Und ihr Jahr zerfalle in zwei Teile: die Trockenzeit und die Regenzeit. Jetzt könnte man einwenden, dass sich damit sehr wohl ein Zeitgefühl erzeugen lasse: Man müsse nur die Tage zählen oder die Jahreshälften und schon ergebe sich eine gleichförmige Verlaufskurve. Die Amundawa verfügten allerdings nur über zwei

Zahlen: eins und zwei. Das heiße, schon der dritte Tag sei für sie mathematisch nicht mehr messbar. Ein Leben ohne Zeit. Das mache doch ein Leben ohne Gott genauso möglich. Denn Gott brauche nur, wer eine Vorstellung von Zeit habe. Nur wer Vergänglichkeit kennt, braucht Ewigkeit.

Das wünsche er Lena. Ein Leben ohne Zeit. Er sehe sie vor sich, im Lendenschurz mit offenem Haar und nackter Brust, wie sie im Regenwald sitze und Nüsse mahle.

Lena lachte. Es war ein dumpfes Lachen, wie er es noch nie von ihr gehört hatte.

„Du bist ein Geschichtenerzähler", sagte sie dann und sie sagte es so leise, dass er am liebsten sein Ohr auf ihren Mund gelegt hätte.

Paul nickte. In seiner Kehle saß ein Traurigkeitspfropfen, der jede Antwort unmöglich machte.

„Du musst mir eins versprechen", fuhr Lena fort und sah ihn jetzt an, so deutlich und klar, als sei er der Patient und sie die Besucherin. „Du musst mir versprechen, dass du unsere Geschichte aufschreibst."

Paul nickte. Heftig und immer wieder, er konnte nicht aufhören zu nicken. Wenn er aufhörte, würde etwas zu Ende gehen. Es war, als setze sich ihre Geschichte fort, indem er nickte.

Dann musste er schlucken. Er zwang den Speichel die Speiseröhre hinunter. Wie konnte ein Hals so eng sein, dass kaum ein paar Tropfen Wasser hindurchpassten? Mehrmals spannte er den Gaumen und sammelte Flüssigkeit, bis es gelang.

„Ich liebe dich", sagte er dann und beugte sich über

sie. Wahrscheinlich ertrug sie kaum noch, dass man sich immer über sie beugen musste, seit sie hier lag.

Jetzt war es Lena, die nickte. Ihr Nicken war ein sanftes Zucken, soweit das Kopfkissen es zuließ. Ein Nicken, so langsam, als sehe man einem Schiff nach, das sich vom Ufer löst.

Er konnte nicht sitzen bleiben an diesem Bett. Ob er hier saß oder draußen war, er dachte doch immer nur an Lena. Nur dieses Zimmer ertrug er dabei nicht. Er ertrug die Gedanken, weil er aus nichts anderem bestand als aus ihnen. Aber dieses Zimmer war wie Hände, die sich um seinen Hals legten.

Er stand auf und legte Lena die Hand auf die Stirn. Dann strich er von dort ihre Wangen hinab, über den Hals und die Brust, den Schoß und die Beine, bis seine Hand an ihren Füßen lag. So langsam hatte er noch nie jemanden gestreichelt. Eher berührt als gestreichelt. Lenas Wangen schimmerten. Er schlang die Decke um ihren Körper.

„Bis später", sagte er dann und winkte ihr mit der rechten hohlen Hand zu. Lena zog ihre linke unter der Decke hervor und winkte zurück. So langsam, als bewege sie die Hand im Schlaf. Das Bild der winkenden Lena rührte ihn. So tapfer lag sie unter ihrer Decke.

„Bis später", wiederholte er und es war ein Gruß wie ein Gebet.

Dann ging er.

Auf dem Weg zur U-Bahn kehrte er um. Er war langsamer gegangen als jemals zuvor. Jeder Schritt fiel so schwer wie mit bleiernen Schuhen. Die Welt war ihm so zuwider, als habe sich das Krankenhauszimmer auf die ganze Stadt ausgedehnt.

Hier, in der Stadt, hielt er es so wenig aus wie in Lenas Zimmer. Aber dort zu sitzen und zu warten, bis etwas passierte, das ertrüge er genauso wenig. Warten ließ sich nur auf eines: den Tod.

Dennoch kehrte er um. Er ertrug sich nirgends, in der Stadt so wenig wie bei ihr. Wenn für ihn egal war, wo er sich aufhielt, dann konnte er wenigstens ihr eine Freude machen, indem er an ihrem Bett saß.

Die Tür zu ihrem Zimmer stand offen. Lena war tot. Tom und die Mutter standen um ihr Bett. Die Mutter weinte.

Paul konnte nicht eintreten. Er stand im Türrahmen wie festgekettet. Jemand hatte Lena die Augen geschlossen oder sie war mit geschlossenen Augen gestorben. Eine bleierne Traurigkeit schwappte in Pauls Magen und stieg von dort die Brust hinauf bis in seinen Hals. „Endlich", dachte er und erschrak. Endlich durfte er traurig sein. Und er spürte, wie sich die Verkrampfung in seinem Hals löste.

„Paul", sagte Lenas Mutter und ihre Stimme war von Tränen erstickt. „Paul, komm mal her. Wir müssen klären, wie es jetzt weitergeht." Die Oma sei gestern gestorben und heute Lena. Da kämen zwei Beerdigungen auf sie zu. Ihr sei das alles zu viel. „Komm doch mal her jetzt. Bleib doch nicht einfach da stehen." Da gebe es jetzt so viel zu erledigen und zu organisieren. Dass die Kinder vor den Eltern sterben, das dürfe nicht sein. Dagegen müsste es ein Gesetz geben. Das ertrage doch keiner. Und dann gleich zwei auf einen Streich.

Sie lachte. Zumindest konnte man das Scheppern aus ihrer Kehle für ein Lachen halten.

Paul warf einen letzten Blick auf Lena, dann ging er.

„Paul, komm sofort zurück", hörte er Lenas Mutter hinter sich rufen. Und dann, hysterisch: „Komm zurück. Ich kann doch nicht immer alles allein machen."

Die letzten Wörter waren kaum zu verstehen, die Tränen der Mutter erstickten ihr Kreischen.

Paul ging den Gang entlang, so leichtfüßig, als hätte man die Erdanziehung aufgehoben. Wie ein Astronaut auf dem Mond, dachte er. Nur ein Sechstel der Schwerkraft.

Er nahm sein Handy und schrieb an Tom: „Es tut mir Leid."

Weiter nichts.

Toms Antwort kam sofort: „Mir auch."

Weiter nichts.

In der Wohnung setzte Paul sich direkt an den Schreibtisch. Normalerweise schrieb er alle Texte am Computer. Aber diesen Text würde er auf der alten Schreibmaschine schreiben. Dieser Text gehörte direkt aufs Papier. Der Umweg über Bits und Bytes wäre ihm unanständig erschienen.

Und er schrieb:

Lena lag im Bett. „Ist dir eigentlich klar, dass alle großen Liebesgeschichten tragisch enden?", fragte sie.

„Wieso?", fragte Paul zurück.

Bibliografische Information der Deutschen Nationalbibliothek
Die Deutsche Nationalbibliothek verzeichnet diese Publikation in
der Deutschen Nationalbibliografie; detaillierte bibliografische Daten sind im Internet über http://dnb.dnb.de abrufbar.

© 2020 · Klöpfer, Narr GmbH
Dischingerweg 5 · D-72070 Tübingen

Das Foto am Ende des Romans stammt von dem Kirchheimer Foto-
grafen Oliver Forstner: http://www.ofphotography.de. Autor und
Verlag danken für das Arrangement und die helfenden Hände.

Internet: www.kloepfer-narr.de
eMail: info@kloepfer-narr.de

CPI books GmbH, Leck

ISBN 978-3-7496-1018-1 (Print)
ISBN 978-3-7496-6018-6 (ePub)

Um über die Runden zu kommen, übt der Schauspieler Gregor Schamoni diverse Nebentätig-
keiten aus: Sprecherziehung, Schauspielunter-
richt, Begleitdienste und persönliche Beratung.
Eines Tages meldet sich Iphigenie de la Tour bei
ihm, Professorin der Anthropologie. Sie lädt ihn
zu einem Vorstellungsgespräch ein – und dann
zum Essen. Sie überschüttet ihn mit Auf-
merksamkeiten. Sie überrollt ihn mit ihrer
hochherrschaftlichen Exzentrik. Bald
nimmt sie in seinem Leben überhand,
mit einer übermächtigen Ausdauer
und Wucht, bis er jede
Kontrolle über
sein Leben
verliert.

Joachim Zelter
Imperia
Roman

176 Seiten, Festeinband
mit Lesebändchen
1. Auflage 2020
ISBN 978-3-7496-1017-4

klöpfer. narr

Es sind zwei ungleiche Männer: Der mysteriöse
alte Herr Federico Temperini und der Kölner
Taxifahrer Jürgen Krause, den Temperini als
Chauffeur anheuert. Und dann ist da noch
Niccolò Paganini, der sozusagen mit den beiden
im Taxi sitzt. Denn Temperini zieht Krause immer
mehr hinein in seine bizarre Welt, in der sich
alles um den einstigen Teufelsgeiger Paganini und dessen großartige Vergangenheit
dreht. In feinster Erzählkunst kreist
Theres Essmanns Novelle um die all-
mähliche Annäherung der un-
gleichen Männer, die
beide auf ihre
Art einsam
sind.

Theres Essmann
Federico Temperini
Novelle

161 Seiten, Festeinband
mit Lesebändchen
1. Auflage 2020
ISBN 978-3-7496-1026-6

klöpfer. narr

klöpfer, narr